Un bébé dans leur vie

*

L'inconnu de l'Indian Pacific

EMILY FORBES

Un bébé dans leur vie

Traduction française de
ÉVELINE CHARLÈS

BLANCHE

HARLEQUIN

Collection : Blanche

Titre original :
WAKING UP TO DR. GORGEOUS

Ce roman a déjà été publié en 2017

HARPERCOLLINS FRANCE
83-85, boulevard Vincent-Auriol, 75646 PARIS CEDEX 13
Service Lectrices — Tél. : 01 45 82 47 47 - www.harlequin.fr
ISBN 978-2-2804-7894-6 — ISSN 0223-5056

Composé et édité par HarperCollins France.
Imprimé en octobre 2022 par CPI Black Print (Barcelone)
en utilisant 100% d'électricité renouvelable.
Dépôt légal : novembre 2022.

FSC www.fsc.org
MIXTE
Papier issu de sources responsables
FSC® C159065

Pour limiter l'empreinte environnementale de ses livres, HarperCollins France s'engage à n'utiliser que du papier fabriqué à partir de bois provenant de forêts gérées durablement et de manière responsable.

1.

Luci Dawson déambulait avec excitation dans l'appartement, le téléphone collé à l'oreille.

— Je regrette tellement que tu ne puisses pas voir cet appart, Flick !

— Il est sympa, si je comprends bien ?

Elle devina que son amie souriait.

— Sympa ? Tu rigoles ! Il est absolument renversant ! Imagine, il donne sur le port, et la plage est juste de l'autre côté de la route ! Je ne sais pas comment Callum Hollingsworth va tenir dans ma minuscule maison.

Cet échange de logements avec un parfait inconnu était plutôt bizarre. Sa maison était ancienne et décorée dans un style qu'on pouvait qualifier de rustique. Situé près du port de Sydney, l'appartement de Callum Hollingsworth était moderne et masculin. Il était clair que leurs goûts étaient très différents. Mais c'était arrivé si vite qu'elle n'avait pas eu le temps de se poser de questions. Et puis, finalement, ça n'avait pas grande importance.

— Qu'est-ce que tu vas faire aujourd'hui ? demanda Flick.

Luci réfléchit.

Elle commençait le lendemain un stage de huit semaines au centre de santé infantile et familiale du North Sydney Hospital. Elle ferait bien de repérer le chemin le plus court pour s'y rendre.

— Je crois que je vais visiter un peu le quartier. L'hôpital est à une demi-heure de marche, alors je vais aller dans cette direction. Je n'aimerais pas être en retard demain… Je compte sur toi pour veiller sur mes parents, ajouta-t-elle.

Elle s'inquiétait avant tout pour eux. Lorsqu'elle était née, ils étaient relativement âgés et l'avaient même surnommée leur « bébé-miracle ». L'idée de s'éloigner pendant deux mois la contrariait, mais Flick avait promis de garder l'œil sur eux. C'était relativement facile pour celle-ci puisqu'elle exerçait son métier d'infirmière auprès du médecin local, qui n'était autre que le père de Luci.

— Ne crains rien et amuse-toi bien !

Après avoir raccroché, Luci fit une nouvelle fois le tour des lieux.

Ce n'était pas un appartement immense, mais le salon-salle à manger était pourvu d'une cuisine ouverte et d'un grand balcon donnant sur la plage. Il y avait deux chambres et deux salles de bains, ainsi qu'une petite buanderie.

Comme elle ne se serait pas sentie à l'aise dans la chambre de Callum, elle posa ses valises dans la chambre d'amis.

Les eaux du port étincelaient au soleil, des bateaux blancs dansaient et les maisons se dessinaient parmi les eucalyptus. Elle n'aurait pas pu rêver panorama plus magnifique !

Elle était née et avait grandi à Vickers Hill, dans la région de Clare Valley, et elle ne s'en était jamais beaucoup éloignée car son père prenait rarement des vacances. A vingt et un ans, elle avait épousé son amoureux du lycée, et ils n'avaient pas assez d'argent pour voyager. Malheureusement, leur union n'avait pas duré : à vingt-cinq ans, elle avait divorcé, le cœur brisé. Pendant un an, elle avait pleuré sur tout ce qu'elle avait perdu — son mariage, son meilleur ami, ses rêves de maternité. Mais, aujourd'hui, il était temps de tourner la page. Désormais, elle allait mieux et refusait de croire que sa vie était finie.

Finalement, elle appréciait sa liberté toute neuve : à Sydney, personne ne la connaissait, elle ne se sentait plus définie par un statut de fille, de petite amie ou d'épouse. Elle était juste Luci.

Il était temps de repartir de zéro.

Luci ferma le robinet de la douche, s'enveloppa dans une des serviettes duveteuses qu'elle avait trouvées dans la chambre d'amis et relâcha ses cheveux qu'elle avait réunis en chignon pour ne pas les mouiller.

Plus que deux jours avant la fin de sa première semaine !

Après trois jours de cours magistraux, elle se sentait épuisée. Finalement, c'était plus fatigant mentalement que le travail dans les services hospitaliers. Elle avait bien l'intention de profiter du week-end pour jouer les touristes.

Désormais, elle connaissait par cœur le chemin depuis l'appartement de Callum à Fairlight, une banlieue du nord de Sydney, jusqu'à l'hôpital situé sur la rive opposée de la péninsule de Manly. Comme elle faisait chaque jour le trajet à pied, elle commençait aussi à connaître les commerçants et saluait d'un bonjour le couple qui promenait régulièrement son chien. Les autres étudiants étaient amicaux avec elle. Elle avait même dîné la veille avec quelques-uns d'entre eux dans un burger de Manly.

Evidemment, cela n'avait rien à voir avec Vickers Hill, où elle ne pouvait pas faire un pas sans rencontrer une relation ou un proche… Mais c'était un début. Encore une semaine, et elle se sentirait vraiment chez elle !

Elle savait où prendre le ferry pour se rendre en ville et s'était promenée sur la plage, mais elle ne s'était pas encore baignée. C'était une activité prévue dans la liste de ses priorités. Jusque-là, elle n'avait pas vraiment eu le temps de visiter la cité mais, si son emploi du temps continuait d'être aussi chargé, son séjour à Sydney passerait à la vitesse de l'éclair.

Pour l'instant, elle avait surtout besoin de sommeil.

Elle suspendit la serviette humide sur un porte-serviettes puis gagna sa chambre et se glissa toute nue entre ses draps.

Les stores étaient relevés et les fenêtres entrouvertes. De son lit, elle pouvait voir les étoiles éparpillées dans le ciel nocturne.

Le rêve.

Elle s'assoupit, bercée par le murmure de l'océan qui léchait le rivage…

Il lui semblait n'avoir sommeillé qu'un bref instant, quand un bruit inhabituel la réveilla.

Le claquement d'une porte.

Elle commençait à peine à se familiariser avec la rumeur urbaine. A Vickers Hill, le chant du coq ou le rugissement d'un tracteur ne la troublaient pas mais, depuis qu'elle était à Sydney, le moindre son la faisait sursauter. Il y avait le camion poubelle matinal, la sirène du ferry, les portières de voitures brusquement refermées, les conversations bruyantes des banlieusards qui rentraient tard du travail, les ivrognes revenant du pub. Mais ce bruit était différent. Il était tout proche !

Des pas résonnèrent sur le plancher, et elle vit une lumière filtrer sous la porte de sa chambre.

Bon sang ! Il y avait quelqu'un dans la maison.

Elle porta une main à son cœur qui battait la chamade.

Que faire ? Appeler au secours ?

Non. Cela ne ferait qu'attirer l'attention de l'intrus.

Trouver une arme ?

Si seulement elle avait utilisé de la laque, elle aurait pu lui en envoyer une bonne giclée dans les yeux… Elle avait remarqué des clubs de golf dans le placard près de la porte d'entrée. De toute façon, elle n'aurait pas le temps de s'en emparer.

Appeler la police ?

Elle s'assit sur le lit. Trop effrayée pour allumer sa lampe, elle tâtonna dans le noir pour trouver son téléphone en retenant le drap de l'autre main pour masquer sa nudité.

Elle devrait trouver des vêtements, de façon à ne pas se retrouver toute nue face à un cambrioleur.

Elle l'entendit traverser le salon. Les pas étaient lourds… Des pas d'homme… Un homme chaussé de bottes. Il ne prenait même pas la peine d'être discret !

Il y eut un bruit sourd, comme s'il lâchait un sac sur le sol.

Un sac rempli d'objets volés ?

Elle n'avait pas une grande habitude des voleurs, mais elle aurait imaginé qu'ils s'efforçaient de ne pas se faire remarquer. Celui-ci semblait s'en moquer…

Percevant le son familier d'un réfrigérateur qu'on ouvre, elle fronça les sourcils.

Maintenant, il se comportait comme chez lui ?

Ce n'était certainement pas Callum, puisque Flick l'avait prévenue dans la journée qu'il était arrivé à Vickers Hill. Selon son amie, cela avait même suscité pas mal d'agitation.

Pourvu que tout se passe bien ! Callum était censé aider son père, non lui rendre les choses plus difficiles.

De toute façon, ce n'était pas lui qui se trouvait dans la cuisine. Désormais, elle était presque certaine qu'il s'agissait d'un cambrioleur.

D'abord, s'habiller !

Elle avait allumé sa lampe et était à moitié sortie du lit, quand elle entendit des pas dans le couloir. Quelques secondes plus tard, la poignée de la porte s'abaissa.

Seigneur ! Ce type allait entrer dans sa chambre !

Elle se précipita dans le lit et remonta la couverture sous son menton, non sans avoir attrapé son téléphone au passage.

— Vous feriez mieux de partir, parce que j'ai appelé la police ! cria-t-elle.

— Vous avez fait quoi ? fit une voix.

— Je vais hurler ! prévint-elle pour faire bonne mesure.

Mais la porte s'ouvrit, et une silhouette apparut.

Est-ce qu'elle était en train de rêver ? L'inconnu se trouvait être le plus bel homme qu'elle ait jamais vu…

Mais les tueurs en série sont justement renommés pour se montrer charmeurs et séduisants.

— N'approchez pas !

L'homme s'immobilisa, les mains sur les hanches.

— Je n'ai pas l'intention de vous faire de mal. Mais pouvez-vous me dire ce que vous faites dans ma chambre ?

— Dans votre chambre ?

Etait-ce Callum, finalement ? Elle était certaine de s'être installée dans la chambre d'amis, mais elle avait pu se tromper. Et, de toute façon, il n'aurait pas pu revenir à Sydney aussi rapidement.

— Pourquoi n'êtes-vous pas à Vickers Hill ? demanda-t-elle.

— Vickers Hill ? Jamais entendu parler !

Luci fronça les sourcils.

— Qui êtes-vous ?

— Seb Hollingsworth.

— Vous… Vous n'êtes pas Callum.

Un pli se creusa entre les superbes yeux bleus.

— Non. Je suis son frère.

Distraite par le battement de ses cils épais, elle avait failli manquer la réponse.

Son frère ! Pourquoi Callum ne l'avait-il pas avertie ?

Elle se redressa dans le lit, faisant bien attention à ne pas se découvrir.

— Callum ne m'a pas parlé de vous.

— Vous le connaissez, alors ?

— En quelque sorte.

Son visiteur haussa les sourcils d'un air interrogateur mais ne dit rien, aussi prit-elle le temps de l'examiner plus attentivement.

Il était réellement canon ! Grand, vraiment grand, avec d'épais cheveux châtains, des yeux bleus perçants et un nez qui avait peut-être été cassé. Ses lèvres étaient pleines, bien dessinées, et une barbe de quelques jours lui ombrageait la mâchoire. Il était torse nu, son T-shirt à la main comme s'il venait de l'enlever. Un torse de statue… Mais une statue de chair tiède et non de marbre froid.

— Je crois que vous me devez une explication, dit la statue vivante.

Dans l'esprit de Luci, c'était surtout Callum qui lui devait des explications !

— Permettez-moi de m'habiller, répliqua-t-elle en serrant un peu plus le drap contre ses seins. Ensuite, nous pourrons discuter.

Voyant les yeux bleus pétiller de malice, tandis qu'un petit sourire étirait la belle bouche, elle sentit une douce chaleur se répandre dans son ventre. Elle devina que le rouge lui montait aux joues, avant de gagner sa poitrine et sa nuque.

Seb se tenait toujours sur le seuil de la pièce.

Ne se rendait-il pas compte de l'effet qu'il lui faisait ?

— Vous pouvez m'accorder une minute ? demanda-t-elle, s'impatientant.

— Bien sûr… Désolé.

Il n'avait pourtant pas l'air de l'être. Jetant un coup d'œil au téléphone qu'elle serrait en même temps que le drap, il ajouta :

— Pendant que vous y êtes, vous pourriez peut-être prévenir la police qu'il s'agissait d'un malentendu.

— En réalité, je n'ai appelé personne, avoua-t-elle.

Lui tournant le dos, il referma la porte derrière lui, non sans émettre un rire moqueur.

Elle attendit que le bruit de ses pas s'éloigne pour repousser le drap une seconde fois. Les jambes tremblantes, elle se leva et enfila un short et un T-shirt.

Dans le séjour, une veste de cuir reposait sur un sac de marin près du canapé, et il y avait un casque de motard par terre à côté de grosses bottes. Une fiche couche de poussière rougeâtre recouvrait le tout.

Elle slaloma parmi les bagages abandonnés avant de rejoindre Seb dans la cuisine.

La tête dans le réfrigérateur, celui-ci offrait une très belle vue sur le postérieur musclé qui tendait la toile de son jean. Il avait enfilé un T-shirt noir. Bien entendu, il était pieds nus.

Elle gagna le coin repas et se tint à l'extrémité de la table de façon à mettre le plus de distance possible entre eux. Il avait beau ressembler à une sculpture de Michel-Ange et se présenter comme le frère du propriétaire, elle n'était pas encore prête à lui faire confiance.

Se redressant, il se tourna vers elle, deux bouteilles de bière à la main.

— Vous en voulez une ?

Elle secoua négativement la tête.

Il rangea une bouteille dans le réfrigérateur, puis il décapsula l'autre et la porta à ses lèvres.

Il l'observait comme elle l'observait, mais il semblait nettement moins nerveux qu'elle. Nettement moins !

S'approchant de la table, il écarta une chaise, s'assit et étendit ses longues jambes devant lui. Comme il jouait avec sa bouteille, elle ne put s'empêcher de remarquer combien ses doigts étaient longs et fins.

— Eh bien, belle endormie, vous avez un nom ?

— Luci.

Levant les yeux vers elle, il croisa son regard.

— Luci, répéta-t-il lentement. Alors ? Dites-moi où se trouve mon grand frère et pourquoi je vous ai trouvée dans mon lit.

Elle déglutit péniblement.

Son lit ? Bien sûr. Sa chambre, son lit…

La chaleur dans son ventre se répandait plus bas maintenant, menaçant de réduire à l'état de gelée ses jambes tremblantes.

— J'ignorais que c'était votre lit, tout comme j'ignorais que quelqu'un vivait ici.

Callum ne lui avait rien dit. Pour tout dire, ils ne s'étaient jamais parlé. C'était la secrétaire de son père qui avait organisé l'échange de domiciles. En principe, ils auraient dû se rencontrer pour se remettre mutuellement leurs clés respectives, mais il avait envoyé un mail pour prévenir qu'il quittait Sydney un jour plus tôt que prévu et qu'il lui laissait une clé sous un pot de fleurs. Il n'avait pas fait allusion à un frère.

Qu'allait-il se passer, maintenant ? Seb allait-il lui demander de quitter les lieux ?

— Alors ? insista Seb. Où est Callum ? Est-ce qu'il vous a si mal traitée que vous vous êtes faufilée ici pour vous venger ?

Elle ne put s'empêcher de rire.

— Il se trouve à Vickers Hill.

— Ah… Vous avez déjà mentionné ce lieu. Où est-ce, exactement ?

— Au sud de l'Australie, dans la Clare Valley, expliqua-t-elle.

— Qu'est-ce qu'il fabrique dans ce patelin ? s'enquit Seb après avoir avalé une gorgée de bière.

Ressentant le besoin de s'occuper, Luci fit quelques pas dans la cuisine, ouvrit un placard, en sortit une tasse, un sachet de thé, et brancha la bouilloire.

— Il va travailler pendant deux mois dans le cabinet d'un médecin généraliste. Cela fait partie de sa formation.

Elle ne précisa pas que le généraliste en question était son propre père. Si Callum voulait que son frère le sache, c'était à lui de le mettre au courant. Le fait que Seb ignore tout des déplacements de Callum était quand même étrange… Pourquoi Callum n'avait-il pas été prévenu de cet échange de logements ? La chambre de Seb ne semblait pas occupée. En dehors de quelques vêtements laissés dans la penderie, rien n'indiquait sa présence. Elle avait d'ailleurs cru qu'ils appartenaient à Callum, et c'était peut-être le cas.

— Donc, si Callum est à Vickers Hill, qu'est-ce que vous faites ici ? demanda Seb.

Elle remplit la tasse d'eau bouillante.

— Nous avons échangé nos logements, expliqua-t-elle.

— Vous avez échangé vos logements, répéta Seb. Et combien de temps comptez-vous rester ?

— Huit semaines, jusqu'à Noël.

Pourvu qu'il ne lui demande pas de s'en aller le soir même ! Il était clair qu'elle allait devoir quitter l'appartement, mais elle ne se sentait pas le courage de faire ses valises et de trouver un endroit où dormir en plein milieu de la nuit.

— Du moins, si c'est possible, ajouta-t-elle d'une voix légèrement suppliante.

— C'est l'appartement de Callum, rétorqua Seb en haussant les épaules. Quel qu'il soit, l'accord que vous avez passé avec lui tient toujours. Je vous ai dit que vous occupiez ma chambre, mais ce n'est pas tout à fait exact. C'est juste que j'atterris ici chaque fois que je suis en ville. Cette fois-ci, je vais m'installer dans la chambre de Callum.

— Je vous remercie… A demain, alors.

Elle jeta le sachet de thé dans l'évier, prit sa tasse et quitta la cuisine.

Elle était trop fatiguée pour demander à Seb d'où il venait. Il semblait intrigué par sa présence dans l'appartement, et il éveillait sa propre curiosité, mais les questions pouvaient attendre. Pour l'instant, elle avait besoin de dormir.

Malheureusement, elle eut du mal à trouver le sommeil. Tandis qu'elle se tournait et se retournait dans son lit, elle ne cessait de s'interroger à propos de Seb.

Peut-être aurait-elle dû discuter un peu avec lui avant d'aller se coucher. Au lieu de cela, son imagination allait bon train, remplissant les blancs de détails plus farfelus les uns que les autres.

A Vickers Hill, tout le monde se connaissait. Il lui était rarement arrivé de croiser le chemin d'un parfait inconnu. Et encore moins d'un spécimen aussi superbe de la gent masculine. Soudain, un monde de possibilités s'ouvrait à elle, et elle bouillonnait d'excitation.

Les choses prenaient un tour vraiment intéressant !

2.

Seb posa la bouteille vide sur la table de la cuisine et contempla l'océan à travers les branches d'eucalyptus.

Il percevait le bruit des vagues qui léchaient le rivage et voyait les lumières des yachts ballottés par les flots.

La rumeur marine lui avait manqué, mais ce n'était pas à cela qu'il pensait pour l'instant. Il pensait à la femme qu'il avait trouvée dans son lit.

Une créature absolument époustouflante, et très, très nue !

Dire qu'il avait été surpris aurait été un euphémisme. Normalement, il détestait les surprises — l'expérience lui avait appris qu'elles étaient généralement déplaisantes — mais il ne se plaignait pas de celle-ci. Il lui était déjà arrivé de découvrir une femme dans son lit, mais aucune aussi ravissante que Luci.

Il ferma les yeux, l'esprit en ébullition.

Il aurait dû être épuisé. Le trajet à moto depuis Deniliquin avait été long et poussiéreux. En arrivant, il voulait juste prendre une douche, manger un morceau et se coucher.

C'était du moins son projet, jusqu'à ce qu'il découvre cette femme ravissante et dénudée dans son lit…

Il n'avait pas très bien compris la raison de sa présence.

Callum et lui ne s'étaient pas parlé depuis plusieurs semaines. De façon générale, il ne prévenait même pas son frère de son arrivée en ville. Ils étaient proches, mais il fallait une bonne raison pour qu'ils décrochent leur téléphone. Après l'accident de cricket qui avait failli coûter un œil à Callum, ils avaient tenté de se parler, mais ils n'avaient jamais vraiment su exprimer leurs sentiments.

Pourtant, en dépit de cette absence de communication, leur lien fraternel était solide. Enfants, ils avaient appris à compter l'un sur l'autre. En tant que fils de chirurgiens renommés, ils passaient le plus clair de leur temps avec des nounous qui ne les encourageaient pas vraiment à développer leurs émotions. Seb ne se souvenait pas de dîners en famille ni même d'avoir bénéficié d'un soutien en temps de crise. Il n'y en avait pas eu tellement d'ailleurs. Sur ce point, Callum et lui avaient eu de la chance, ils n'avaient vécu chacun une crise importante que depuis qu'ils étaient adultes.

Quoi qu'il en soit, il avait toujours eu sa chambre réservée chez Callum… Du moins jusqu'à aujourd'hui.

Il passa les doigts dans ses cheveux collés par la sueur et la poussière.

La brise marine lui parvenait par les fenêtres ouvertes, chargée d'une odeur d'iode. A la place de la douche, il pourrait peut-être nager un peu ? L'eau fraîche lui ferait du bien.

Aucune lumière ne filtrait sous la porte de Luci.

Il ôta son jean dans la salle de séjour et enfila un short de bain, après quoi il cacha la clé sous un pot de fleurs de la terrasse, descendit l'escalier pieds nus et traversa la route pour gagner la plage.

Le sable frais lui procura une sensation agréable. Après avoir fait quelques pas dans l'eau, il plongea et refit surface quelques mètres plus loin.

La mer était calme et apaisante, mais pas assez pour interrompre les questions sans réponse qui fourmillaient sous son crâne.

Vickers Hill, dans le sud de l'Australie. Qu'est-ce que Callum fabriquait dans ce patelin perdu ?

Mais si, là-bas, les filles ressemblaient toutes à Luci, il ne pouvait blâmer son frère de visiter le coin.

Se retournant, il observa l'immeuble dont l'appartement Callum occupait le troisième et dernier étage.

Tout était plongé dans l'obscurité, mais il imaginait parfaitement Luci pelotonnée dans son lit, ses cheveux blonds répandus sur l'oreiller.

La première vision qu'il avait eue d'elle restait gravée dans son esprit : le drap remonté sous le menton, elle l'avait fixé de ses grands yeux bleu-gris remplis d'appréhension. Sans rien voir de son corps, il avait deviné qu'elle était aussi nue que le jour de sa naissance. Lorsqu'elle s'était redressée, le drap avait un peu glissé, révélant la rondeur de ses seins avant qu'elle ne le serre plus fermement contre sa poitrine.

Il avait dû laisser son regard errer sur elle un peu plus longtemps que la politesse ne l'autorisait… S'en était-elle aperçue ?

Il était tout aussi surpris qu'elle, mais au moins était-il habillé. Comme il s'apprêtait à se doucher, il tenait son T-shirt à la main. Pour cacher le désir soudain qu'elle lui inspirait, il l'avait placé devant son sexe dressé.

Elle le regardait fixement. Elle avait un visage rond, avec un petit menton en forme de cœur et des lèvres couleur pêche bien mûre. Elle était mince sans être squelettique, et il était impossible de ne pas remarquer sa poitrine haute et ferme. Il l'avait vue se soulever et s'abaisser sous l'effet de la panique… Il aurait volontiers contemplé ce spectacle toute la nuit.

Il aurait dû se retirer, mais il était resté immobile, comme hypnotisé, le regard irrésistiblement attiré par quatre petits grains de beauté dessinant une sorte de losange sur sa peau claire. Il y en avait un à la base du cou, un second au-dessus du sein droit, symétrique du troisième au-dessus du sein gauche. Il avait juste entrevu entre les deux seins le quatrième grain de beauté figurant la base du losange.

Fermant les yeux, il se laissa flotter sur le dos, contemplant sous ses paupières closes le diamant parfait sur la chair veloutée.

Il était tard, et il se sentait épuisé, mais il savait qu'il aurait du mal à trouver le sommeil.

Il se remit à nager en direction du port.

A la lueur des étoiles, il apercevait son yacht à l'amarrage. Dépassant d'autres embarcations, il s'approcha de son bateau. Ses mains se posèrent sur l'échelle accrochée à l'arrière, et il se hissa sur la petite plate-forme. Parcourant le pont, il laissa ses doigts courir sur les contours lustrés de l'habitacle avant de s'adosser au pare-brise.

Ce bateau était son refuge. Il l'avait acheté environ trois ans auparavant, sachant qu'il devrait le rénover. A l'époque, il avait besoin de se focaliser sur un projet et, comme il était bricoleur, il avait pensé que cela lui occuperait l'esprit.

En trois ans, il avait parcouru du chemin. Aujourd'hui, il allait beaucoup mieux, mais il ne pouvait en dire autant de son yacht. Le moteur fonctionnait, les toilettes étaient opérationnelles, mais la cuisine et les couchettes avaient besoin d'être sérieusement améliorées. Il avait justement l'intention de s'y appliquer pendant son séjour à Sydney. Il avait d'ailleurs rendez-vous le lendemain avec l'ébéniste qui allait lui fabriquer des placards pour sa cuisine.

Pour l'instant, c'était loin d'être parfait, mais ça n'avait aucune importance. A ses yeux, ce bateau représentait la liberté. Une façon de trouver sa place dans le monde sans obligation d'aucune sorte. Il envisageait d'ailleurs de vivre à bord, ce qui lui éviterait de s'installer définitivement quelque part.

Il n'était pas prêt pour un engagement quelconque. Sa dernière tentative s'était soldée par un drame, si douloureux qu'il en portait encore les séquelles.

Par chance, Callum ne semblait pas vouloir mettre un terme à son célibat, ce qui permettait à Seb de séjourner chez son frère chaque fois qu'il était en ville.

Etait-ce un comportement immature ou irresponsable ?

Peut-être. Il n'avait jamais réfléchi à ce qu'il ferait si Callum fondait une famille. En tout cas, pas jusqu'à ce soir.

Lorsqu'il avait trouvé Luci dans son lit — ou du moins ce qu'il considérait comme tel — il s'était demandé ce qui se passerait si Callum voulait louer cette pièce ou vivre avec une petite amie.

Etait-il égoïste ? Profitait-il de la générosité de Callum ? Il était peut-être temps qu'il grandisse et cesse de compter sur son aîné.

En attendant, si Luci ne souhaitait pas partager l'appartement avec lui, cela risquait de compromettre son séjour à Sydney…

Une chose à la fois, décida-t-il. Il venait tout juste d'arriver. Inutile de s'inquiéter pour quelque chose qui n'aurait peut-être pas lieu. Mieux valait penser à la jolie blonde pelotonnée dans son lit.

Croisant les doigts sous sa nuque, il contempla le ciel.

Il n'y avait pas un seul nuage, le ciel nocturne était constellé d'étoiles. Il repéra la Croix du Sud, dont la forme lui rappela le losange qu'il avait vu plus tôt.

Les choses prenaient un tour vraiment intéressant.

Luci se réveilla de bonne heure. Après sa douche, elle prit un fruit en guise de petit déjeuner en s'efforçant de faire le moins de bruit possible.

Le casque de Seb, sa veste de cuir et ses bottes étaient toujours dans la salle de séjour, ce qui signifiait sans doute qu'il dormait encore.

Elle fourra son ordinateur portable dans son sac qu'elle mit en bandoulière, puis elle se dirigea vers la porte d'entrée en mordant dans sa pomme.

Aujourd'hui, elle devait assister à la dernière conférence. Dès le lendemain, les vingt infirmiers stagiaires dont elle faisait partie sauraient dans quel centre de santé ils seraient affectés. Ensuite, ils alterneraient la théorie et la pratique.

Elle avait hâte de se confronter à la réalité des soins. Les conférences avaient été intéressantes, mais elle n'était pas habituée à rester assise toute la journée.

Située au sous-sol de l'hôpital, la salle de cours était petite et dépourvue de fenêtres. En fin d'après-midi, elle avait hâte de sortir et de respirer l'air frais du dehors. Elle avait d'ailleurs l'intention de se promener ensuite sur la plage de Manly pour se rafraîchir les idées.

Elle s'assit sans grand enthousiasme à sa place au premier rang.

Le sujet du jour — la santé des Aborigènes — était potentiellement intéressant, mais elle n'avait guère envie d'écouter un conférencier quatre heures durant, et elle ne devait pas être la seule.

Elle entendit la porte s'ouvrir et se refermer, et un murmure monta du fond de la salle, s'intensifiant peu à peu.

Elle se retourna pour voir ce qui causait cette agitation.

Seb se trouvait juste à son niveau, vêtu d'un pantalon couleur sable et d'une chemise aussi bleue que ses yeux.

Que faisait-il là ?

Il retira sa veste de cuir et posa son casque sur une chaise. Sortant une clé USB de sa poche, il la brancha sur l'ordinateur.

C'était lui, le conférencier ?

L'estomac noué et les paumes moites, Luci attendit qu'il la repère.

Cela ne prit pas longtemps.

Lorsqu'il fut prêt à s'adresser au groupe, il leva les yeux et parcourut l'assistance du regard. Dès qu'il la vit, il sourit. Ses prunelles scintillèrent dans son visage ridiculement beau.

Elle aurait juré que tout le monde retenait son souffle, y compris les mâles présents.

— Bonjour, dit-il, je suis le Dr Seb Hollingsworth

Docteur ! Le motard tout de cuir vêtu, la statue de marbre était médecin !

Il avait bien dû lâcher cette information à un moment ou un autre ?

Ratant le début de la présentation, elle chercha à se rappeler s'il le lui avait dit. Elle-même lui avait parlé de l'échange d'appartements, mais elle n'avait pas précisé qu'elle était infirmière, ce qui expliquait peut-être qu'il n'ait pas mentionné sa profession.

Ce n'était pas facile de rassembler ses idées alors qu'elle était assise juste en face de Seb et qu'elle sentait un peu trop souvent le poids de son regard sur elle.

Il parlait d'une voix forte dont les vibrations la parcouraient, telles des vagues sur le rivage. En écoutant ces inflexions caressantes, elle était tentée de fermer les yeux.

Il s'exprimait avec assurance à propos des différences culturelles entre les communautés indigènes et les familles d'origine européenne, ainsi que sur l'impact que cela pouvait avoir sur la santé des enfants.

— Les Aborigènes hésitent souvent à amener leurs enfants dans des dispensaires en raison des leçons du passé. Ils sont nombreux à avoir peur, mais nous savons que des interventions précoces et des bilans de santé sauvent des vies. L'éducation est la clé, non seulement venant des personnels médicaux, mais aussi des enseignants. Il est clair que les personnes instruites bénéficient d'un meilleur niveau de vie et d'une meilleure santé. Nous avons créé des garderies et des programmes d'éducation préscolaire pour encourager les parents à inscrire leurs enfants à l'école. Nous espérons qu'ils se sentent aussi assez rassurés pour venir dans les dispensaires. Actuellement, nous nous concentrons sur la nutrition et sur les services d'aide aux familles. Si vous devez travailler avec ces communautés durant votre stage, vous devez avoir conscience de ces sensibilités culturelles.

Elle savait qu'elle aurait dû prendre des notes, mais elle

était trop occupée à écouter et à regarder l'orateur, tant il la fascinait.

— Le coût de tout cela est important, je ne vous apprends rien, disait-il, mais le ministère de la Santé compte poursuivre son action dans ce sens. Les statistiques prouvent que ces interventions précoces sur un plan sanitaire sont bénéfiques.

Lorsqu'il se tut, les questions fusèrent. Visiblement, l'auditoire souhaitait retenir Seb le plus longtemps possible.

Luci rangea son ordinateur et son carnet de notes dans son sac.

Elle ne comptait pas s'attarder. Quand elle serait prête à partir, elle s'arrêterait pour lui dire au revoir s'il avait terminé. Autrement, elle partirait.

Mais plusieurs étudiantes s'étaient groupées autour de lui comme des enfants autour d'un marchand de glace.

Son sac à l'épaule, elle commença à gravir les marches de l'amphithéâtre.

— Luci ! Vous pouvez attendre un moment ! fit la voix de Seb dans son dos.

Elle hésita.

Rien ne la pressait, elle n'avait aucune raison de refuser. Elle posa donc son sac sur un siège et s'assit, consciente que les autres filles la regardaient avec curiosité.

Pas de problème. Elle était habituée à ce qu'on la dévisage ou qu'on bavarde à son propos.

Mettant un terme à la discussion avec les autres étudiants, Seb la rejoignit.

— Docteur Hollingsworth ? dit-elle en insistant sur le premier mot.

Cela ne sembla pas l'émouvoir.

— Vous êtes infirmière, je présume ? s'enquit-il avec un sourire désarmant. Vous avez le temps de prendre un verre avec moi ?

— Pourquoi ?

— Il semble que nous ayons des choses à nous dire, et

je pense que ce serait sympa de partager nos secrets dans un endroit convivial.

— Je n'ai pas de secrets !

— Tout le monde en a.

Il prit sa veste et coinça son casque sous son bras avant de saisir le sac de Luci de son autre main.

— Venez ! dit-il. Je vous emmène.

— Où allons-nous ?

— Au Sandman, tout près de la plage.

Elle se rappela être passée devant ce bar, situé sur North Steyne Street, à environ un kilomètre.

— Je vous retrouve là-bas dans une demi-heure, dit-elle.

Elle n'était pas certaine que ce soit une bonne idée, mais aucune excuse ne lui venait à l'esprit. Quand Seb la regardait et lui souriait, elle ne parvenait pas à réfléchir. La marche lui permettrait de s'éclaircir les idées et, avec un peu de chance, de se calmer.

Reprenant son sac de la main de Seb, elle le suspendit à son épaule et s'esquiva.

Une fois parvenue sur la plage, elle roula le bas de son pantalon kaki et retira ses espadrilles pour marcher sur le sable.

En cette fin d'après-midi, le soleil teintait les vagues d'une lueur argentée. Des enfants entraient dans l'eau ou en sortaient avec leur planche de surf. Leurs cris couvraient le son strident émis par les mouettes. Elle ne connaissait personne dans toute cette foule, ce qui lui convenait parfaitement. Chez elle, elle ne pouvait pas parcourir une rue sans rencontrer une douzaine de gens. Cet anonymat était plutôt agréable, surtout après les dix derniers mois. Ce n'était pas toujours plaisant que tout le monde soit au courant de vos problèmes.

Parvenue en face du bar, elle s'arrêta pour remettre ses espadrilles et traverser la route.

Seb, déjà attablé, leva la main pour l'accueillir.

Comme si elle ne l'avait pas remarqué ! L'établissement était bondé, mais il était difficile de ne pas noter sa présence.

Malgré l'affluence, il avait réussi à leur trouver une table avec vue sur la plage. Lorsqu'elle s'approcha, il se leva et l'invita à s'asseoir. Son casque était posé sur un troisième tabouret, tel un chaperon.

— Que puis-je vous offrir à boire ?

— Qu'est-ce que vous allez commander ?

— Une bière.

— Pareil pour moi, merci.

Pendant que Seb allait chercher leurs boissons, elle contempla un moment l'océan au-delà des pins de Norfolk qui bordaient la plage, puis elle sortit son téléphone de son sac et prit une photo qu'elle envoya à Flick, accompagnée du commentaire suivant :

Un verre après le boulot… Je pourrais m'y habituer !

Mais elle omit de mentionner le nom de l'homme qui se trouvait avec elle.

Elle n'aurait pas su décrire ce qu'elle ressentait… Un mélange de nervosité, d'excitation et d'expectative.

C'était absurde, elle ignorait tout de Seb Hollingsworth. Son amie l'aurait traitée de folle si elle avait tenté de partager ses impressions avec elle.

Quand Seb revint, elle glissa son téléphone dans son sac.

— Donc, vous êtes infirmière, dit-il en lui tendant un verre.

— Et vous, médecin.

— Exact. C'est de cette façon que vous avez fait la connaissance de Callum ? A l'hôpital ? Comment se fait-il que je ne vous aie jamais rencontrée ?

Elle se mit à rire.

— Que de questions ? Par où dois-je commencer ?

— Comme vous préférez.

Sous le regard intense de Seb, elle sentit son cœur s'emballer. Elle n'avait pas l'habitude d'être l'objet d'autant d'attention de la part d'un homme aussi beau. Cela la rendait nerveuse, mais elle devait admettre que c'était plutôt agréable, voire excitant.

Elle but une gorgée de bière avant de commencer.

— En fait, je ne connais pas votre frère et je n'étais jamais venue à Sydney auparavant, ce qui explique que nous ne nous soyons jamais rencontrés. Callum cherchait un logement à Vickers Hill, et moi un logement à Sydney. C'est pourquoi cet échange nous convenait parfaitement à tous les deux.

En réalité, elle ne tenait pas en place depuis son divorce. Flick l'avait poussée à quitter Vickers Hill, mais il y avait un gros obstacle : elle payait à elle seule le crédit de la maison depuis le départ de son ex. Elle ne pouvait donc pas assumer la charge supplémentaire d'un loyer. C'est pourquoi la solution qui lui avait été suggérée lui avait paru la meilleure, sachant qu'elle pourrait à la fois étudier et être logée gratuitement.

Ce qui la ramenait d'ailleurs à sa préoccupation du moment : où irait-elle si elle devait quitter l'appartement de Callum ?

— Callum ne m'a pas parlé d'autres occupants, dit-elle. Si vous souhaitez que je parte, je verrai si l'hôpital peut me fournir un logement. Malheureusement, je ne connais personne qui puisse m'héberger à Sydney.

Seb secoua la tête.

— Vous avez bien plus le droit que moi de rester chez mon frère. Comme je vous l'ai dit, je ne remets pas en cause votre arrangement. C'est son appartement, je ne participe même pas aux charges. Je descends chez lui chaque fois que je suis en ville, rien de plus.

— Quand vous êtes en ville ? Vous ne travaillez pas au

North Sydney ? s'étonna-t-elle. Vous êtes juste un conférencier de passage ?

— Pas exactement.

Il tendit le bras, et elle suivit le parcours de son verre depuis la table jusqu'à ses lèvres. Elle le regarda boire une gorgée de bière, parvenant difficilement à croire qu'elle se trouvait dans un bar avec ce magnifique inconnu. Elle n'était jamais sortie avec un homme dont elle venait à peine de faire la connaissance puisque, aussi loin qu'elle s'en souvienne, elle avait toujours été en couple.

— Je suis employé par le ministère de la Santé, reprit Seb. Je suis rattaché au North Sydney Hospital, mais je passe le plus clair de mon temps dans des régions rurales. Du coup, il serait un peu inutile de payer un fort loyer à Sydney alors que je n'y passe que quelques nuits par mois.

Cela impliquait-il qu'il allait bientôt repartir ?

Sa propre déception la surprit.

— Si vous n'êtes ici que pour peu de temps, je suis certaine que nous pouvons cohabiter, dit-elle faiblement.

Elle espérait paraître amicale et accueillante plutôt que prête à tous les compromis, mais la vérité, c'était qu'elle appréciait la compagnie. Auparavant, elle n'avait jamais vécu seule puisqu'elle était passée d'un logement universitaire au mariage avec Ben. Le domicile de Callum lui semblait un peu calme, et elle aurait pu trouver pire colocataire !

— Pour être franc, je suis ici pour six semaines, cette fois. Je travaillerai au centre de santé communautaire rattaché à l'hôpital. Où devez-vous faire votre stage ?

— Au même endroit. Comme je viens de loin, j'ai bénéficié de la meilleure affectation.

— Donc, nous travaillerons aussi ensemble. Mais, si vous êtes d'accord, nous pouvons partager l'appartement de Callum quelques jours et voir comment ça se passe ?

Le sourire qu'il lui décocha fit bondir le cœur de Luci dans sa poitrine.

— Si ça ne marche pas, continua-t-il, je trouverai un autre point de chute. Qu'en dites-vous ?

Elle feignit de réfléchir avant de répondre :

— D'accord.

Seb heurta son verre du sien.

— Marché conclu ! Nous sommes colocataires, désormais. Parlez-moi de Vickers Hill. Votre famille vit là-bas ?

— Mes parents, oui. Et je travaille à l'hôpital local.

— C'est une grande ville ?

— Suffisamment pour avoir son propre centre de soins. Nous avons un service d'obstétrique, quelques lits réservés aux personnes âgées, et nous effectuons les interventions chirurgicales mineures.

— Pourquoi être partie, en ce cas ?

— J'avais besoin de m'en aller.

— Vous vouliez quitter l'hôpital ?

— Vickers Hill, plutôt.

— Pourquoi ?

Elle laissa échapper un soupir.

Il n'y avait pas de raison qu'elle dissimule à Seb ce qu'il finirait par découvrir tôt ou tard. Son frère était à Vickers Hill, il travaillait avec son père à elle. Bien entendu, ce dernier ne parlerait pas d'elle, mais les patients ne résistaient pas à l'envie de commérer. Et, si Callum ressemblait à Seb, il était clair qu'ils seraient nombreux à vouloir rencontrer le nouveau médecin.

— Je suis divorcée depuis six mois, il valait mieux que je disparaisse pendant quelque temps.

— Ç'a été si moche que ça ?

— Bizarre, plutôt. Mon père est le médecin local — c'est d'ailleurs avec lui que Callum va travailler —, si bien qu'absolument tout le monde me connaît. Mon ex-mari et moi, nous étions amis depuis l'enfance. Nous sommes sortis ensemble au lycée, nous nous sommes mariés à vingt et un ans et avons divorcé à vingt-cinq.

— Si je comprends bien, vous étiez en couple depuis une dizaine d'années ?

— A peu près, oui.

— Ce n'est pas rien… Vous avez dû en baver.

En dehors de Flick et de ses parents, personne n'avait vraiment compris l'impact que ce divorce avait eu sur elle, mais Seb mettait immédiatement le doigt dessus.

Son univers avait été mis sens dessus dessous. Chaque jour de sa vie passée incluait Ben, il faisait partie de son histoire. Leur amitié, puis leur relation amoureuse, avaient fait d'elle la personne qu'elle était aujourd'hui, et elle avait du mal à fonctionner en tant qu'individu. Ben était une composante de sa personnalité, et elle était contrainte désormais de se constituer seule. C'était dur. Vraiment dur.

A Vickers Hill, les gens semblaient éprouver des difficultés à voir en elle une célibataire. C'était une des raisons pour lesquelles elle avait écouté Flick qui lui conseillait de partir. Finalement, elle avait fini par admettre la fin de son mariage et le fait qu'il lui serait plus facile de faire son deuil si elle n'était pas confrontée chaque jour à l'opinion locale. La distance l'aiderait peut-être à prendre du recul.

— Ça n'a pas été facile, admit-elle. Un divorce, c'est suffisamment pénible pour ne pas y ajouter l'implication d'une ville tout entière. Parce qu'ils nous avaient vus grandir ensemble, les gens semblaient penser que notre séparation les regardait. J'en avais assez qu'on soit désolé pour moi parce que je n'étais pas capable de garder mon mari, quand on n'essayait pas de me caser avec un neveu, un petit-fils ou le fils de la meilleure amie.

— Si bien que vous avez pris la fuite.

Sous le regard attentif de Seb, elle se sentit rougir.

Elle n'était pas habituée à autant de sollicitude.

— Il était temps pour moi de bouger, dit-elle en se détournant.

En réalité, elle se sentait capable aujourd'hui d'aller de

l'avant. Mais son divorce l'avait aussi privée de tout espoir de maternité, et c'était actuellement son plus grand chagrin. Seb n'avait pas besoin de le savoir. L'avantage d'une grande ville, c'était qu'elle pouvait garder pour elle une partie de ses secrets.

— A Sydney, vous aurez tellement d'activités que vous n'aurez plus le temps de réfléchir, affirma Seb. Et je vous promets de ne pas vous présenter à des célibataires, à moins évidemment que vous me le demandiez.

Il termina sa bière avant de jeter un coup d'œil à sa montre.

— J'ai un rendez-vous, mais je peux vous ramener d'abord à la maison, si vous le souhaitez.

— Très volontiers, répliqua-t-elle, sachant qu'elle devrait refuser.

Seb lui prêta sa veste de cuir pour la protéger. Quand il l'aida à l'enfiler, ses mains lui frôlèrent les bras, et lorsqu'il régla la jugulaire du casque, ses doigts lui effleurèrent la nuque.

Elle crut qu'elle allait fondre sur place. Et elle allait encore devoir s'asseoir derrière lui, enlacer sa taille…

Elle aurait dû décliner sa proposition. La prochaine fois, elle s'en souviendrait. Mais, là, il était trop tard.

Un instant plus tard, la moto vibrait entre ses cuisses.

Elle pressa ses jambes contre le siège et s'agrippa fermement à Seb. La joue posée contre son épaule, elle respira son odeur.

Il sentait bon le savon et la lotion après-rasage. La sienne devait comporter une pointe de citron.

Il aurait sans doute mieux valu qu'elle rentre à pied, mais elle devait admettre que, là où elle se trouvait, elle se sentait parfaitement satisfaite de son sort.

3.

Le lendemain, Luci passa la matinée à régler les démarches administratives au centre de santé familial et communautaire rattaché au North Sydney Hospital.

Ces formalités accomplies, elle put se mettre au travail après le déjeuner.

Son emploi du temps débutait par des vaccinations. C'était une entrée en matière plutôt simple qui ne requérait aucune connaissance préalable des patients. Elle s'y employa sans relâche. Elle croisa Seb une fois, mais le personnel disposait apparemment d'une certaine autonomie, et elle put presque oublier sa présence. Presque.

Mais tout changea quand le vingt-troisième patient ne se présenta pas à la consultation.

Melanie Parsons avait inscrit son fils Milo, âgé de six mois, pour un examen et des rappels de vaccination. Ne les voyant pas arriver, Luci consulta le dossier sur l'ordinateur.

Elle y trouva des informations alarmantes.

La mère de Milo était victime de violences conjugales. Elle avait mené trois grossesses à terme, avait avorté une fois. Son passé médical comportait une longue liste de fractures et de traitements pour des traumatismes et blessures diverses, et il était probable qu'elle n'avait pas tout déclaré…

D'après le règlement, il fallait toujours appeler les personnes qui manquaient un rendez-vous. Il était d'ailleurs possible qu'il s'agisse d'un oubli ou que la mère se soit endormie. Ce ne devait pas être facile de s'occuper de trois enfants âgés de moins de cinq ans.

Luci décrocha le téléphone et composa le numéro de Melanie Parsons.

Personne ne répondit.

Elle devait absolument connaître la raison de cette défection. Si c'était impossible, elle devait en référer à Gayle, le coordinateur du centre.

Ce dernier consulta à son tour le dossier de Melanie.

— Vous devriez en discuter avec le Dr Hollingsworth, lui conseilla-t-il. Il connaît Mme Parsons, il l'a déjà traitée.

Elle devina à demi-mot que Seb avait soigné Melanie lorsqu'elle avait subi des maltraitances de la part de son mari.

Un instant plus tard, elle frappait à la porte du médecin.

— Vous pouvez m'accorder une minute ? demanda-t-elle.

Il était en train de saisir des notes dans son ordinateur. Levant le nez de son clavier, il lui sourit. Ses yeux bleus étincelèrent.

— Bien sûr.

Franchissant le seuil de la pièce, elle referma la porte derrière elle pour que personne n'entende leur conversation.

— C'est au sujet de Melanie Parsons, dit-elle, se sentant rougir. Vous la connaissez ?

— En effet. Elle est ici ?

— Non. Elle devait nous amener son bébé de six mois pour les vaccinations, mais elle n'est pas venue. Gayle m'a suggéré de vous en parler.

— Vous lui avez téléphoné ?

— Oui, mais personne ne répond.

— Vous connaissez son histoire ?

— Oui. J'ai consulté son dossier.

— Quelqu'un doit passer la voir. A quelle heure finissez-vous ?

— Elle ne m'a jamais vue, ce n'est sûrement pas à moi de lui rendre visite, objecta Luci.

— Je suis d'accord. Mais, si votre emploi du temps le

permet, nous pourrions y aller ensemble. Vous vaccinerez le bébé pendant que j'examinerai Melanie.

Tout en parlant, Seb déplaça la souris de son ordinateur et ouvrit son agenda.

— Je devrais avoir terminé à 15 h 30, précisa-t-il. Faites-moi savoir si vous êtes libre à ce moment-là.

A la fin de la consultation, Luci trouva Seb en train de l'attendre à l'accueil.

— Vous préférez conduire ou me guider avec un plan ? lui demanda-t-il en l'entraînant jusqu'à une voiture de service.

— Les rues de Sydney sont trop étroites pour moi, et… Je n'ai pas tellement le sens de l'orientation, avoua-t-elle.

— Pas de souci, je vais me servir du GPS de mon téléphone.

Un peu plus tard, la voiture se garait devant une maison de brique entourée par une palissade métallique.

Luci avait vu de nombreux logements de ce genre dans les zones rurales de sa région. La maison, vétuste, aurait eu besoin d'un bon coup de peinture. La pelouse n'avait pas été tondue depuis un certain temps, et il y avait une vieille caravane dans le garage. Dans l'allée, deux vélos d'enfants étaient abandonnés derrière la voiture.

Le portail grinça sous la poussée de Seb, annonçant leur arrivée. Il le referma derrière Luci, avant de remonter l'allée cimentée. La porte moustiquaire était fermée, mais la porte d'entrée était entrouverte, et on entendait des enfants qui jouaient.

— Melanie ? appela Seb. C'est le Dr Hollingsworth. Vous n'avez pas amené Milo au centre pour sa vaccination. Est-ce que tout va bien ?

Luci perçut un mouvement dans l'étroit couloir. Une

femme s'approcha et se tint sur le seuil, le visage à moitié dissimulé par la porte.

— Bonjour, Melanie, commença Seb, comme si la situation était parfaitement normale. Milo aurait dû être vacciné et examiné aujourd'hui. Je vous présente Luci Dawson, une infirmière du centre. Puisque vous êtes chez vous, pouvons-nous entrer et voir les enfants ?

Melanie hocha la tête avant d'ouvrir et de s'écarter pour les laisser passer.

Elle était très mince et à peu près du même âge que Luci, mais elle paraissait plus âgée. Ses cheveux bruns étaient ternes, sa peau claire, mais Luci vit surtout son œil gauche, gonflé et marbré de violet avec une pointe de vert.

Le traumatisme devait dater d'un jour ou deux.

— Merci, dit Seb en faisant quelques pas dans le couloir.

Tendant la main, il prit Melanie par le menton.

Luci s'attendait à ce que la jeune femme recule, mais elle ne bougea pas. Il était clair qu'elle avait confiance en lui.

— Vous êtes blessée, constata-t-il.

— Je me suis cognée en ouvrant le coffre de la voiture.

— Il me semble avoir déjà entendu ça…

— Ce n'est rien ! Vous savez, j'ai connu pire, dit Melanie en se détournant pour les introduire dans la maison.

Ils la suivirent dans une salle de séjour qui avait vu des jours meilleurs. Les bras du canapé étaient déchirés et tachés, on avait étalé un drap de couleur sur les coussins dans l'espoir, sans doute, de dissimuler leur état, sinon d'égayer la pièce. Tout semblait bien fatigué et usé… Un peu comme Melanie.

Celle-ci s'assit lourdement sur le canapé. Seb prit place en face d'elle sur une chaise.

— Qu'est-ce que c'était, cette fois ? demanda-t-il.

— Ce n'est pas sa faute, docteur Hollingsworth. Je suis encore enceinte.

— Et il n'y est pour rien, c'est ça ? répliqua calmement Seb.

— Il dit qu'on ne peut pas se permettre d'avoir encore un enfant.

— Il faut être deux pour faire un enfant, Melanie. Il ne peut pas vous le reprocher.

Les mains crispées sur les genoux, Melanie baissa les yeux, visiblement au bord des larmes.

Luci aurait voulu dire à Seb de cesser cet interrogatoire, mais elle savait qu'il ne le pouvait pas. Le dossier de Melanie Parsons mentionnait trois enfants. Milo, âgé de six mois, et deux autres garçons de deux ans et demi et quatre ans. La charge aurait été lourde pour n'importe qui, et l'était encore plus pour une femme victime de violences conjugales. On avait conseillé à Melanie de s'en aller avec ses enfants. Elle l'avait fait une fois, mais elle était revenue en invoquant les prétextes habituels : son mari était le père de ses enfants, et elle l'aimait.

Ce type de situation est difficile à comprendre quand on n'y a pas été confronté. La femme est souvent piégée.

C'était sans doute le cas de Melanie. Elle aurait eu du mal à trouver un emploi compatible avec la garde de trois enfants de moins de cinq ans. Sans source de revenu, elle se serait peut-être même retrouvée sans toit au-dessus de la tête.

En dépit de toutes ces difficultés, Luci éprouva un pincement de jalousie en entendant que Melanie était de nouveau enceinte.

Elle aurait donné n'importe quoi pour avoir cette chance !

Mais, pour l'instant, elle devait oublier ses propres problèmes. Son travail consistait à aider cette malheureuse.

Elle brûlait d'exposer ses suggestions pour améliorer sa situation, mais Seb l'arrêta dans son élan en lui demandant d'examiner Milo.

Il pensait sans doute que Mélanie se confierait davantage si elle n'était pas dans la pièce — à juste titre, vraisemblablement. La patiente n'allait pas exposer ses difficultés en présence d'une inconnue.

— Milo n'a pas eu de rhume ? Il n'a pas été malade ? demanda-t-elle à la mère.

— Il va bien, affirma celle-ci. Il mange des aliments solides maintenant. Il est dans la chambre, de l'autre côté du couloir.

— Pas d'otite ou de réaction aux vaccins précédents ?

— Non.

Luci prit sa trousse médicale et se rendit dans la pièce que lui avait indiquée Melanie.

Il y avait deux lits superposés dans un coin. Le lit du bébé se trouvait de l'autre côté. Il était étendu mais ne dormait pas. Il la suivit des yeux lorsqu'elle s'approcha de lui.

Il y avait un matelas à langer posé verticalement contre le berceau. Elle le mit sur le lit le plus bas puis prit le bébé dans ses bras en lui parlant doucement.

A l'odeur, il était clair que sa couche était sale.

Elle l'étendit puis lui ôta son body et sa couche.

L'examen des hanches et des testicules serait l'occasion de vérifier s'il ne présentait pas de bleus ou autres marques de maltraitance. Elle fut soulagée de ne rien trouver. La peau du bébé était douce. A part la couche salie, il était propre et visiblement bien soigné.

Elle découvrit son carnet de santé sur l'étagère à côté du sac de couches. Après l'avoir changé et ausculté, elle le pesa et le mesura. Il se situait dans la moyenne et semblait être un petit bonhomme en pleine santé.

Elle lui fit sa piqûre de DT polio. Comme il pleurnichait un peu après l'injection, elle ne résista pas à l'envie de le câliner. Prenant une profonde inspiration, elle s'emplit les poumons de son odeur de talc et de lotion. Le cœur serré, elle ferma les yeux, se demandant une fois de plus si venir à Sydney pour y étudier avait été une bonne décision.

Elle avait été si pressée de quitter Vickers Hill qu'elle

n'avait pas évalué les conséquences de sa fuite : elle allait devoir rencontrer une multitude de nourrissons et de femmes enceintes. Peut-être aurait-elle dû demander son affectation dans un centre de soins pour personnes âgées…

Elle amena Milo à sa mère puis reporta la date et l'intitulé du vaccin dans le carnet de santé tout en écoutant la conversation entre Seb et Melanie.

— C'est encore pire quand il a bu, disait la jeune femme.

— On est vendredi, aujourd'hui. Je suppose qu'il va aller au pub après le travail ? demanda Seb.

Comme Mélanie hochait la tête, il continua :

— Vous ne connaissez personne qui pourrait venir ici ? Une amie, votre maman ou une sœur ? Si vous restez dans la maison, il vaudrait mieux que quelqu'un soit là pour vous soutenir lorsqu'il rentrera.

Melanie détourna les yeux, ce qui indiquait clairement qu'elle n'avait pas l'intention de suivre ce conseil.

— C'est votre choix, Melanie, dit Seb en se levant, mais je vérifierai que vous vous rendez bien au rendez-vous que je vais prendre pour vous avec le conseiller conjugal.

Après avoir rassemblé ses affaires, il sortit de la maison, suivi par Luci.

— On ne peut pas la laisser comme ça ! protesta-t-elle en montant dans la voiture.

— Qu'est-ce que vous suggérez ? Elle ne veut pas partir. Lorsqu'elle a quitté son mari dans le passé, cela n'a jamais duré. Elle revient toujours. Il est inutile de s'engager dans un combat perdu d'avance.

— Mais elle devrait penser à ses enfants !

— Il ne les a jamais frappés, selon elle. Vous avez vu une preuve du contraire ?

— Non. Milo est un bébé heureux et en bonne santé. Mais ce ne sont pas des conditions favorables à l'épanouissement de ces enfants. Ils ne devraient pas assister à des scènes de violence. Pire encore, ils risquent de les reproduire plus tard.

— Nous sommes au courant et, croyez-moi, on y travaille. Je vais fixer un rendez-vous avec un conseiller conjugal. Si nous voulons être de quelque utilité, nous devons aider Melanie à se sortir de ce piège. Il lui faudrait un endroit où vivre et de l'argent. La nouvelle législation peut forcer le délinquant à lui laisser la maison, mais je ne suis pas persuadé que ce soit une bonne solution, parce qu'il saurait où elle est. L'ordonnance restrictive imposant au compagnon violent de rester à distance est rarement respectée. C'est un problème que nous ne réglerons pas ce soir. De toute façon, elle ne sera pas émise par un tribunal sans le consentement de Melanie. Mais je vous promets de faire mon possible.

— Pardonnez-moi… Je n'ai pas à vous faire de reproches.

— Pas de problème. Quand on est forte et indépendante comme vous, on a forcément du mal à comprendre que quelqu'un supporte une situation pareille. Mais essayez de vous mettre à la place de Melanie : elle a le sentiment qu'elle n'a pas d'autre option. C'est une question d'éducation et de soutien. Ces choses prennent du temps. Personne ne prend du jour au lendemain la décision de s'en aller. Si vous voulez travailler en centre de santé communautaire, il vous faut de la patience et de l'empathie. Continuez de souhaiter le meilleur pour les gens, mais ne vous attendez pas à ce qu'ils soient comme vous.

Ce discours fit réfléchir Luci.

Elle n'avait aucun mal à trouver des similitudes, entre Melanie et elle. Elle savait par expérience combien il faut d'énergie et de détermination pour quitter un environnement familier. Sans Flick, elle ne serait jamais partie de Vickers Hill, et pourtant sa situation était bien moins désastreuse que celle de Melanie. Elle devait juste laisser derrière elle un ex-mari. Un homme qui ne l'avait jamais battue mais qui avait aspiré à une vie différente.

Seb démarra et s'engagea rapidement sur la route principale.

— Parlons d'autre chose, dit-il. Quels sont vos projets, ce week-end ?

— Travailler. J'ai un devoir à rendre pour lundi.

— Vous en avez pour longtemps ?

— Je n'en sais rien… Pourquoi ?

Seb haussa les épaules.

— Vous m'avez dit que vous n'étiez jamais venue encore à Sydney. Comme j'ai une journée libre, je me proposais de vous faire visiter les environs.

Le plus sage aurait sans doute été de se concentrer sur son devoir mais, entre de longues heures passées devant un ordinateur et la compagnie d'un guide aussi canon que Seb Hollingsworth, il n'y avait pas à hésiter.

— Très volontiers, merci.

Seb avait collé un post-it sur la bouilloire.

Un sourire aux lèvres, Luci considéra le message en attendant que l'eau bouille.

Rendez-vous sur la plage à 10 heures.

Prenez vos tongs, un chapeau et des lunettes de soleil.

Elle sentit l'excitation s'emparer d'elle.

Pour rien au monde elle ne manquerait cette occasion de passer du temps avec Seb Hollingsworth ! Il était temps de repartir de zéro, et elle sentait qu'il pouvait l'y aider. En l'espace de deux jours, elle avait déjà changé grâce à lui. Laissant l'ancienne Luci derrière elle, elle devenait la personne qu'elle souhaitait être.

Elle terminerait son devoir le lendemain.

Elle enfila une robe bain de soleil en coton par-dessus son bikini noir, posa ses lunettes de soleil sur son nez et un chapeau de paille sur sa tête. Après avoir mis une serviette et de la crème solaire dans son sac, elle quitta l'appartement et traversa la route pour se rendre sur la plage.

C'était une petite anse déserte, en dehors d'un couple qui promenait un chien. Elle la parcourut du regard, mais Seb n'était visible nulle part. Présumant qu'il n'était pas loin, elle s'assit sur le sable et contempla l'océan.

Ballottés sur l'eau, de petits bateaux tiraient sur leurs amarres. Apparemment, il y avait plus de monde que d'habitude. La météo était favorable à la navigation : le ciel était bleu, la mer relativement paisible et le soleil déjà chaud.

Un petit canot pneumatique s'approchait de la plage. L'homme était torse nu, elle voyait les muscles de son dos jouer sous sa peau lisse.

Elle reconnut Seb aux papillons qui tournoyaient dans son ventre.

D'un mouvement souple et gracieux, il se redressa et déposa les rames dans l'embarcation, puis il se retourna et sourit en l'apercevant. Ses cheveux humides avaient pris une teinte un peu plus foncée et sa poitrine parfaitement sculptée était légèrement bronzée. Son short de bain trempé collait à ses cuisses.

Elle déglutit péniblement tandis que les vibrations s'accentuaient dans son estomac.

— Bonjour ! lança Seb.

— Bonjour, répliqua-t-elle, en espérant que le soleil masquait la rougeur qui lui montait aux joues.

Lui tendant la main, il l'aida à se lever. Sa paume était chaude et forte. Les papillons furent pris de folie.

— Vous êtes prête ? demanda-t-il.

— Où allons-nous ?

— Dehors, vers le port.

Elle jeta un coup d'œil suspicieux au canot.

Quoi ? C'était une plaisanterie ! Il ne mesurait même pas deux mètres et n'avait pas de moteur.

Seb se mit à rire.

— On dirait que vous n'êtes pas une grande navigatrice !

— J'ai grandi dans l'arrière-pays… Mais votre bateau me semble tout de même un peu petit.

Il lui sourit, et elle remarqua que ses yeux étaient du même bleu que le ciel.

— J'en ai un autre plus grand. Celui-ci va juste nous servir à embarquer.

La débarrassant de son sac, il lui prit la main et l'aida à s'installer dans le canot. Dès qu'il la toucha, elle sentit ses sens s'éveiller, tandis que les papillons quittaient son ventre pour se loger dans sa gorge. Elle crut ne plus pouvoir respirer, mais Seb la lâcha pour tirer l'embarcation dans l'eau, et elle put retrouver son souffle.

Lorsqu'il s'assit en face d'elle, leurs genoux se frôlèrent. Dès qu'il commença à ramer, elle put admirer le travail de ses muscles. Ses biceps et ses triceps se tendaient alternativement, ses pectoraux jouaient sous sa peau, ses abdominaux étaient contractés. Sentant de nouveau la rougeur gagner ses joues, elle se tourna vers le port.

— Comment s'appelle votre bateau ? demanda-t-elle.

— Il n'a pas encore de nom… Je devrais dire « elle », d'ailleurs.

— « Elle » ?

— Tous les bateaux appartiennent au genre féminin.

— Pourquoi ?

— Sans doute parce que, on a beau dépenser beaucoup pour leur entretien, ce n'est jamais assez.

— Vous exagérez ! s'exclama-t-elle en riant.

Seb s'arrêta près d'un bateau à moteur à la coque blanche et lustrée, arrima le canot, grimpa à bord et lui tendit la main.

Désormais prévenue de ses propres réactions, elle inspira profondément avant de la prendre.

Après l'avoir aidée à monter, il tira une corde d'amarrage à l'aide d'une perche et y attacha l'annexe.

— Je vous fais visiter, avant de partir ? dit-il en ouvrant une petite porte à l'arrière du bateau

De quoi parlait-il ? Il ne devait pas y avoir grand-chose à voir ?

Elle le suivit dans l'habitacle, meublé d'un volant et d'un siège pour le skipper ainsi que d'un petit banc sur la gauche.

Seb posa son sac sur le siège.

— Venez, dit-il avant de descendre trois petites marches.

Un instant plus tard, elle se retrouvait dans une cabine. Sur la droite, le long de la paroi, il y avait un évier et une surface de travail. A gauche, une banquette avec une petite table. Au-dessus, une rangée de placards.

En réalité, son esprit avait du mal à enregistrer les informations. Dans cet espace limité, Seb ne se trouvait qu'à quelques centimètres d'elle, et il était torse nu. Il avait dû sauter dans l'eau pour récupérer son annexe et venir la chercher sur la plage, car le sel avait laissé des marques blanches sur sa poitrine lisse.

Sa tête frôlait le plafond, et sa main gauche la frôla lorsqu'il fit un geste pour lui montrer son domaine.

— Voilà ! Je dois rénover et équiper la cuisine, et quand j'aurai échangé mon futon contre un matelas plus confortable, je pourrai envisager de partir un peu plus longtemps qu'une journée.

— Vous avez déjà dormi à bord ?

— Ça m'est arrivé mais, pour y vivre, j'ai besoin de quelque chose d'un peu plus douillet.

— Vous avez l'intention d'y habiter ?

— Cela fait partie de mes projets en tout cas. Il y a une douche, et les toilettes fonctionnent, dit-il en ouvrant une porte étroite près du lit.

— Mais c'est minuscule !

— Vous n'avez jamais passé de vacances en caravane ?

— Des vacances, oui, mais je n'en ferais pas ma résidence principale, répliqua-t-elle en riant.

— J'ai passé pas mal de nuits à la belle étoile dans un sac de couchage, avec mon vélo et un feu de camp pour toute compagnie. Ce bateau est un cinq étoiles en comparaison. Et, quand j'en ai assez d'être quelque part, il me suffit de lever l'ancre et d'aller ailleurs.

— Ce doit être amusant, dit-elle, bien décidée à ne pas jouer les trouble-fête.

Aimerait-elle jouir d'une telle liberté ? En admettant même qu'elle ait remboursé son crédit immobilier et qu'elle soit libre de faire ce qu'elle voudrait, elle préférerait toujours vivre dans une maison.

En tout cas, il était clair que ce bateau était trop petit pour accueillir deux personnes. Seb était très séduisant, et les femmes faisaient certainement la queue devant sa porte. Pourtant, il n'envisageait apparemment pas de vivre en couple ou de fonder une famille. Pourquoi ?

La visite terminée, elle le suivit sur le pont.

— Asseyez-vous, dit-il en lui désignant la petite banquette à gauche du gouvernail. Il y a des boissons fraîches dans la glacière. Les extincteurs sont là, précisa-t-il en lui montrant un petit cylindre rouge fixé à la paroi.

Il appuya sur un bouton, et le moteur se mit à ronfler. Après quoi, il largua les amarres et sortit de la crique.

Elle sentait le sol vibrer sous ses pieds, et le bruit ne facilitait pas la conversation, mais cela ne la gênait pas. Elle fourra son sac sous son siège et se détendit, enchantée par le panorama.

Sur leur gauche, North Head et South Head émergeaient de l'océan. Elle distingua le phare à l'extrémité de South Head, ainsi que l'écume blanche à la crête des vagues autour des affleurements rocheux.

Mais Seb vira vers la droite et suivit le ferry en direction de Circular Quay. Il lui montra du doigt la demeure du premier ministre, puis le Taronga Zoo. Sur leur gauche, l'opéra de Sydney resplendissait.

C'était incroyablement beau… Et très fréquenté. On aurait dit que la moitié des habitants de Sydney s'était donné rendez-vous sur le port.

Seb ralentit en approchant du célèbre bâtiment. Le moteur fit moins de bruit, et ils purent enfin parler normalement.

— C'est magnifique ! s'exclama-t-elle alors qu'ils passaient sous le Harbour Bridge. Merci beaucoup.

Levant les yeux vers la structure métallique qui permettait de traverser la baie, elle demanda :

— Vous vous êtes promené dessus ?

Seb se mit à rire.

— Vous savez, on roule en voiture ou en train, là-haut. Il n'y a que les touristes pour y faire de la marche.

— Eh bien, c'est ce que je suis !

— Mettez cette promenade sur votre liste des choses à faire, mais vous préférerez peut-être monter en haut du pylône Sud. On jouit d'une très belle vue sur le port, de là-haut.

Apparemment, Seb ne projetait pas de l'accompagner en haut du pont…

Déçue, elle sortit son téléphone de son sac et prit quelques photos.

— Quoi ? Pas de selfie ? s'enquit-il avec un grand sourire.

— Je ne suis pas très photogénique, prétendit-elle.

Certaine qu'il devait l'être, en revanche, elle saisit cette occasion pour se planter près de lui et tendit le bras pour se photographier en sa compagnie.

Vérifiant aussitôt la photo, elle admira une fois de plus le torse athlétique de Seb. Le pont se profilait derrière eux, mais elle doutait que quiconque s'en préoccupe… Non qu'elle projette de montrer cette photo à quiconque, d'ailleurs. Elle comptait bien la garder pour elle !

En face de Luna Park, Seb fit demi-tour. Le clown qui surmontait l'entrée principale sourit mécaniquement lorsqu'ils passèrent près de la jetée. Les hurlements des enfants leur parvinrent.

Pourvu que Seb n'ait pas l'intention de lui faire visiter le parc d'attractions…

Par bonheur, le bateau prit la direction de l'opéra.

— Passez-moi votre téléphone pour que je vous photographie, dit-il.

Les tuiles qui recouvraient les « ailes » de l'opéra scintillaient au soleil. Leur céramique d'un blanc immaculé se détachait contre le bleu du ciel, et au premier plan Luci était tout aussi resplendissante.

Elle était vraiment sublime ! Elle avait ôté son chapeau, et ses cheveux blonds flamboyaient au soleil qui lui rosissait le bout du nez et les joues. Le décolleté de sa robe encadrait le diamant dessiné par les taches de rousseur. Ses yeux étaient dissimulés par les lunettes de soleil, mais elle riait lorsqu'il appuya sur le déclencheur.

Dommage qu'il n'ait pas pris cette photo avec son propre téléphone…

S'efforçant d'ignorer le désir qu'elle lui inspirait, il reprit de la vitesse et passa entre « la chaise de Mme Macquarie » et Fort Denison avant de prendre la direction de Milk Beach.

Luci était comme un souffle d'air frais dans son monde vicié. Hélas, ce monde n'était pas un endroit pour elle. Elle était trop délicieuse et pure pour quelqu'un d'aussi désabusé que lui. Trop innocente, aussi. Les femmes qu'il fréquentait étaient en général aussi déçues par la vie que lui. Les relations qu'il entretenait avec elles étaient brèves et sans lendemain. Ils se procuraient un plaisir mutuel dépourvu de danger. Une fille comme Luci n'était pas pour lui…

Ou plus exactement, il n'était pas pour elle.

Il franchit la trace formée par le sillage d'une douzaine de bateaux, accélérant lorsqu'il passait sur l'eau bouillonnante et couverte d'écume.

Lorsqu'ils contournèrent Shark Island, les demeures de

Point Piper et de Rose Bay apparurent comme suspendues aux collines, ajoutant encore à la somptuosité du panorama.

En entrant dans la baie de Milk Beach, il réduisit les gaz, puis il coupa le moteur et jeta l'ancre à une centaine de mètres de la plage.

Il entendit Luci retenir son souffle.

— C'est génial ! dit-elle en se tournant vers lui, un sourire aux lèvres.

Le bateau tourna lentement sur lui-même, pointant sa proue en direction de Harbour Bridge. D'où ils étaient, on pouvait voir les immeubles de Sydney se profiler à l'horizon.

— La vue est plutôt pas mal, admit-il.

— Incroyable, vous voulez dire !

— Je me suis dit qu'on pourrait s'arrêter ici pour déjeuner et nager un peu.

Prenant la glacière et des coussins, il entraîna Luci à l'avant du bateau.

Lorsqu'il eut disposé les coussins sur le pont, Luci étala sa serviette dessus et retira sa robe, révélant un minuscule bikini : quatre triangles de tissu noir réunis par des cordons. Elle sortit un tube de crème solaire de son sac et s'en tartina tranquillement les épaules et la poitrine.

Le cerveau en ébullition, il sentit son cœur s'emballer, propulsant un sang bouillant dans son corps.

La plage fourmillait de gens à moitié nus, mais la voir ainsi dévêtue mettait ses hormones à feu et à sang.

Pour se donner le temps de se calmer, il s'assit et souleva le couvercle de la glacière. Comme il inspirait profondément, il sentit une odeur de brise marine et de crème. Il lui sembla aussi percevoir le parfum de Luci, frais et floral.

Cette fille lui faisait perdre la tête et ne semblait pas avoir conscience de l'effet qu'elle produisait sur lui en se déshabillant sous ses yeux. Ce n'était pas sa faute, évidemment. Elle avait les pieds sur terre, elle était ravissante, drôle, elle sentait merveilleusement bon…

Et, maintenant, elle était étendue devant lui en mini-bikini !

Il n'était pas sûr de pouvoir garder ses mains pour lui-même. Et il n'était pas certain non plus d'en avoir envie. Il était même persuadé du contraire. Mais il ignorait où Luci en était avec les hommes. Après tout, elle avait peut-être envie de s'amuser après son divorce… A moins, qu'elle ne veuille plus en entendre parler ?

Il lui proposa de lui mettre de la crème sur le dos, ce qu'elle accepta.

Sa peau était douce et veloutée sous ses doigts. Lorsqu'elle souleva ses cheveux pour dégager sa nuque, il faillit y appliquer ses lèvres.

Mais, au lieu de cela, il se redressa, ouvrit la glacière et lui offrit à boire.

Dieu savait qu'il avait besoin de se rafraîchir lui-même !

Après avoir vidé une bouteille d'eau, Luci s'étendit sur le dos et ferma les yeux.

Il était temps de s'occuper l'esprit pour oublier qu'une jeune femme très séduisante et quasiment nue était étendue à quelques centimètres de lui.

Il réunit un assortiment de fromages, de crackers et de fruits sur une assiette.

En tout cas, Luci avait une bonne influence sur lui. En trois jours, il avait ri davantage que pendant les trois dernières années. La seule chose qui avait changé, c'était son irruption dans sa vie. Elle était détendue, facile à vivre, et son divorce ne l'empêchait visiblement pas d'aimer s'amuser. En tout cas, elle ne s'était certainement pas fermée aux autres comme il l'avait fait !

Lui, il s'était focalisé sur son travail et avait réduit au minimum ses relations avec le reste de l'humanité, refusant toutes les invitations. En revanche, Luci n'avait pas hésité à accepter les siennes… Un verre après le travail, un tour à moto, et maintenant une journée sur son bateau.

Jusqu'à maintenant, il avait repoussé toute occasion de

fréquenter ses congénères. Alors, quelle mouche le piquait ? Pourquoi invitait-il soudain une inconnue à entrer dans sa vie ? La solitude lui faisait-elle lentement perdre la raison ? Ou bien y avait-il quelque chose dans la personnalité de Luci qui le poussait à rechercher sa compagnie ?

Trois ans auparavant, il avait tout perdu, y compris une grande partie de son cœur, mais Luci l'arrachait en quelque sorte à sa léthargie. C'était comme s'il avait retenu son souffle pendant tout ce temps et qu'il s'autorisait de nouveau à respirer.

Posant l'assiette à l'ombre, il parcourut des yeux la silhouette allongée.

La peau de Luci commençait à dorer, ses seins étaient ronds et fermes, son ventre plat, ses jambes fines et musclées…

Alors qu'il étudiait ses orteils vernis en rose pâle, elle se redressa.

Avait-elle senti le poids de son regard ? En tout cas, elle n'avait pas l'air troublé.

— C'est plus amusant que d'étudier, remarqua-t-elle en coupant un morceau de fromage pour le poser sur un biscuit. Je n'avais jamais passé une journée comme celle-ci. Mes promenades en bateau consistaient à pêcher avec mon père dans le golfe de St Vincent. Nous utilisions un canot presque aussi minuscule que le vôtre… Rien d'aussi raffiné que ce bateau.

Il se mit à rire.

— Attendez que j'aie terminé les travaux ! Là, on pourra parler de raffinement.

— Vraiment ?

— En fait, je n'ai pas besoin de sophistication. Il faut juste un certain confort. Si j'ai un bon lit et un frigo, je suis content.

Luci étira ses bras au-dessus de sa tête, faisant remonter ses seins.

Troublé, il ne put s'empêcher de remarquer que le minuscule bikini les contenait à peine.

— Pauvre Callum ! dit-elle en regardant autour d'elle. J'ai peur qu'il ne trouve pas notre échange très équitable.

— Je suis certain qu'il est très content, assura Seb avec un sourire.

— Vous lui avez parlé ?

— Je lui ai envoyé un SMS pour le prévenir que j'étais en ville et que j'habitais chez lui… après en avoir discuté avec vous. Il m'a répondu qu'il ne s'en faisait pas pour ça.

— J'espère qu'il s'adaptera à Vickers Hill.

— Vous m'avez dit qu'il doit travailler avec votre père ?

— Oui, ainsi qu'avec mon amie Flick. J'espère qu'il survivra, précisa Luci en riant. Je parie que bien des gens vont s'inventer des maladies pour voir le nouveau médecin. Il vaut mieux qu'il ait les nerfs solides.

— Ne vous inquiétez pas ! Nous autres Hollingsworth, nous sommes de rudes gaillards.

Il ne mentait pas. Son frère et lui étaient du genre taiseux, maîtres dans l'art de faire bon visage et de garder leurs soucis pour eux. Parfois, il se demandait comment ils avaient réussi à surmonter les deux événements traumatisants qu'ils avaient dû affronter…

Mais, à cet instant précis, il n'avait pas envie d'y penser. Aujourd'hui, il ne se préoccupait que de Luci.

— Et vous ? Vous avez discuté avec votre père ?

— Non. J'ai juste échangé quelques mots avec maman. Mon père a un emploi du temps absolument invraisemblable, et je préfère ne le déranger qu'en cas d'urgence absolue. Il est censé prendre sa retraite cette année, mais pour cela il faut qu'il trouve un remplaçant. Bien que Vickers Hill ne soit qu'à deux heures d'Adelaide, il est difficile de trouver quelqu'un qui veuille travailler dans le coin. Et, bien entendu, mon père ne veut pas abandonner ses patients.

— Vos parents ont des projets ?

— La région est connue pour son vin. Ils possèdent une petite vigne, mais ils comptent aussi élever des poulets et des canards. Il vaudrait mieux qu'ils s'éloignent un peu, autrement papa aura du mal à prendre vraiment sa retraite. Ses anciens patients viendront le consulter s'il habite trop près de la ville… Mais c'est à lui de régler cette question.

— Vous pensez que vos parents accepteraient de quitter Vickers Hill ?

— Pas vraiment.

— Et vous ? Vous avez le mal du pays ?

— Pour l'instant, je ne regrette absolument pas d'être venue à Sydney, et je compte bien profiter au maximum de mon séjour.

Elle leva les yeux vers lui, et il se demanda s'il faisait partie des avantages urbains dont elle comptait profiter.

Dans ce cas, il était partant !

— J'ai sauté sur l'occasion, continuait-elle. Enfin, pour être exacte, Flick m'y a fortement incitée. Mais, maintenant que je suis ici, je sais que c'était la bonne décision.

Elle se mit sur le ventre, et il eut du mal à détacher les yeux de son très joli derrière.

— Vous n'avez aucune idée à quel point c'est bon de se détendre sans avoir personne sur le dos pour vous dire ce que vous devez faire, reprit-elle.

En fait, il savait ce que c'était quand tout le monde interférait dans votre vie soi-disant pour votre bien. S'il n'était pas devenu complètement fou, c'était grâce à son bateau qui lui avait permis de fuir les bonnes volontés !

Luci prétendait qu'elle avait suivi le conseil de son amie et choisi d'aller étudier loin de Vickers Hill, mais il était persuadé qu'elle avait sauté sur ce prétexte pour s'enfuir. Lui-même avait fui pendant trois ans, il devinait en elle les mêmes symptômes. Il connaissait parfaitement ce besoin d'éviter les gens qui savent tout de votre histoire.

Ceci dit, il ne la jugeait pas. Au moins, elle n'avait pas

mis sa vie entre parenthèses, alors qu'il avait rompu toute relation avec le monde. C'était ce qui les différenciait. Pendant trois ans, il avait d'une certaine façon cessé de vivre. Il ne se sentait pas autorisé à jouir de l'existence et, en s'enfermant dans la solitude, il évitait d'être blessé de nouveau.

En tout cas, une chose était sûre : il ne pouvait pas ignorer Luci.

— Quels sont vos projets, à la fin de votre stage ? demanda-t-il.

— Je n'en ai pas pour l'instant. Cela doit vous paraître bizarre, mais je viens d'arriver et je me dis qu'il sera toujours temps de m'en préoccuper. Ma vie ne ressemble pas à ce que j'avais prévu, et maintenant je dois réfléchir à ce que j'en ferai. L'un des bénéfices du divorce, c'est que je n'ai personne d'autre à consulter que moi-même.

— Comment envisagiez-vous l'existence, autrefois ?

— Je me voyais mariée et mère de famille.

— Votre mari ne voulait pas d'enfants ?

Luci haussa les épaules et détourna les yeux.

— Au contraire, nous en voulions tous les deux, mais… Il a décidé que je ne serais pas la mère des siens.

Elle se leva et déposa ses lunettes de soleil sur la serviette.

— Je crois que je vais nager un peu.

Il était clair qu'elle ne lui disait pas tout mais qu'elle ne souhaitait pas prolonger cette conversation.

Il ne voulait pas être indiscret en insistant. Malgré tout, il se posait des questions sur le mari.

Elle lui avait dit qu'ils étaient restés ensemble pendant dix ans. Quel genre d'homme mettait autant de temps pour comprendre que sa compagne n'était pas la bonne ? Quel genre d'homme épousait une fille comme Luci, parlait de fonder une famille avec elle et la quittait au moment où ils pouvaient réaliser leur rêve ?

En tout cas, il devinait qu'elle n'était pas encore remise de ce divorce.

Il éprouva une brusque colère envers cet inconnu.

D'ordinaire, il n'était pas violent, mais il avait vu la souffrance dans les yeux de Luci et l'avait entendue dans sa voix. Il aurait voulu faire quelque chose pour la soulager, ce qui était plutôt étonnant puisque lui-même ne souhaitait pas qu'on se mêle de ses affaires…

Pour l'instant, elle nageait à quelques mètres du bateau et regardait le rivage. Il plongea, mais n'ayant pas l'intention de la déranger si elle avait besoin d'être seule, il fit la planche, attendant de voir ce qu'elle allait faire.

Au bout de quelques minutes, elle nagea dans sa direction.

— Puisque le bateau ne faisait pas partie de vos passe-temps, dans votre enfance, que faisiez-vous de vos week-ends ? demanda-t-il.

— Je courais après les garçons, déclara-t-elle en riant.

Elle avait retrouvé sa bonne humeur !

Cette nature solaire l'attirait énormément. Elle contrebalançait son côté sombre. Il n'avait jamais été très joyeux, mais les événements qui s'étaient produits trois ans auparavant lui avaient ôté toute insouciance.

— Ce n'étaient pas plutôt les garçons qui vous couraient après ?

— Pour être honnête, ils en avaient peu l'occasion. A la campagne, les filles et les garçons ont des occupations différentes. Les garçons s'adonnent au foot, quand ils ne disputent pas des parties de cricket. Pendant les récoltes et les vendanges, ils donnent un coup de main aux copains dont les parents possèdent des fermes ou des vignes… Oups.

L'estomac de Luci venait de gargouiller.

Il ne put s'empêcher de sourire.

— C'est l'heure du déjeuner ?

— La nage me donne toujours faim, avoua-t-elle.

Lui, c'était le sexe… Et Luci lui donnait des idées de sexe.

Tournée vers le bateau, elle fit la moue.

— Un détail m'avait échappé, dit-elle.

— Lequel ?

— Je ne sais pas comment grimper à bord.

— Pas d'inquiétude, assura-t-il. Je vais vous aider.

Ils nagèrent côte à côte jusqu'à l'arrière du bateau.

Après s'être hissé sur le pont à la force des bras, il lui tendit la main.

— Attrapez l'échelle de votre autre main, dit-il.

Sur ces mots, il l'attira jusqu'à lui, et elle se retrouva dans ses bras.

Luci n'avait peut-être pas réfléchi à la façon dont elle parviendrait à remonter à bord, mais lui n'avait pas non plus envisagé les conséquences de son aide : le corps ravissant et humide de Luci était collé au sien, sa peau était fraîche, et il percevait les battements de son cœur tout proche du sien. Il aurait dû la lâcher, mais il n'en avait pas la moindre envie. Son cerveau avait cessé de fonctionner. Il pouvait juste la regarder, respirer son odeur et la désirer.

Il n'entendait plus le bruit des vagues ni les cris des baigneurs. Seul lui parvenait le son de leurs respirations mêlées…

Luci leva les yeux vers lui, et ils se fixèrent un instant en silence.

Cédant à l'envie de goûter ses lèvres roses, il pencha la tête, lui faisant clairement connaître son intention pour qu'elle ait le loisir de refuser.

Les prunelles bleu-gris s'élargirent, mais elle ne bougea pas. Visiblement, elle lui donnait la permission qu'il espérait.

Il se pencha et s'empara de sa bouche comme il en brûlait d'envie. Glissant la langue entre ses lèvres entrouvertes, il frôla la sienne et la goûta.

4.

Seb avait peine à maîtriser son désir, ce qui l'étonnait. Mais l'ardeur de Luci à lui répondre le surprit encore plus.

Sa bouche était tiède et douce, son corps frais et souple sous ses mains.

Ses doigts rencontrèrent le nœud qui retenait le haut du bikini. Il aurait pu le dénouer pour sentir les seins ronds de Luci se presser contre sa poitrine, mais il résista à la tentation. Au lieu de cela, ses mains descendirent plus bas pour se refermer sur ses fesses fermes et bien galbées, faites exactement pour ses paumes.

Au bout d'un instant, elle posa les mains sur sa poitrine et le repoussa gentiment pour le regarder.

Ils se fixèrent en silence, attendant que l'autre dise quelque chose.

Ses yeux bleu-gris étaient immenses, ses pupilles dilatées, et elle respirait vite. Ses lèvres étaient rouges, maintenant.

Il ne comptait pas s'excuser pour l'avoir embrassée. C'était le bon moment, le bon endroit, et elle n'avait pas résisté. Mais, maintenant, elle paraissait envahie par le doute. Elle n'avait pas l'air contrariée. Juste incertaine.

— Tu veux que j'arrête ? demanda-t-il.

Elle ne répondit pas tout de suite.

— Je ne sais pas ce que tu devrais faire, dit-elle enfin. Je ne sais pas non plus ce que je devrais faire. Je n'arrive pas à réfléchir.

— Tu es mal à l'aise ?

— Ce n'est pas cela, dit-elle en s'écartant, mais je ne m'y attendais pas.

— A ce baiser ?

Il était pourtant sûr qu'elle l'avait vu venir.

— Non. A ce que j'ai ressenti.

De son côté, cela avait été extraordinaire.

L'espace d'une seconde, il sentit son cœur cesser de battre à l'idée qu'elle n'ait pas été aussi émerveillée que lui.

— Et c'était comment ? souffla-t-il malgré lui.

— Différent.

Il n'était jamais allé à la pêche aux compliments, mais il avait besoin de savoir si le monde de Luci avait été bouleversé comme le sien.

— En bien ?

— En bien et différemment. Je n'avais jamais rien éprouvé de pareil. Je n'ai pas l'habitude d'embrasser un homme que je viens de rencontrer. En réalité, je n'ai pas l'habitude d'embrasser un autre homme que mon mari.

Cela impliquait-il qu'elle n'ait eu qu'une seule relation ?

— Ah bon ?

— Ben et moi étions ensemble depuis mes quinze ans, et je ne suis divorcée que depuis six mois.

Cette information répondait à plusieurs des questions qu'il se posait. Six mois, cela semblait un délai raisonnable pour tourner la page mais, dans la mesure où elle n'avait pas souhaité ce divorce, elle n'était peut-être pas prête.

— J'ai saisi. Tu as besoin de temps…

— Ne te méprends pas, c'était bon ! Mais je ne sais pas si c'était bien. Une petite voix me dit d'être prudente, et une autre me souffle de fermer les yeux et de sauter le pas.

Il souhaitait désespérément qu'elle choisisse la seconde solution, mais ce n'était pas à lui d'en décider.

— C'est à toi de voir, Luci. Mais laisse-moi te dire une chose : tu n'es à Sydney que pour quelques semaines. Nous pouvons profiter l'un de l'autre sans engagement d'aucune sorte. Ensuite, on se dira au revoir. Réfléchis. Tu sais où me trouver.

La libérant de son étreinte, il se pencha pour ouvrir la porte et lui permettre d'entrer à l'intérieur du bateau.

Luci se sécha et enfila sa robe bain de soleil.

C'était une façon de mettre une barrière supplémentaire entre Seb et elle. Ce n'était pas contre lui qu'elle se protégeait, mais contre sa propre envie de se jeter dans ses bras.

Si elle ne réfléchissait pas aux conséquences de ses actions, elle risquait de gâcher son séjour à Sydney. Seb et elle devaient cohabiter, travailler ensemble. C'était une raison suffisante pour qu'elle garde ses distances, même si ses hormones étaient d'un avis différent.

En tant que célibataire, rien ne l'empêchait d'aller plus loin avec lui, mais elle n'était pas certaine de pouvoir s'engager dans une relation éphémère. Jusqu'à ce qu'elle le sache, mieux valait s'abstenir.

Ce baiser avait été fantastique. Elle l'avait senti venir et n'avait rien fait pour l'éviter… Parce qu'elle le voulait. Elle avait envie de toucher Seb, de le goûter. Mais elle n'avait pas prévu qu'il serait aussi difficile de s'arrêter là.

Pendant qu'elle s'habillait, Seb avait sorti de la nourriture de la glacière. Affamée, elle se fit un plaisir de déguster le pique-nique qu'il avait préparé.

Durant le déjeuner et au cours de l'après-midi, ils n'abordèrent que des sujets anodins. Ils parlèrent de leur travail, des lieux qu'il avait visités et de Vickers Hill… De tout sauf du baiser qu'ils avaient échangé et de leur relation à venir. La discussion était fluide, sans silence embarrassant, mais l'atmosphère était chargée de tension. Et ce n'était pas parce qu'ils ne parlaient pas de leur baiser qu'elle cessa d'y penser.

Depuis presque une semaine, en dehors des heures de travail, Seb passait le plus de temps possible à bord de son bateau. Il avait changé la douche et le revêtement mural de la cuisine. L'ébéniste l'avait prévenu que les nouveaux équipements ne seraient pas prêts avant une quinzaine de jours, mais il avait besoin de s'occuper.

Il s'était promis de n'exercer aucune pression sur Luci, mais il s'était rapidement rendu compte que, s'ils passaient trop de temps dans le même espace, il lui serait de plus en plus difficile de résister au désir qu'elle lui inspirait.

Sa proposition tenait toujours, pourtant. Il n'était pas l'homme qu'elle cherchait, puisqu'elle voulait fonder une famille, mais ils pouvaient profiter du temps qui leur était imparti pour se donner mutuellement du plaisir. Ensuite, ils se quitteraient bons amis.

Une fois de plus, il se réfugiait dans son bateau mais, cette fois, ce n'était pas pour se remettre d'un chagrin. Le travail physique était un bon antidote contre la tentation. Le soir, il était tellement épuisé qu'il trouvait immédiatement le sommeil.

En trois ans, il avait eu quelques brèves liaisons, mais il s'était toujours arrangé pour éviter toute implication sentimentale. Luci n'était pas forcément sur la même longueur d'onde, et il connaissait par cœur toutes les raisons pour lesquelles il valait mieux ne pas l'approcher de trop près :

Jusqu'à maintenant, elle avait mené une vie très protégée.

Ils devaient travailler ensemble.

Ils devaient vivre sous le même toit.

Mais cela ne changeait rien au fait qu'elle l'excitait au plus haut point.

Malgré tout, il ne pouvait pas l'éviter complètement, ne serait-ce que dans le cadre du travail.

Le jeudi après-midi, quand elle frappa à la porte de son bureau, il perçut son odeur avant même de la voir.

Elle sentait la frangipane.

— Salut, dit-il en levant la tête. Ça va ?

Elle lui sourit, et ses yeux bleu-gris scintillèrent. Elle rayonnait, on aurait dit qu'elle répandait autour d'elle une lumière et embellissait ainsi la journée de tous ceux qui croisaient son chemin.

— Très bien, merci, dit-elle. Melanie Parsons est ici. Après son rendez-vous avec le psychologue, je dois examiner son enfant de quatre ans. Je me demandais si tu voudrais la recevoir.

— Bonne idée. A quelle heure dois-tu la voir ? demanda-t-il en consultant son agenda.

— C'est ma prochaine patiente. Je vais prendre un café, et ensuite elle devrait sortir de chez le psy. Donne-moi dix minutes pour que je commence l'examen du gamin, et rejoins-nous.

Quand il frappa à la porte, Luci aidait le jeune Harper à descendre de la table. Elle l'accompagna vers le coin des jeux où son petit frère de deux ans érigeait une tour avec des cubes. Pendant ce temps, Seb nota les dates des deux prochains entretiens de Melanie avec le psychologue.

— Nous travaillons sur la façon dont je peux gérer la situation, lui expliqua la jeune femme. Je vais aussi essayer de persuader Brad de m'accompagner.

Milo, qui était dans son landau, commença à pleurnicher.

— Excusez-moi, dit Melanie, il commence à avoir faim.

Il était curieux qu'elle s'excuse pour quelque chose d'aussi naturel.

Comme elle se levait pour s'occuper du bébé, Luci offrit son aide.

— Ne vous inquiétez pas, je vais voir si je peux le calmer pendant que vous terminez votre entretien avec le Dr Hollingsworth, dit-elle en sortant l'enfant de sa poussette.

Elle souffla sur ses petits pieds, et il cessa aussitôt de geindre pour glousser de joie. Le posant sur la table d'examen, elle entreprit de le distraire avec un miroir.

— Il faut aussi que je prenne rendez-vous pour trouver un moyen de contraception plus fiable, reprit la jeune mère tout en l'observant. Après le prochain, j'en aurai terminé avec les grossesses. Certains jours, je n'arrive même pas à me débrouiller avec les trois enfants que j'ai déjà.

Seb sauta sur l'occasion de placer ses pions.

— Je vais demander au psychologue de vous recevoir régulièrement après la naissance du bébé.

Il ne voulait surtout pas que Melanie passe entre les mailles du filet. Il fallait s'assurer qu'elle bénéficie du soutien dont elle avait besoin. C'était nécessaire, pour son bien et pour celui de ses enfants.

Celle-ci se leva pour partir.

— Vous avez des enfants, Luci ? demanda-t-elle en reprenant Milo pour le mettre dans la poussette.

Penchée pour attacher l'enfant, elle ne remarqua pas l'expression de Luci. On aurait dit qu'on venait de la gifler.

— Non, répliqua-t-elle d'une voix neutre.

— Vous devriez ! Vous êtes visiblement faite pour être mère.

Luci se détourna, si bien qu'il ne put voir son visage.

— Pour ma part, on dirait que je n'en ai pas l'énergie, continuait Melanie.

— Il y a une grosse différence entre s'occuper d'eux vingt-quatre heures sur vingt-quatre et les voir dix minutes, répliqua doucement Luci. Je comprends que vous soyez fatiguée.

— Epuisée est le mot juste, je crois. Mais je m'en sortirai. De toute façon, je n'ai pas le choix, conclut Melanie en poussant le landau hors de la pièce.

Dès qu'elle fut sortie, Seb se tourna vers Luci.

— Tout va bien ?

— Bien sûr… Mais je m'inquiète pour Melanie. Tu penses que les enfants ne risquent rien ?

— Quand tu as examiné Harper, est-ce que tu as constaté

une anomalie de poids ou de taille ? As-tu remarqué des meurtrissures inexpliquées sur son corps ?

— Tout était normal.

— Moi non plus, je n'ai relevé aucun signe de maltraitance. Les enfants sont propres et bien nourris. Je crois qu'elle tient le coup. De justesse parfois, mais je reste persuadé que les enfants ne sont pas en danger. D'ailleurs, si c'était le cas, elle ne resterait pas les bras croisés. Leur bien-être passe avant le sien — ce qui est une partie du problème et l'une des raisons pour lesquelles elle doit continuer de voir le psy. Si la situation empirait, j'espère qu'on s'en apercevrait.

Luci hocha la tête, mais elle lui parut contrariée.

En fait, en l'espace de quelques jours, il avait appris à déchiffrer ses expressions. En tout cas, il s'inquiétait pour elle et voulait savoir ce qui la tourmentait.

Oubliant ses bonnes résolutions, il demanda :

— Tu as des projets pour ce soir ?

— Je compte me faire une plâtrée de légumes.

— Il y en aurait assez pour deux ?

— Tu seras à la maison ?

Elle avait donc remarqué qu'il était aux abonnés absents ? Est-ce qu'il lui aurait manqué ?

— J'apporterai le vin, dit-il en acquiesçant d'un signe de tête.

— D'accord.

— Quelle odeur délicieuse !

La voix de Seb fit sursauter Luci alors que, penchée sur le wok, elle faisait sauter de l'ail et des piments coupés en petits morceaux.

— Ce ne sont que des nouilles au poulet, dit-elle en faisant glisser les morceaux de viande marinée dans la poêle.

Seb déboucha la bouteille de vin qu'il avait apportée et

la déposa sur la table. Il remplit deux verres et lui en tendit un avant de s'appuyer au comptoir.

Avait-il l'intention de rester dans la cuisine pendant qu'elle préparait le repas ?

Elle sirota son vin dans l'espoir que l'alcool la détendrait.

Elle avait été surprise et ravie que Seb soit libre ce soir. Pendant toute la semaine, elle l'avait entendu rentrer tard. Elle s'était d'ailleurs demandé s'il ne cherchait pas à l'éviter.

Elle ne s'était toujours pas accoutumée à la solitude. Depuis son divorce, elle avait pris l'habitude de dîner chez ses parents deux fois par semaine ou de partager un repas avec Flick. Depuis qu'elle était à Sydney, les soirées lui semblaient longues.

Elle n'allait pas pour autant céder aux avances du premier homme qu'elle croisait ! Si elle voulait gagner son indépendance, elle devait aussi faire preuve d'un peu de résistance.

Mais cela ressemblait tellement à un rendez-vous amoureux ! Ben et elle étaient sortis ensemble dès le lycée, et elle se rappelait à peine à quelle occasion ils s'étaient embrassés pour la première fois. Lors d'un anniversaire, sans doute. Ils avaient dû jouer à des jeux idiots et boire du vin dérobé dans une cave familiale.

Elle regrettait de n'avoir pas choisi un plat plus compliqué, qui requière davantage d'attention. Celui-ci lui laissait trop de temps pour penser à Seb.

Même si elle l'avait peu croisé dans l'appartement ces derniers temps, elle savait toujours quand il était là. Elle reconnaissait son odeur, même maintenant alors que l'air était chargé des arômes d'ail et de piment. Il avait sûrement pris une douche en rentrant du travail — sans doute quand elle était au supermarché —, car le parfum de sa lotion après-rasage lui chatouillait les narines. Il avait mis un short beige et un T-shirt bleu marine. Il était pieds nus et paraissait parfaitement à l'aise. Apparemment, il ne se posait pas de question sur la nature de cette soirée…

Elle avala une autre gorgée de vin et tâcha d'imiter cette attitude tandis qu'elle servait le repas.

Seb plongea sa fourchette dans son bol de nouilles et avala plusieurs bouchées avant de s'arrêter pour respirer.

— C'est délicieux ! dit-il en remplissant de nouveau leurs verres.

Elle avait eu l'intention d'étudier un peu après le repas, mais c'était exclu si elle buvait du vin. D'un autre côté, elle pouvait difficilement jouer les effarouchées. Après une semaine de soirées solitaires, c'était vraiment agréable de dîner avec quelqu'un… Et encore plus agréable si ce quelqu'un était Seb.

— Tu t'es remise de la visite de Melanie ? demanda-t-il.

— Qu'est-ce que tu veux dire ?

— Elle a dit quelque chose qui t'a affectée.

— Tu l'as remarqué ?

— Bien sûr. Qu'est-ce que c'était ?

— Je sais qu'elle ne l'a pas fait exprès, mais si j'avais perçu un dollar chaque fois qu'on m'a demandé si j'avais des enfants, j'aurais remboursé mon crédit à l'heure qu'il est. Je ne comprends pas pourquoi les patients estiment avoir le droit de poser des questions personnelles.

— Elle te trouvait très naturelle avec ses enfants, je crois qu'elle a voulu te faire un compliment.

— J'en ai bien conscience. Mais je parie que personne ne te demande à toi si tu es père de famille.

— Ça arrive, mais c'est probablement le genre de sujet qu'on aborde plus facilement entre femmes.

— Sous prétexte qu'une femme travaille dans un centre de santé familial, un service de pédiatrie ou d'obstétrique, elle est forcément mère ou veut l'être !

— Mais tu veux avoir des enfants ?

— Oui, mais je n'ai pas envie pas d'y penser tout le temps. Il est clair que mon divorce a bouleversé mes projets d'avenir. Je ne suis pas exactement en mesure de fonder une famille, là, tout de suite, et je n'ai pas non plus envie de raconter ma vie aux patients !

— Je comprends ça.

— Je n'avais pas prévu qu'on me poserait cette question aussi souvent.

— Pourquoi ne pas répondre tout simplement que tu es jeune et que tu as le temps ?

Ce n'était pas une mauvaise idée, mais Seb ignorait que l'âge et le temps n'y étaient pour rien.

— De nombreuses mères sont plus jeunes que moi, et je ne veux pas leur laisser penser que je les juge. En réalité, si ça ne tenait qu'à moi, j'aurais des enfants actuellement. C'est ce que j'ai toujours souhaité. Mes parents sont âgés. Mon père a presque soixante-dix ans, et ma mère deux de moins. Ce sont des parents merveilleux, mais j'ai remarqué en grandissant la différence avec ceux de mes amis. Les miens auraient pu être mes grands-parents… En plus, je suis fille unique, et c'est ce que je voulais éviter à mon futur premier-né. Depuis l'adolescence, mon rêve a toujours été de fonder une famille.

— Tu n'as qu'à leur dire que tu attends l'homme de ta vie, alors, suggéra Seb. A moins que tu ne penses l'avoir définitivement trouvé en Ben ?

— En tout cas, c'est ce que j'ai cru quand je l'ai épousé.

En ce qui la concernait, sa vie était toute tracée dès l'instant où elle l'avait rejoint devant l'autel…

Apparemment, elle s'était trompée. Ben n'était pas l'homme de sa vie, sinon ils seraient toujours ensemble. Ou peut-être n'était-elle pas la femme qu'il lui fallait ? Sans doute, puisqu'il avait rencontré quelqu'un qui lui convenait mieux. Restait à espérer que cette chance lui arrive à elle aussi.

A quoi ressemblerait l'homme parfait, en ce qui la concernait ?

Elle regarda le spécimen masculin assis en face d'elle.

Seb Hollingsworth correspondait assez bien à l'idée qu'elle se faisait du compagnon idéal.

Un signal d'alarme résonna dans sa tête : le terrain était dangereux, mieux valait changer de sujet.

— Comment s'est passée ta semaine ? demanda-t-elle. Je t'ai à peine croisé. Tu n'as pas changé d'avis, à propos de notre cohabitation ?

— Non. J'ai juste préféré te laisser un peu d'espace. Par ailleurs, cette proximité n'est pas toujours facile à vivre. J'ai du mal à te mettre dans la catégorie des « amies »… Alors j'ai pensé que le mieux était de m'éloigner. J'ai travaillé sur mon bateau.

L'espace d'un instant, elle se demanda si elle avait envie de figurer parmi les « amies » de Seb.

Probablement non, mais elle n'avait pas encore pris de décision à propos de leur relation. Pour l'instant, le plus sûr était de ne pas bouger. En tout cas, elle était contente que Seb ne se soit pas excusé de l'avoir embrassée.

Il la regardait fixement, comme s'il attendait une réponse.

Prenant les bols, elle alla les rincer dans l'évier.

— Je trouve injuste que tu te sentes obligé de ne pas rentrer, dit-elle, le dos tourné.

— J'ai estimé que ce serait plus facile pour tous les deux. Je t'ai promis de ne pas te mettre mal à l'aise.

— Ce n'est pas le cas, mais je me sens encore incapable de sauter à pieds joints sur une nouvelle relation. Je dois tourner la page, je le sais, mais je ne suis pas du genre à coucher avec le premier homme qui croise mon chemin. Finalement, je ne sais même pas à quoi ressemble un premier rendez-vous. C'est peut-être moi qui devrais sortir pour rencontrer des gens…

Seb était contrarié.

Il avait espéré que Luci lui ferait part de sa décision.

Son ego lui avait fait croire que, s'il lui donnait du temps et de l'espace, il lui manquerait. Mais elle avait peut-être raison de vouloir rencontrer d'autres gens. Elle pourrait s'apercevoir éventuellement qu'il était le meilleur candidat pour une aventure sans lendemain.

— Je suis invité à une réception après-demain soir, dit-il. Si tu veux m'accompagner, ce serait l'occasion pour toi de faire des rencontres.

Il n'avait pas eu l'intention d'accepter cette invitation, mais la perspective de se rendre à cette soirée avec Luci la rendait soudain bien plus attractive.

Ginny et lui étaient amis depuis le lycée, et elle avait fait de gros efforts pour garder le contact avec lui ces derniers temps. Même s'il était désagréable et renfermé, elle avait continué de le convier à ses réceptions. Il avait décliné la plupart de ses invitations, tout en appréciant qu'elle ne l'abandonne pas à son triste sort. Il était peut-être temps d'accepter.

— Tu me proposes une sortie en amoureux ? demanda Luci.

— Pas exactement.

C'était ce qu'il aurait souhaité mais, puisque Luci insistait pour rencontrer d'autres gens, la soirée du lendemain lui semblait un bon compromis. Ensuite, à condition que tout se passe selon ses vœux, il lui proposerait une autre sortie.

— Une amie organise une soirée entre célibataires. Chaque invité amène un ou une partenaire avec qui il n'est pas lié sentimentalement. C'est une façon d'élargir le cercle des connaissances et de rencontrer éventuellement quelqu'un avec qui engager une relation. Cela correspond à ce que tu disais : on y va en amis, et c'est l'occasion pour toi de voir de nouvelles têtes. Qu'est-ce que tu en penses ?

— C'est plutôt tentant, admit Luci.

Elle n'avait ni hésité ni posé la moindre question. Apparemment, elle était plus aventureuse et sociable que lui !

5.

Luci réunit ses cheveux en une queue-de-cheval et se mit un peu de rose sur les lèvres avant d'enfiler la combinaison ajustée bustier pantalon achetée le jour même.

Pour justifier cette dépense, elle s'était dit qu'elle ne s'était rien acheté depuis des siècles. En fait, elle s'était dit bien des choses, posé bien des questions… Par exemple sur la nature réelle de cette escapade avec Seb, qui n'était pas un rendez-vous amoureux.

Lorsqu'elle le rejoignit dans la salle de séjour, Seb la gratifia d'un regard admiratif.

— Tu es sensationnelle ! Je me disais qu'on pourrait y aller à moto, mais il vaudrait peut-être mieux appeler un taxi.

— Je préfère la moto, affirma-t-elle.

Elle échangea ses sandales contre de vieilles bottes, et un instant plus tard Seb lui donnait un casque avant de mettre les sandales dans le coffre avec une bouteille de vin. Il avait aussi une veste de cuir supplémentaire pour elle, qu'il l'aida à enfiler avant de fixer la sangle de son casque.

Lorsque le moteur se mit à vrombir, elle enjamba le siège, entoura la taille de Seb de ses bras et se serra contre lui. Le trajet jusqu'à Cremorne Point lui parut très court, et à la fois très long, indice de son trouble intérieur. Lorsque Seb se gara derrière la maison, la réception battait déjà son plein et la musique emplissait l'air nocturne.

Elle changea de chaussures, vérifia son apparence dans le rétroviseur et respira un grand coup.

Elle était venue pour affronter des inconnus, mais soudain l'idée la terrorisait.

Seb lui prit la main et la serra légèrement.

Il devait avoir senti sa nervosité, mais son contact ne fit que l'intensifier. Cependant, c'était si agréable qu'elle ne se plaignait pas…

Il ouvrit le portail arrière et la conduisit le long d'une allée étroite. Lorsqu'ils parvinrent dans le jardin, elle retint son souffle.

La maison donnait sur le port, et la vue était incroyable. Au loin, on apercevait l'opéra et le pont. Au centre de la pelouse était érigé un chapiteau blanc sous lequel on avait dressé une table. Tout près, il y avait un bar chargé de verres et de bouteilles. Des guirlandes lumineuses et des lampes d'ambiance éclairaient le jardin, le soleil couchant embrasait l'opéra… C'était absolument spectaculaire !

Ginny vint les accueillir, et Seb les présenta l'une à l'autre.

— Soyez la bienvenue, dit Ginny en l'embrassant sur les deux joues. Je suis ravie que vous ayez accepté de venir. Je n'avais pas vu Seb depuis des siècles, et je craignais qu'il ne décline encore cette invitation.

— Merci de m'avoir permis de l'accompagner, répliqua Luci. C'est magnifique, ajouta-t-elle en regardant autour d'elle.

— Merci, mais je n'y suis pas pour grand-chose. Je suis décoratrice — plus exactement styliste culinaire —, mais la maison appartient à un autre de mes amis, Michael. Venez, je vais vous présenter.

Tous deux suivirent Ginny sur la pelouse en direction du bar autour duquel les autres invités s'étaient massés.

Luci tâchait de retenir les noms, mais tout allait très vite.

Pour commencer, il y eut Paulo, un Espagnol dont Ginny avait fait la connaissance dans le cadre professionnel.

— Je sais rendre la nourriture visuellement attractive, expliqua celle-ci, mais je ne sais pas cuisiner, alors j'ai invité Paulo.

Ensuite, il y eut Michael, le propriétaire de la maison, suivi d'une top-modèle, d'un rugbyman, d'un kinésithérapeute et du frère de Ginny, qui travaillait dans la finance, puis un avocat, un acteur et une blogueuse alimentaire.

En quoi consistait cette dernière activité ? Mystère. Mais la blogueuse était extraordinairement mince, ce qui impliquait sans doute qu'elle n'était pas obligée de manger.

Ginny avait conçu un plan de table évolutif : les convives furent informés qu'ils changeraient de place entre chaque plat. C'était un programme et un assortiment de personnes intéressants. La soirée promettait d'être passionnante… Ou désastreuse !

Luci commença la soirée entre Paulo, le chef espagnol, et Michael, leur hôte.

Michael était brun et assez beau. En dehors de sa magnifique maison, il possédait trois restaurants, qu'il mentionna successivement dès les premières minutes et à plusieurs reprises par la suite. Il avait l'air de penser qu'elle serait favorablement impressionnée. Elle l'était, mais pas par lui. Il était visiblement très riche, mais la fortune ne figurait pas sur sa liste de priorités. Il avait aussi une très haute opinion de lui-même et aucun sens de l'humour. Elle préférait quelqu'un qui la fasse rire et avec qui elle se sente elle-même, et il était clair que Michael ne ferait pas l'affaire.

A sa gauche, Paulo était scandaleusement beau et plutôt séduisant, mais ce n'était pas non plus son type d'homme. Il ne faisait pas battre son cœur plus vite et ne suscitait pas en elle l'émotion que Seb faisait naître par sa seule présence. Elle parvint pourtant à survivre à l'entrée et à des conversations qui n'avaient rien de captivant.

Pendant le plat principal, elle se retrouva entre l'acteur et le rugbyman. Les centres d'intérêt de ce dernier se limitant au rugby et au golf, elle se tourna vers l'acteur, laissant le sportif à sa discussion avec la jeune femme assise à sa droite.

L'acteur était « entre deux contrats ». En attendant,

il était serveur. Il était plutôt sympathique, mais elle fut rapidement convaincue qu'il était homosexuel. C'était sans importance, puisqu'il ne l'attirait pas, mais elle se demanda qui l'avait invité.

Pendant ces déplacements, elle parvint à garder un œil sur Seb, en s'efforçant d'être suffisamment discrète pour que personne ne s'en aperçoive. Elle faisait de son mieux pour s'intéresser au bavardage de ses voisins, mais plus la soirée avançait, plus c'était difficile. Elle aurait voulu pouvoir se lever pour aller s'asseoir près de Seb.

Les règles de la soirée autorisaient-elles les convives à repartir en compagnie de la personne avec laquelle ils étaient venus ?

En tout cas, c'était clair, aucun homme présent ne pouvait se comparer à Seb. Peu importait finalement qu'il soit ou non le premier à avoir croisé son chemin. Elle savait juste qu'elle ne le laisserait pas s'éloigner sans avoir exploré auparavant toutes les possibilités.

Si elle était honnête, elle devait admettre qu'elle y avait pensé pendant toute la semaine. Son mariage était derrière elle, et elle devrait bien à un moment ou à un autre trouver un nouveau partenaire… Si c'était Seb Hollingsworth, elle serait plus que comblée.

Elle lui jeta un coup d'œil et s'aperçut qu'il la regardait.

Rougissant légèrement, elle lui sourit et se leva car on débarrassait les couverts du dessert. Les convives formèrent de petits groupes dans le jardin où le café était servi. Mais, avant qu'elle puisse rejoindre Seb, elle fut retenue par Michael qui lui parla de lui-même pendant plusieurs minutes. Cherchant une excuse polie pour s'esquiver, elle repéra Seb, qui discutait avec la top-modèle.

Leurs regards se croisèrent.

Pourquoi perdre davantage de temps avec un homme dont la conversation l'ennuyait profondément ?

— Si vous voulez bien m'excuser, dit-elle.

Au même instant, elle vit Seb s'éloigner du mannequin pour s'approcher d'elle.

Une minute plus tard, tous deux se dirigeaient en silence jusqu'à un banc.

Ils étaient enfin seuls !

Lorsqu'elle s'assit près de Seb, leurs cuisses se frôlèrent, et les papillons désormais familiers voletèrent dans son estomac.

— Tu veux ma veste ? demanda-t-il alors qu'elle frissonnait.

— Non, tout va bien.

Passant un bras autour de ses épaules, il l'attira contre lui.

Il était si chaud, si solide ! Elle aurait voulu fermer les yeux pour mieux jouir de cette étreinte.

— Tu t'amuses ? s'enquit-il.

— Pas vraiment. Le rugbyman était casse-pieds, Michael est un égocentrique invétéré, et Paulo est sympa, mais sans intérêt à mes yeux. Quant à l'acteur, je le soupçonne d'être homo.

Seb se mit à rire.

— En quoi est-ce drôle ? s'étonna-t-elle.

— Ça fait un rival de moins.

— Un rival ?

— Un type de moins qui cherche à attirer ton attention.

Pendant une fraction de seconde, elle hésita à lui livrer le fond de sa pensée.

— Peu importe, puisque j'ai trouvé le bon.

— Le frère de Ginny ?

— Pas lui, non.

— Je n'en vois pas d'autre.

— Il existe, mais je ne sais pas si le règlement de la soirée autorise les invités à repartir en compagnie de la personne avec laquelle ils sont venus.

— Tu veux dire... Toi et moi ?

Elle hocha la tête.

— Tu es sérieuse ?

— Oui. Tant que nous respectons les règles.

Se levant d'un bond, Seb lui tendit la main.

— Au diable les règles ! Allons-nous en d'ici.

Ils s'arrêtèrent à peine pour dire au revoir à Ginny avant de filer en direction de la moto.

Luci ignora le sourire entendu de Ginny. Elle ne se souciait pas de ce que les autres pouvaient penser. Pour changer, elle allait faire exactement ce qu'elle voulait, sans se préoccuper de l'opinion d'autrui.

Assise derrière Seb sur la moto, elle glissa la main sous sa chemise et s'efforça d'imaginer la suite.

Plus tard, c'est à peine si elle eut conscience de gravir les marches de l'escalier. Une fois dans l'appartement, leurs vêtements commencèrent à valser dans tous les coins.

Seb se débarrassa de ses bottes et de sa veste de cuir, et elle en fit autant. Après avoir abandonné sa chemise sur le sol, il attira Luci dans ses bras, la souleva de terre et la poussa contre le mur du couloir tandis qu'elle nouait ses jambes autour de sa taille. Pendant qu'ils s'embrassaient à bouche que veux-tu, elle ne se lassait pas de parcourir le dos de Seb, d'en sentir la peau douce et ferme sous ses paumes. On aurait dit qu'il avait été sculpté dans le marbre, mais il était chaud et vibrant de vie.

— Ta chambre ou la mienne ? demanda-t-il.

— La tienne est plus près !

Pendant qu'il la portait à travers l'appartement, elle sentit son membre durci contre son pubis. Il la posa, et elle devina qu'il cherchait la fermeture Eclair de sa combinaison.

— Sur le côté, souffla-t-elle.

Dès que le vêtement glissa, Seb se pencha pour embrasser le diamant formé sur sa poitrine par les taches de rousseur.

— J'en ai envie depuis la première fois que je t'ai vue.

Quand il prit ses seins en coupe et saisit entre ses lèvres un de ses mamelons, elle crut qu'elle allait se liquéfier.

Elle entreprit fébrilement de défaire la ceinture de Seb puis fit glisser le zip de la fermeture Eclair. Le pantalon ne tarda pas à rejoindre les autres vêtements.

Seb la souleva de nouveau et la posa sur le lit avant de retirer son boxer.

L'espace d'un instant, elle eut le loisir d'admirer l'ange de marbre dans toute sa gloire.

La poitrine de Seb était large et bronzée par le soleil, grâce aux heures passées sur le bateau. La ligne du sternum, souligné par une toison légère, attira son regard plus bas, en dessous du nombril, vers son sexe fièrement dressé.

Il était absolument superbe.

Sentant entre ses cuisses une humidité chaude, elle glissa les doigts sous l'élastique de son slip pour le retirer, mais Seb la devança. S'agenouillant au pied du lit, il tira sur le sous-vêtement et lui écarta les jambes.

Maintenant elle lui était livrée tout entière.

Les yeux clos, elle sentit sa langue remonter le long de la face interne de sa cuisse puis s'enfoncer dans son sexe.

Elle souleva les hanches tandis qu'il la léchait et la goûtait.

Puis, n'y tenant plus, elle tendit les bras et l'attira à elle. Lorsqu'il s'agenouilla entre ses cuisses, il se pencha pour prendre une fois de plus un mamelon dans sa bouche. Sa langue était dure, humide…

Elle gémit et se cambra, incapable d'attendre une minute de plus.

— Prends-moi maintenant, supplia-t-elle.

Seb ouvrit un tiroir de la table de chevet et en sortit un préservatif.

Les doigts tremblants, elle déchira l'enveloppe, puis elle l'enfila sur le sexe de Seb avant de le guider en elle.

Soulevant les hanches, elle le laissa la combler.

6.

Au moment de l'orgasme, Luci poussa un long cri.

Seb tressaillit de tous ses membres et la rejoignit dans le plaisir.

La première fois, ils avaient été incapables de maîtriser le désir qu'ils contenaient depuis si longtemps. Ensuite, ils avaient exploré chaque centimètre de leurs deux corps puis avaient fait l'amour lentement, langoureusement. Cela avait été différent, et aussi bon.

Elle redécouvrait les joies du sexe. Avec Seb, il n'y avait pas de routine, pas d'attente, pas de pression. Tout était nouveau et excitant.

Elle se rappelait le temps où Ben et elle n'étaient jamais rassasiés l'un de l'autre. Après leur mariage, ils saisissaient la moindre occasion de faire l'amour. Puis ils avaient décidé qu'il était temps de fonder une famille. Mais, mois après mois, ses rêves de maternité avaient été déçus, et le plaisir s'était peu à peu mué en corvée.

Elle savait exactement comment c'était arrivé. Elle avait commencé à s'inquiéter, à prendre constamment sa température, à changer son régime, à insister pour que Ben se plie à ses volontés certains jours du mois, voire à certaines heures de la journée.

Comment s'étonner que son mari ait fini par chercher ailleurs ? Elle lui avait reproché d'avoir détruit leur union, mais elle en était tout aussi responsable. A présent, redécouvrir à quel point le sexe pouvait être réjouissant la remplissait d'allégresse.

Elle sourit quand Seb s'allongea près d'elle et lui caressa le bras du bout des doigts.

— Comment était-ce ? demanda-t-il.

— Génial ! affirma-t-elle. Mais tout cela est nouveau pour moi. J'ai besoin de connaître les codes.

— Qu'est-ce que tu veux dire ?

— Je voudrais savoir si nous sortons ensemble ou si nous couchons seulement ensemble.

— Qu'est-ce que tu veux ?

— J'ai envie de m'amuser, mais je veux savoir aussi à quoi ressemble un rendez-vous amoureux. J'ai besoin d'un peu de pratique pour être prête à de nouvelles rencontres quand je rentrerai chez moi.

— Tu le seras, crois-moi. Je serai ravi de te rendre ce service durant les quatre semaines qui nous restent. On va s'amuser, comme tu dis, jusqu'à ce que tu en aies marre de moi.

Il n'avait pas envisagé qu'il puisse se lasser le premier, ce dont elle lui fut reconnaissante.

— Mais il y a une condition, reprit Seb.

— Laquelle ?

— Notre relation restera exclusive pendant ce laps de temps. Nous ne sortirons avec personne d'autre.

Elle acquiesça. Elle n'avait nullement l'intention de chercher ailleurs.

— Alors, quand Michael va t'inviter, continua Seb, tu dois avoir une excuse toute prête.

— Michael ? Je crois lui avoir fait clairement comprendre que je n'étais pas intéressée.

— Pour certains hommes, une femme qui refuse leurs avances est encore plus attirante, et c'est là qu'ils partent en chasse, dit Seb en lui déposant un baiser sur l'épaule. Je vois que j'ai encore beaucoup de choses à t'apprendre. Nous avons tant de choses à faire en si peu de temps…

— Par où veux-tu commencer ? s'enquit-elle en souriant.

— Pourquoi pas par cela ?

Sur ces mots, il plongea sous les couvertures.

Elle ferma les yeux et s'abandonna à un plaisir qui ne laissait aucune place à la réflexion.

Seb la réveilla le matin de la même façon qu'il lui avait souhaité une bonne nuit, puis il se leva pour préparer du thé.

— L'heure est venue d'un premier rendez-vous, annonça-t-il pendant qu'elle buvait à petites gorgées, assise sur le lit.

— Maintenant ?

— Tu peux prendre une douche, mais dépêche-toi.

Mais comment se presser quand Seb offrait de lui frotter le dos... Ce n'était pas forcément le bon moyen pour gagner du temps !

Elle mit un jean, un T-shirt, des espadrilles et la veste de cuir prêtée par Seb pour grimper derrière lui sur la moto. Les muscles de ses cuisses se firent sentir lorsqu'elle enjamba la selle, mais elle s'accommodait très bien de ces courbatures. Elle était sans doute un peu raide, mais c'était une douleur qu'elle était très contente d'éprouver.

— Où va-t-on ? demanda-t-elle.

— Prendre le petit déjeuner.

Cela tombait bien, elle était affamée.

Seb roula en direction de Milson's Point, un quartier situé sur la rive Nord, et il se gara dans un parking près du pont.

De nombreux cafés bordaient l'autre côté de la rue mais, au lieu de traverser, Seb lui prit la main et la conduisit le long de la structure du Sydney Harbour Bridge. Un instant plus tard, ils gravissaient un escalier métallique.

— Tu vas marcher sur le pont avec moi ? s'étonna-t-elle lorsqu'ils se retrouvèrent sur le passage réservé aux piétons. Je croyais qu'il n'y avait que les touristes pour faire ce genre de choses ?

— Je me suis dit que ça valait le coup de faire une

exception pour toi, mais il fallait que ce soit au meilleur moment de la journée. Le dimanche matin, c'est relativement calme. On va pouvoir prendre notre temps et déjeuner de l'autre côté.

La vue était splendide, plus encore qu'elle ne l'avait imaginé. L'opéra, les jardins botaniques royaux de Sydney et la ville tout entière s'offraient à leurs yeux. Sur leur gauche, le soleil était encore bas, et l'opéra scintillait comme une meringue. Elle l'avait contemplé depuis le bateau, à l'aube et le soir. Maintenant, elle l'admirait depuis un point plus élevé, et elle n'était pas déçue.

Une brise légère agitait le drapeau en haut du pont, ce n'était pas désagréable. Ils s'arrêtaient parfois pour regarder les ferries qui sillonnaient le port et de minuscules voiliers traçant leur sillon à la surface de l'eau. Lorsqu'ils descendirent dans Cumberland Street, dans le quartier des Rocks, elle était affamée. L'amour et la promenade lui avaient aiguisé l'appétit.

Seb commanda un petit déjeuner pantagruélique composé d'œufs, de bacon, de tomates, d'épinards et de champignons. Elle avait en outre une purée d'avocat à étaler sur ses tartines, de quoi revitaliser son énergie.

— Je peux te poser une question ? dit-elle en coupant son bacon.

— Bien sûr.

— Pourquoi n'as-tu pas de petite amie ?

— Tu te demandes s'il n'y a pas chez moi quelque chose d'anormal que tu n'aurais pas encore remarqué ?

— Non… Enfin, peut-être. Comment se fait-il qu'un type comme toi soit célibataire ?

— Un type comme moi ? Qu'est-ce que ça veut dire, exactement ?

— Inutile d'aller à la pêche aux compliments ! Contente-toi de répondre à ma question.

— S'il s'agit de compliments, je veux bien te donner

quelques explications : j'ai besoin de ma liberté pour faire ce que je veux et aller où je veux. L'année dernière, j'ai passé environ quarante semaines à me rendre dans quatre villes différentes. Je ne vois pas l'utilité de me lancer dans une relation à distance, et je n'ai pas de petite amie parce que je n'ai pas envie de m'engager.

— Cela t'est déjà arrivé ?

— Une fois. Mais ça s'est terminé il y a trois ans, et maintenant j'ai pris goût à l'indépendance. La plupart des couples finissent par se séparer, alors à quoi bon courir ce risque ? Et toi, tu es prête à renouveler l'expérience ?

— Oui. J'ai aimé être mariée, partager ma vie avec quelqu'un, avoua-t-elle avec franchise. Bien sûr, je n'ai pas trop apprécié le dénouement, mais je ne veux pas que cela influence le cours de ma vie future.

Elle n'ajouta pas que, si elle refusait d'emprunter de nouveau ce chemin, elle se vouait à une existence solitaire et abandonnait tout espoir d'être mère.

— Tu n'as pas envie de fonder une famille un jour ? demanda-t-elle.

Seb vida sa tasse de café et se leva.

— Non.

La discussion était clairement close.

Il faudrait qu'elle se souvienne de ne jamais aborder ce sujet, dorénavant. C'était parfaitement inutile, et elle ne voulait pas gâcher une relation qui n'était que temporaire. Ils étaient juste censés s'amuser un peu ensemble.

Ils passèrent l'heure suivante à se promener parmi les boutiques du quartier des Rocks. Ensuite, ils empruntèrent le pilier Sud pour remonter sur le pont.

La conversation resta neutre, et c'était bien ainsi. Seb n'était pas obligé de lui faire des confidences et, en dehors de cela, il incarnait vraiment le partenaire idéal. Il était drôle, attentif et superbe.

Ce premier rendez-vous était parfait.

Durant les dix jours suivants, Seb proposa à Luci plusieurs sorties aussi agréables. Ils visitèrent le zoo, firent du shopping dans le quartier de Paddington, dînèrent dans la ville chinoise, dégustèrent des huîtres à côté de l'opéra, des burgers à Manly, du poisson et des frites à Watson's Bay. Mais ce que Luci préféra de loin, ce fut le jour où ils louèrent un kayak et ramèrent jusqu'à Store Beach.

Store Beach n'était accessible que par bateau, si bien qu'elle était plus calme que les autres plages, et c'était justement cela que Luci apprécia. Elle adora s'échapper de la ville aussi facilement, et le nombre de petites criques éparpillées autour du port était surprenant. Ils en profitèrent pour faire l'amour dans l'eau.

Elle savait que ces instants resteraient gravés dans sa mémoire quand Seb serait sorti de sa vie. Les moments qu'elle passait avec lui étaient thérapeutiques, tant sur le plan mental que sur le plan physique. Cela faisait longtemps qu'elle ne s'était pas sentie aussi heureuse. Elle ne pensait plus aux bébés ni à son divorce, ni à Ben et à Catriona, sa nouvelle épouse.

Elle réaliserait ses rêves d'une façon ou d'une autre. Seb avait raison : elle avait du temps devant elle. Sa vie était loin d'être terminée, et elle était prête à saisir une seconde chance si elle lui était offerte.

Le séjour de Luci à Sydney était déjà à moitié écoulé. Ses jours et ses nuits étaient très occupés, et elle se demandait comment elle supporterait de rentrer à Vickers Hill.

Elle avait du mal à se rappeler ce qu'elle faisait, là-bas : elle travaillait, elle faisait le ménage, elle dînait avec ses parents, elle participait une fois par semaine à un match de base-ball… Cela semblait bien dérisoire en comparaison de toutes les opportunités qui lui étaient offertes à Sydney.

En tout cas, elle avait pris de l'assurance et n'éprouvait plus de gêne quand des patients lui posaient des questions à propos des enfants qu'elle n'avait pas.

— Pas encore, se contentait-elle de répondre.

Grâce à Seb, elle n'était plus obsédée par la maternité, elle était plus détendue et comptait profiter pleinement des quatre semaines qui lui restaient avant son départ.

En revanche, elle s'était tellement habituée à passer ses journées et ses nuits avec Seb que, lorsqu'il lui annonça qu'il devait partir en mission pendant plusieurs jours, la perspective de rester seule l'effraya.

— Je dois aller travailler au centre de santé de Budgee, près des Blue Mountains. La femme du médecin et sa fille ont eu un accident de voiture, et il s'est rendu à Sydney pour être avec elles. Il n'y a pas d'hôpital ou d'autre lieu de soins pour les patients, lui expliqua-t-il.

— Pourquoi t'ont-ils sollicité ?

Il haussa les épaules.

— Il y a dix-huit mois, j'ai passé six semaines à Budgee, ça doit les rassurer. De toute façon, ça fait partie de mon travail. Tu peux m'accompagner, si tu veux.

— Comment serait-ce possible ?

— L'épouse du médecin est infirmière, si bien que la ville a perdu en même temps son médecin et son infirmière. Si tu es d'accord, je pourrai m'arranger pour qu'on t'accorde ces quelques jours, toujours dans le cadre de ton stage.

Peu importait à Luci qu'on l'accuse de favoritisme. Elle préférait l'accompagner plutôt que de rester seule à Sydney, même pour un laps de temps très court.

C'est ainsi que, deux jours plus tard, Luci se retrouva dans la rue principale de Budgee.

C'était une jolie ville située à trois heures de Sydney. Sa voie centrale ressemblait à toutes celles qui traversent les bourgades australiennes. Celle-ci était bordée de chênes et de beaux édifices publics. Un monument militaire était érigé à côté du pub, près d'un immeuble majestueux orné de balcons aux rambardes en fer forgé. Dans le centre-ville, la poste de brique rouge avait été bâtie juste en face de la mairie. Plus loin, après le commissariat, l'église catholique et le temple presbytérien se faisaient face, comme des sentinelles veillant sur la ville.

Ayant quitté Sydney de bonne heure, ils étaient arrivés au centre de santé à 10 heures du matin. Ils devaient y travailler toute la matinée avant de se rendre dans une communauté aborigène.

— Autrefois, Budgee avait un hôpital, lui expliqua Seb en quittant la rue principale, mais à mesure que le nombre d'habitants diminuait, les services ont été peu à peu réduits. Comme les moyens de transport s'amélioraient, il n'était plus nécessaire que chaque ville dispose de ses propres aménagements sanitaires. Cependant, on a installé un centre de santé communautaire dans l'ancien hôpital. Le médecin local consulte là deux jours par semaine, et trois autres jours dans les bourgades environnantes.

Seb se gara dans le parking de l'ancien hôpital, et lui fit visiter les locaux. Ils passèrent le reste de la matinée à effectuer des bilans de santé. Pendant leur pause, ils s'achetèrent une tourte à la viande qu'ils mangèrent dans la voiture en se rendant au village aborigène situé à trente minutes de la ville.

Tandis qu'ils roulaient parmi les vignes, il sembla à Luci qu'ils sortaient une fois de plus en amoureux.

Seb portait une chemise à manches courtes qui révélaient ses avant-bras musclés. Il chantonnait l'air qui passait à la radio. Ses doigts encerclaient le volant… Les mêmes qui l'avaient caressée et amenée à l'orgasme pendant la nuit. Après ces heures passées à faire l'amour, son entrejambe restait sensible, mais ce n'était pas une sensation désagréable. Elle observa son visage, son profil parfait qui se dessinait contre le paysage, et l'espace d'un instant elle fut tentée de lui demander de s'arrêter.

Quelque chose chez cet homme l'incitait à se comporter comme une adolescente. Une adolescente rebelle, avec une seule idée en tête…

Au clin d'œil qu'il lui adressa, elle comprit qu'il savait à quoi elle pensait. Elle rougit, et il éclata de rire tout en jetant un coup d'œil appuyé à sa poitrine.

S'il la regardait encore une fois de cette façon, elle allait tirer sur le frein à main. Ou alors, s'il comptait la faire mourir de désir, elle s'assurerait qu'il subisse le même tourment !

Tendant le bras, elle posa la main sur la cuisse de Seb et remonta lentement jusqu'à son sexe.

— On pourrait faire l'amour entre les pieds de vigne ? suggéra-t-elle.

— Tu serais couverte de poussière.

— Je comptais me mettre sur toi.

— Luci ! Ce n'est pas bien, ce que tu fais. J'ai besoin de me concentrer pour conduire.

— Tu es certain qu'on n'a pas le temps de faire une petite pause ?

Prenant sa main, il la lui remit sur les genoux.

— Plus tard, on aura le temps de faire des folies de nos corps. Mais on ne peut pas donner à ces gens l'impression qu'on vient de sortir du lit ou des buissons.

— Dommage…

— On aura toute la nuit, et tu verras que l'attente en valait la peine, assura-t-il.

Ils venaient de dépasser le panneau souhaitant la bienvenue à Frog Hollow. Tandis que Seb s'engageait dans la rue principale, Luci soupira et regarda autour d'elle.

Elle avait besoin de se focaliser à nouveau sur le travail.

— Dis-moi ce que je vais devoir faire, proposa-t-elle.

— Cela dépend des patients mais, de façon générale, il s'agit de bilans basiques : tension, taux de cholestérol… Si les chiffres sont trop élevés, les patients doivent être adressés à un médecin. Tu devras aussi les conseiller. Rappelle-toi que cette population présente de nombreux cas de diabète, de troubles cardiovasculaires, de maladies oculaires, de problèmes rénaux et d'otites. Les complications proviennent du fait qu'ils n'ont pas accès aux soins.

— Je me rappelle ce que tu nous as dit pendant ton cours.

— Il n'y a pas de rendez-vous fixés, on prend les patients à mesure qu'ils arrivent. Comme la consultation n'a lieu qu'une fois par mois, il y en a beaucoup.

Seb quitta la rue principale pour s'engager sur une route non goudronnée mais bordée de bâtisses récentes. Des poulets et des chiens gambadaient librement, des enfants circulaient sur leurs vélos.

Apparemment, ils étaient nombreux à ne pas être à l'école…

Lorsque Luci en parla à Seb, il expliqua :

— Il n'y a pas d'école dans la communauté. Les enfants prennent le bus scolaire pour aller à Budgee. Aujourd'hui, les parents les ont sans doute gardés à la maison à cause de notre venue.

Un instant plus tard, il se garait et coupait le moteur.

Elle aperçut alors de nombreuses personnes assises sous le porche de la mairie. Un dispensaire temporaire avait été installé à l'extrémité de l'immeuble, près de la cuisine. Il y avait deux salles de consultation, une pour Seb et une autre pour elle. Elles étaient identiques, sauf qu'il y avait dans celle de Seb une table d'examen isolée par un paravent pour plus d'intimité.

Ils travaillèrent chacun de son côté.

L'attente ne semblait pas contrarier les gens, ils ne marquaient pas l'impatience si commune parmi les patients de Sydney. Ce rythme convenait à Luci, elle appréciait de pouvoir souffler de temps à autre.

Certaines choses ne lui manquaient pas depuis qu'elle avait quitté Vickers Hill — l'indiscrétion de ses habitants, par exemple — mais, à présent, elle prenait conscience d'avoir été prise dans un tourbillon depuis son arrivée à Sydney.

De là où elle était, elle voyait Seb travailler. Apparemment, il vérifiait les yeux et les oreilles aussi souvent qu'il prenait la tension.

Il leva la tête, lui sourit, et elle sentit aussitôt une douce chaleur se diffuser dans ses veines.

Ils travaillaient bien ensemble... Et ils étaient très doués pour d'autres choses aussi. Elle avait hâte de se retrouver seule avec lui à la nuit tombée !

Après avoir dit au revoir à son patient, elle sortit sous le porche pour appeler le suivant et découvrit qu'il n'y avait plus personne. La journée était-elle terminée ? Allaient-ils pouvoir rentrer à Budgee ?

Elle s'apprêtait à ranger ses affaires, quand Seb lui lança un coup d'œil et désigna son patient du menton.

Elle comprit qu'il lui demandait de le rejoindre.

Il examinait les oreilles d'un petit garçon âgé de trois ou quatre ans. La maman était assise près de lui. Elle était enceinte, et le tissu de sa robe était tendu sur son ventre énorme.

— Nadine, voici Luci Dawson, l'une des infirmières du centre de santé communautaire, dit Seb. Luci, est-ce que tu peux prendre la tension de Nadine pendant que je termine avec Byron ? C'est la cinquième grossesse de Nadine, et elle n'a pas eu de problèmes, mais elle n'a pas bénéficié non plus de soins anténataux, et elle n'est pas sûre de ses dates. Elle pense que la conception remonte à sept mois mais, puisque nous sommes là, autant en profiter pour l'examiner.

La jeune femme semblait détendue, mais Luci devina que Seb était inquiet.

— Bien sûr, dit Luci en souriant à la patiente.

Il était difficile d'évaluer son âge. Sa peau brune était lisse, mais ses yeux paraissaient fatigués. Elle pouvait avoir entre vingt-cinq et trente-cinq ans. Quoi qu'il en soit, une cinquième grossesse est forcément épuisante.

Luci passa le brassard du tensiomètre autour de son bras, puis pressa sur la poire pour augmenter la pression du manchon.

Du côté de la tension, tout allait bien.

— Tension normale, dit-elle à Seb.

— Parfait. Byron semble avoir une petite otite, probablement due aux séjours dans l'eau. Pas de nage pendant une semaine, et traitement aux antibiotiques. D'accord, Nadine ? Avant que vous ne partiez, j'aimerais écouter les battements cardiaques du bébé et vérifier que tout est normal. Vous voulez bien passer derrière le paravent ?

Seb fouilla dans une des trousses médicales et trouva les médicaments qu'il cherchait. Il inscrivit le prénom de Byron et les instructions sur une étiquette qu'il colla ensuite sur le flacon. Luci prit Byron dans ses bras, le coinça sur sa hanche et suivit Seb derrière le paravent, car le protocole exigeait sa présence pendant l'examen.

Nadine avait déjà relevé sa robe, exposant son ventre tendu comme un tambour.

Luci éprouva le pincement familier de jalousie mais fit de son mieux pour l'ignorer.

Seb appliqua le pavillon du stéthoscope sur l'abdomen de sa patiente, puis il le déplaça pour écouter le rythme cardiaque du bébé. Luci le vit froncer les sourcils et repositionner l'instrument. Elle devina que Nadine retenait son souffle mais, quand Seb sourit, la jeune femme se détendit.

— Voilà qui explique bien des choses, dit-il en ôtant les embouts de ses oreilles. Vous attendez des jumeaux.

— Des jumeaux ? répétèrent ensemble Nadine et Luci.

Seb hocha la tête, et ses yeux bleus pétillèrent.

— Je sais que ce n'est pas votre premier accouchement, mais ce sont vos premiers jumeaux. A partir de maintenant, je veux que vous soyez suivie. Je vais vous prendre un rendez-vous à l'hôpital de Dubbo, dit-il en aidant sa patiente à s'asseoir sur le rebord de la table.

Il sortit son téléphone de sa poche et consulta ses contacts pendant que Nadine se levait et enfilait ses tongs avant de prendre Byron des bras de Luci.

Seb avait formé le numéro du service compétent. Couvrant le micro de sa main, il demanda à Nadine :

— Vous pouvez aller à Dubbo demain après-midi ?

La jeune femme hocha la tête, et Seb confirma l'heure du rendez-vous.

— Ils vont vous faire une échographie, dit-il après avoir raccroché. Il est important de connaître la date de conception et de vérifier que tout va bien. En cas de problème, appelez le centre de santé à Budgee. J'y serai encore demain, et je téléphonerai à Dubbo pour qu'on me tienne au courant.

— Tu penses vraiment qu'elle va y aller ? demanda Luci pendant le trajet en voiture jusqu'à Budgee.

Des bandes de cacatoès rosalbins et d'autres à huppe jaune se nourrissaient de graines de gommier sur le bord de la route. Lorsqu'ils passèrent, il y eut un envol massif de plumes blanches et jaunes, mais les oiseaux roses ne bougèrent pas et continuèrent de picorer tranquillement.

— Je l'espère, répondit Seb. L'accouchement de jumeaux peut être compliqué, et le taux de diabète gestationnel est élevé dans la population indigène. J'aimerais que Nadine bénéficie de soins appropriés. Aucun médecin ne reviendra à Frog Hollow avant un mois, et il peut arriver n'importe quoi dans ce laps de temps.

Lorsque Luci s'assit sur une petite chaise du jardin d'enfants, ses muscles protestèrent.

Des muscles qu'elle avait oubliés se rappelaient à son bon souvenir chaque fois qu'elle bougeait. La nuit précédente, elle avait été étirée, courbée et ployée dans toutes sortes de positions, mais contrairement à ses muscles, elle ne se plaignait pas.

A peine arrivés au motel, Seb et elle s'étaient débarrassés de leurs vêtements. Leur désir n'avait fait que croître pendant tout l'après-midi, jusqu'à atteindre son point culminant. Ils avaient quasiment gagné leur chambre au pas de course, puis ils avaient passé la soirée à faire l'amour, ne s'arrêtant brièvement que pour prendre une douche et se nourrir avant de regagner le lit.

Ils avaient peut-être l'air d'être des obsédés du sexe, mais peu importe. Et tant pis si elle se conduisait comme une fille perdue, pourvu que ce soit avec Seb !

Elle sourit pour elle-même avant de prendre conscience que les enfants assis à la table avec elle ne lui permettraient pas de rêvasser longtemps.

Elle passait l'après-midi à la garderie rattachée au centre de santé. Le travail était sensiblement le même que la veille puisqu'il s'agissait d'évaluer le développement des enfants, mais l'approche était différente, car elle n'examinait pas ses petits patients dans le cadre d'une consultation classique. Elle jouait avec eux et faisait ses évaluations sans qu'ils s'en aperçoivent. Assise parmi eux pendant qu'ils dessinaient ou se livraient à des jeux de construction avec des cartons, des boîtes à œufs et du papier adhésif, elle en profitait pour évaluer leur audition, leur élocution et leur motricité.

Plus tard, elle irait avec eux au bac à sable où elle observerait leur équilibre sur les murs d'escalade. Si elle remarquait un problème, elle ferait un rapport pour les spécialistes de passage. Mais, là encore, il ne suffisait pas de fixer des rendez-vous, car ils n'étaient pas toujours respectés. La plupart du temps, le personnel de la garderie espérait seulement que certains enfants seraient présents quand les médecins viendraient.

Elle écrivait le prénom d'un enfant sur un robot de carton, lorsqu'elle vit Nadine et Byron entrer dans le centre.

La jeune femme paraissait plus fatiguée aujourd'hui. Des cernes sombres soulignaient ses yeux, et elle avait les traits tirés, comme si elle souffrait.

— Bonjour, Nadine, lança Luci en se levant. Vous êtes en route pour Dubbo ?

— Oui. J'ai pensé que je pourrais laisser Byron ici pendant que je vais à mon rendez-vous, du moins si c'est possible. Il est déjà venu.

Budgee était à mi-chemin entre Frog Hollow et Dubbo, et Nadine devait de toute façon traverser la ville pour se rendre à l'hôpital.

— Bien sûr, dit Luci pendant que Byron rejoignait les autres enfants en courant. Vous vous sentez bien ?

— Je n'ai pas dormi, et j'ai un peu mal au dos. Je pense que je me suis froissé un muscle en soulevant Byron ce matin.

— Vous avez bien le temps de boire une tasse de thé ou un verre d'eau ? Pourquoi ne pas vous asseoir pendant que je vais vous chercher quelque chose à boire ?

A cet instant, Nadine posa ses mains sur son ventre et sembla sur le point de fondre en larmes.

— Que se passe-t-il ? demanda Luci.

Elle suivit le regard de Nadine, qui fixait le sol sans répondre…

La jeune femme se tenait au milieu d'une flaque d'eau.

7.

— Ce n'est pas bon, murmura Nadine.

Luci était bien d'accord, mais au moins Nadine était en ville, et Seb se trouvait dans l'immeuble voisin, à quelques mètres.

Mais avant qu'elle ait eu le temps de lui prodiguer quelques mots d'encouragement, Nadine poussa un gémissement et se plia en deux.

— Une contraction ? demanda Luci.

La jeune femme leva vers elle ses yeux bruns emplis de larmes.

— C'est trop tôt !

Il était possible en effet que l'accouchement soit prématuré. Nadine n'était pas sûre de ses dates. Le rendez-vous à Dubbo aurait été l'occasion de les vérifier mais, une fois que les contractions avaient commencé, il n'y avait pas grand-chose à faire. Dans certains cas, on parvenait à le retarder même si les membranes étaient rompues, mais la décision revenait au médecin.

— Le Dr Hollingsworth est tout près, dit Luci d'une voix calme. Vous pensez pouvoir marcher, ou vous préférez que j'aille chercher un fauteuil roulant ?

— Si je m'appuie sur vous, je pourrai marcher.

Jenny, la directrice de la garderie, avait vu ce qui s'était passé. Dans un endroit rempli d'enfants, il fallait être équipé pour toutes sortes d'incidents. Elle traversa la salle, une pile de vieilles serviettes dans les bras.

— Jenny, nous allons devoir vous confier Byron, dit Luci quand la directrice lâcha les serviettes sur le sol.

— Bien sûr ! Qui va s'occuper de vos autres enfants, Nadine ?

— Ils rentrent à la maison en bus scolaire, parvint à dire Nadine avant la contraction suivante.

Elle agrippa le bras de Luci.

Les spasmes étaient rapprochés et duraient longtemps. Il était urgent de consulter Seb.

Absorbé par son jeu de construction, Byron ne leva pas la tête quand elles sortirent de la garderie.

Dès qu'elles franchirent la porte du centre, Luci s'adressa à Heather, la réceptionniste.

— Vous pouvez prévenir Seb, s'il vous plaît ? Et appelez une ambulance. Nadine est en train d'accoucher.

Heather se leva d'un bond.

— Venez, dit-elle en les conduisant dans une ancienne chambre de l'hôpital.

Elle poussa ensuite un chariot près du lit, puis elle tendit à Luci une tenue d'hôpital.

— Vous avez des gants, des ciseaux et les fournitures de base. Je vais prévenir Seb et appeler l'ambulance, ensuite je verrai si je trouve autre chose dont vous pourriez avoir besoin. Nous ne sommes plus très bien équipés, mais je ferai de mon mieux.

— Merci beaucoup ! Il faudrait aussi téléphoner à l'hôpital de Dubbo. Nadine se rendait justement à son rendez-vous anténatal, précisa-t-elle alors que Heather quittait la pièce.

Luci se tourna vers Nadine, qui s'agrippait toujours à son bras.

— Mettez cette chemise pour que le Dr Hollingsworth puisse vous examiner dès qu'il arrivera.

— Vous allez pouvoir arrêter le travail ? C'est trop tôt !

— Une fois que la poche des eaux est rompue, on ne peut rien faire. Vos bébés vont naître.

Tout ce que l'on pouvait espérer, c'était que l'ambulance arrive avant l'accouchement…

Quand Seb entra dans la pièce, Luci avait aidé Nadine à se changer.

— Nadine ! Je ne m'attendais pas à vous voir aujourd'hui. Que se passe-t-il ?

Il s'exprimait calmement, mais il était clair qu'il était venu en toute hâte.

Luci lui tendit une tenue jetable. Il plongea ses mains dans les manches et attendit qu'elle ait noué les liens avant d'en faire autant pour elle. Il se lava ensuite les mains et enfila une paire de gants stériles pendant que Luci passait le brassard d'un tensiomètre au bras de Nadine.

Luci aida Nadine à s'étendre, puis Seb se plaça au pied du lit et demanda à sa patiente de relever les genoux.

— Voyons cela… Dilatation à huit centimètres, annonça-t-il.

Il ne restait pas beaucoup de temps. Luci espérait encore que l'ambulance arriverait à temps, mais Heather vint dissiper ses espoirs :

— L'ambulance est sur le lieu d'un accident de voiture, à trois quarts d'heure de la ville. Ils vont faire le plus vite possible, mais ce ne sera pas avant un moment, les informa-t-elle.

Nadine étant au milieu d'une contraction, il était probable qu'elle n'avait rien entendu, ce qui valait aussi bien. Ce n'était pas de très bonnes nouvelles.

Mais Seb ne parut pas s'en inquiéter.

— On dirait que vos bébés vont naître à Budgee, dit-il à sa patiente quand le spasme fut passé. Par chance, ce n'est pas votre première fois, dit-il calmement.

Se tournant vers Luci, il articula sans proférer un son :

— Tu es prête ?

Rien n'était moins sûr. Pourtant, elle hocha la tête affirmativement.

Si Seb avait besoin d'elle, elle l'assisterait de son mieux.

— Vos précédents accouchements ont-ils été rapides ? demanda-t-il à Nadine. Avez-vous été prise par surprise, ou bien avez-vous eu le temps d'aller à l'hôpital ?

— Mon troisième est arrivé très vite. C'était une fille, et elle est née à Frog Hollow.

— En dehors de ça, tout s'est bien passé ?

Nadine acquiesça, incapable de prononcer un mot parce qu'une autre contraction venait. Elle ruisselait de sueur.

Luci lui essuya le front avec un linge propre.

— Il n'y a pas eu de complications lors de vos autres accouchements ?

— Non, souffla la jeune femme.

Seb prit un stéthoscope sur le chariot et écouta le cœur des bébés, tous les deux à environ cent quarante battements par minute, ce qui était parfaitement normal. Tout le monde était peut-être stressé, mais pas eux.

Heather revint, poussant deux petits berceaux devant elle. Elle apporta ensuite une balance et des couvertures qu'elle plia de manière à confectionner deux minuscules matelas sur lesquels elle posa des draps propres.

— Nous les avions en stock, expliqua-t-elle. Il ne reste pas grand-chose d'autre. Il y a de la péthidine si vous en avez besoin, mais c'est à peu près tout.

Seb savait qu'il n'aurait pas le temps d'utiliser la péthidine pour soulager Nadine. Les bébés allaient naître et, s'il comprenait bien le message implicite d'Heather, il ne disposerait pas du matériel nécessaire pour accueillir des prématurés : pas de traitements, pas d'injections de vitamine K, pas de tables chauffantes, et pas non plus d'équipe d'urgence.

Il allait faire tout son possible pour que cela se passe bien, en espérant que l'ambulance ne tarde pas trop. Durant des siècles, les bébés étaient nés sans toute cette assistance moderne, mais à cette époque le taux de survie chez les jumeaux prématurés était bas…

Il balaya la pièce du regard, cherchant quelque chose qui pourrait servir.

Il y avait une bouteille d'oxygène accrochée à un mur.

— Tu peux vérifier si elle est utilisable ? demanda-t-il à Luci en la lui montrant.

Luci posa immédiatement son linge. Elle était très silencieuse, et il espérait qu'elle ne céderait pas à la panique. Il ignorait si elle avait déjà été confrontée à ce genre de situation, mais ses gestes étaient efficaces et témoignaient d'une certaine expérience. Elle connaissait la procédure de base, et il restait à espérer qu'elle puisse gérer une urgence.

Elle tourna le robinet et lui adressa un signe affirmatif de la tête.

Ils pourraient toujours y avoir recours en cas de besoin, pensa-t-il en se focalisant de nouveau sur Nadine.

Le travail avançait rapidement, ce qui n'était pas étonnant puisque c'était son cinquième accouchement. Il aurait préféré qu'elle puisse attendre l'arrivée de l'ambulance, mais c'était hautement improbable.

— J'ai besoin de pousser, dit la jeune femme.

Il avait à peine eu le temps de vérifier la position des bébés, mais on ne pouvait pas revenir en arrière.

— D'accord, dit-il, on y va.

Les genoux de Nadine étaient relevés. Luci s'assit auprès d'elle et lui prit la main.

— Poussez ! dit Seb.

Après avoir dégagé la tête du bébé, il félicita la parturiente.

— Très bien ! Détendez-vous, maintenant, et attendons la prochaine contraction.

Nadine haleta un instant et, quand le spasme suivant arriva, Seb libéra les épaules du bébé. La petite fille glissa ensuite facilement entre ses mains.

Pourvu que ce soit parce que le corps de Nadine avait

déjà connu ce genre d'épreuves, et non parce que l'autre jumeau l'avait poussée dehors ! Il préférait ne pas avoir affaire à une présentation par le siège…

— C'est une fille, dit-il à Nadine.

Il posa sur la poitrine de sa mère le nourrisson qui hurlait déjà. Luci avait ouvert la chemise de façon que la mère et l'enfant soient peau contre peau, mais on ne pouvait pas lui laisser la petite fille très longtemps. Il fallait l'examiner et la garder au chaud pendant que son frère ou sa sœur naissait à son tour.

— Tu peux mesurer l'Apgar ? demanda-t-il à Luci.

Celle-ci hocha la tête avant de reprendre la petite fille.

— Je vais l'examiner pendant que vous donnez naissance à votre second bébé, expliqua-t-elle à Nadine.

Elle tenait l'enfant dans ses bras avec une expression de plénitude qui le toucha. L'espace d'un instant, il espéra qu'elle en aurait un à elle un jour.

— Apgar à huit, annonça-t-elle un instant plus tard. Pouls à quatre-vingt-seize, extrémité des doigts légèrement bleuie.

Elle posa ensuite le nourrisson sur la balance.

— Deux kilos quatre, dit-elle en enveloppant le bébé dans un lange.

Elle n'avait pas le temps de le nettoyer, il fallait surtout le garder au chaud avant l'arrivée du second jumeau.

Les contractions de Nadine se poursuivaient. Le bébé était en route. Seb poussa un soupir de soulagement en le sentant descendre dans le bassin. Il dut rompre la membrane, et bientôt la tête du nourrisson parut.

Grâce au ciel, ce n'était pas une présentation par le siège !

— Au bout de cinq minutes, l'Apgar est à neuf, déclara Luci, toujours penchée sur la petite fille. La couleur est bonne, le rythme cardiaque de quatre-vingt-dix-huit.

Hochant la tête à l'intention de Luci, il s'adressa à Nadine.

— Il est temps pour le numéro deux d'arriver. Vous pourrez pousser à la prochaine contraction.

Le second jumeau était un peu plus gros, mais il sortit tout aussi facilement. Seb tendit le petit garçon à sa mère, puis il examina le cordon avant de le clamper, puis de le couper. Nadine eut le droit de faire un câlin à son bébé avant que Luci le lui reprenne.

— Apgar à six, dit-elle un instant plus tard. Pouls à quatre-vingt-quatorze. Il est cyanosé.

Le garçon était plus gros, mais en moins bonne santé que sa sœur.

— Il a besoin d'oxygène, continua Luci.

Ils avaient de l'oxygène, mais comment parviendraient-ils à le lui procurer ? Il regarda autour de lui, en quête d'inspiration. Ses yeux se posèrent sur les petits berceaux en acrylique.

— Est-ce que tu peux relier un tube quelconque à la bouteille ? demanda-t-il à Luci tout en posant une couverture sur Nadine.

Désormais, le second bébé était sa priorité. Il ne pouvait rien faire de plus pour Nadine en attendant l'ambulance. S'il pouvait réunir les deux berceaux, il confectionnerait de cette façon une sorte de tente à oxygène. Prenant le petit garçon des mains de Luci, il le posa dans un berceau, près de sa sœur. Il vida ensuite le second et le posa à l'envers sur le premier. Prenant ensuite un rouleau d'adhésif médical, il les fixa ensemble, ne laissant qu'une ouverture pour permettre l'évacuation du monoxyde. Cette tente ne serait pas aussi efficace qu'il l'aurait voulu, mais c'était mieux que rien.

Luci avait trouvé un tuyau, qu'elle avait relié à la bouteille. Il le glissa dans le « hood » improvisé et le fixa avec l'adhésif.

— Envoie huit litres par minutes, dit-il à Luci.

A cet instant, Heather entra dans la pièce.

— L'ambulance arrive dans cinq minutes.

Jamais il n'avait rien entendu d'aussi réconfortant ! Ils pourraient tenir encore cinq minutes.

— Votre fille va bien, dit-il à Nadine. Votre petit garçon

a un peu de mal à respirer, c'est pourquoi nous lui donnons de l'oxygène, mais l'ambulance ne va plus tarder et nous les transférerons à l'hôpital de Dubbo.

— Et moi ?

— Vous aussi, bien sûr.

— Et Byron ?

— Je l'ai mis dans le bus scolaire avec vos autres enfants, dit Heather qui revenait, suivie des ambulanciers. Quelqu'un pourra s'occuper d'eux à Frog Hollow ?

— Mon mari est là-bas, et ma sœur l'aidera.

Le quart d'heure suivant passa très vite. Les infirmiers stabilisèrent les bébés pendant que Seb faisait une injection d'ocytocine à Nadine pour favoriser l'expulsion du placenta.

Puis toute la petite famille fut installée dans l'ambulance.

Seb laissa échapper un soupir de soulagement en refermant les portières arrière.

Lorsqu'il rentra dans le centre de santé communautaire, Heather avait déjà reprogrammé tous les rendez-vous de la journée, prouvant ainsi qu'elle valait son pesant d'or.

La laissant à sa tâche, il rejoignit Luci pour l'aider à nettoyer la salle d'accouchement.

Celle-ci était en train d'ôter le drap du lit et lui tournait le dos, mais il vit qu'elle s'essuyait le visage du dos de la main.

Elle pleurait ! Etaient-ce des larmes de joie ?

Ses épaules tremblaient, et en s'approchant il perçut ses sanglots. On aurait plutôt dit qu'elle avait le cœur brisé.

Il posa la main sur sa nuque.

— Qu'est-ce que tu as, Luci ?

Elle se tourna vers lui, mais elle sanglotait si fort qu'elle ne put articuler un mot.

La prenant dans ses bras, il la berça jusqu'à ce qu'elle se calme.

Repoussant en arrière une mèche de cheveux blonds, il déposa un baiser sur son front.

— Parle-moi, Luce.

— Je ne peux plus faire ça.

— Quoi, ça ?

— Aider des femmes à accoucher. C'est l'une des raisons pour lesquelles j'ai quitté Vickers Hill. Je ne supporte plus de voir une mère tenant son bébé dans ses bras.

— Un jour, ce sera ton tour, répliqua-t-il, interloqué. On en a déjà parlé.

Mais Luci secouait la tête.

— Tu ne comprends pas.

— Explique-moi.

— Pas ici. Je veux rentrer à la maison.

— Tu veux dire… A Vickers Hill ?

— Non. Au motel.

Il acquiesça immédiatement.

La journée était presque finie et, par chance, Heather avait reprogrammé les derniers rendez-vous. Dans un centre de santé communautaire, les urgences sont rares. Si nécessaire, Seb commencerait plus tôt le lendemain avant de repartir pour Sydney. Pour l'instant, Luci était sa priorité.

Une fois de retour au motel, elle s'assit sur le bord du lit. Elle avait le visage marbré et les yeux rouges mais ne pleurait plus.

Il mit de l'eau à bouillir pour lui faire du thé.

— Raconte, dit-il enfin en lui tendant une tasse fumante.

— Je n'aime pas participer à des accouchements.

— Il arrive que ce soit difficile, mais aujourd'hui, tout compte fait, ça s'est bien passé.

— Je le sais, et je m'en réjouis pour Nadine. Mais ça m'a rappelé une fois de plus que ce que je souhaite le plus au monde ne m'arrivera jamais.

— De quoi parles-tu ? Nous avons déjà eu cette conversation… Tu es jeune, tu as encore le temps.

— Ce n'est pas de temps dont j'ai besoin… Je ne peux pas avoir d'enfants.

Il n'était pas certain de bien comprendre.

— Mais tu m'as dit que, ton ex-mari et toi, vous projetiez de fonder une famille ?

— Nous avons essayé, mais ça n'a pas marché.

— Ça ne veut pas dire que le problème vient de toi.

— J'en suis sûre, au contraire. Ben s'est remarié, et il attend un bébé avec sa nouvelle femme.

— Pourquoi ne pas me l'avoir dit plus tôt ?

— Parce que ça ne te concernait pas.

Elle marquait un point. Leur relation sans engagement n'incluait pas les confidences.

— C'est vrai, admit-il. Tu m'as parlé de ton désir d'enfant, mais tu n'as jamais précisé que tu ne pouvais pas en avoir.

Etonnamment, il était blessé qu'elle ait gardé ce secret, alors qu'il avait lui-même gardé de nombreuses informations pour lui.

— Tu sais d'où vient le problème ? demanda-t-il.

— Non.

— Tu n'as pas subi d'analyses ?

— C'est une longue histoire…

— Je ne vais nulle part.

Luci but une gorgée de thé.

— Au début, les médecins nous ont dit à peu près la même chose que toi. Nous étions jeunes, en bonne santé, il n'y avait aucune raison de s'inquiéter. Ils nous ont conseillé de nous détendre, de profiter de la vie, et si au bout d'un an je n'étais toujours pas enceinte, on ferait les tests. Nous les avons écoutés. De toute façon, nous travaillions tous les deux, nous avions un crédit à rembourser, et Ben souhaitait développer l'entreprise familiale. Dix-huit mois ont passé, et nous sommes retournés chez le médecin, qui nous a suggéré d'effectuer les examens.

Luci fit une pause avant de reprendre.

— Nous avons poursuivi nos tentatives mais, désormais, nous étions inquiets. Nous avons discuté de ce que nous ferions si l'un de nous était stérile. Aurions-nous recours à la fécondation in vitro ? C'est cher, et nous n'étions pas certains de pouvoir l'assumer financièrement. Nous étions déjà stressés, et la situation empirait brusquement. C'est là que Ben a rencontré Catriona. Après notre séparation, je n'ai pas vu l'utilité de poursuivre les tests et, quand j'ai appris que Catriona attendait un bébé, je me suis dit que c'était la réponse que j'attendais : le problème vient de moi.

Seb pouvait comprendre cette logique et le désespoir qui en découlait, mais cela ne signifiait pas pour autant que Luci avait raison.

— Il peut y avoir d'autres paramètres que tu ignores.

— De toute façon, jusqu'à ce que je rencontre quelqu'un qui veuille essayer, ça n'a pas d'importance. Je dois surtout reprendre le cours de ma vie. Ben a emporté avec lui mon mariage, mais aussi mes rêves de maternité. Si le problème venait de moi, nous aurions pu adopter des enfants ou trouver une autre solution. Mais, maintenant, soit je renonce soit je persiste… J'ai choisi la deuxième solution, mais j'ai toujours mal quand je vois des femmes enceintes ou des mères avec leur bébé. C'est en partie pour cette raison que je ne voulais plus travailler dans un hôpital de province. Chaque fois que j'assistais à un accouchement, j'avais l'impression que mon cœur se brisait.

— Le travail dans un centre de santé communautaire peut être tout aussi difficile.

— Je commence à m'en apercevoir, dit Luci avec un soupir. C'est un domaine qui continue de m'intéresser. Je veux travailler avec des enfants, mais je n'avais pas réfléchi au fait que tant de mères de jeunes enfants seraient enceintes du suivant. J'espère que je finirai par me sentir mieux. Cela me détruira ou m'aidera, mais j'ai encore besoin de temps. Une chose à la fois. J'ai surmonté mon divorce, peut-être accepterai-je un jour le fait que je ne peux pas fonder de famille ? Pour le moment, je préfère ne pas en parler.

Depuis le début, il avait deviné que Luci fuyait quelque chose. Maintenant, il savait ce que c'était. En tout cas, il ne pouvait pas la blâmer de ne pas vouloir assister au bonheur de son ex-mari avec sa nouvelle épouse.

A présent, il sentait son propre cœur serré dans un étau.

Que lui dire, sinon « Je suis désolé » ? Quand bien même il aurait souhaité la soulager, il ne pouvait rien faire pour elle. Il ne pouvait pas lui donner ce qu'elle voulait. Il pouvait juste prendre soin d'elle… Du moins pour le moment.

Etendu sur le lit avec Luci, il la prit dans ses bras et attendit que le sommeil l'emporte. Lui-même était incapable de s'endormir. Les yeux ouverts dans le noir, il pensait à elle.

Cela faisait longtemps que quelqu'un ne l'avait pas aussi profondément touché.

C'était exactement ce qu'il voulait éviter en décidant de ne plus souffrir pour une autre personne… Et il n'avait pas envie de savoir ce que cela impliquait.

En l'espace de trois semaines, il avait vu Luci enthousiaste, nerveuse, passionnée, joueuse, flirteuse, désespérée. Contrairement à lui, elle ne dissimulait pas ses sentiments. Il lui semblait la connaître depuis longtemps et, quand leurs chemins se sépareraient, elle allait lui manquer. Malheureusement, le temps qui leur était imparti était limité. Il quittait Sydney dans un peu plus de quinze jours, et il ne résoudrait pas le problème de Luci, quel que soit son désir de l'aider. Elle ne le lui avait d'ailleurs pas demandé.

Il profiterait de leurs dernières semaines, il la distrairait et, avec un peu de chance, il lui ferait oublier ce qui la tourmentait. Ensuite, il la laisserait partir.

Luci prit son verre de vin et monta sur le pont à la suite de Seb.

Pendant qu'ils étaient à Budgee, le charpentier avait installé la nouvelle cuisine. Le bateau n'avait pas encore de nom, mais il était prêt à lever l'ancre. Seb avait invité Luci à passer le week-end à bord pour fêter l'événement. Il avait préparé un repas tout simple, composé de steaks et de salade. Le nouvel équipement avait été testé, et la nouvelle couchette étrennée.

Elle s'assit près de Seb, qui lui entoura les épaules d'un bras et la serra contre lui.

Sous sa robe de coton, elle était nue. Seb ne portait qu'un short, mais il irradiait d'une chaleur qui l'enveloppait et la pénétrait.

Le bateau dansait gentiment sur les eaux calmes du fleuve Hawkesbury. Le coucher du soleil avait été d'une beauté incroyable. La nuit était tiède et belle. De gros nuages assombrissaient l'horizon mais, bien que l'atmosphère fût chargée d'humidité, le ciel était parsemé d'étoiles, tels des diamants sur un tissu de velours noir. Il n'y avait pas d'autres lumières sur l'eau ou sur le rivage, et elle avait l'impression que le monde leur appartenait.

Elle laissa échapper un soupir.

Les rendez-vous amoureux que lui proposait Seb la surprenaient toujours, et celui-ci était particulièrement romantique.

Alanguie sur le pont, elle pouvait comprendre que l'on souhaite échapper au rythme trépidant imposé par une grande ville comme Sydney, mais elle n'imaginait pas mener cette vie. Cette soirée avait beau être délicieuse, une telle existence devait être très solitaire.

— Tu penses que tu pourrais te sentir seul un jour ? demanda-t-elle.

— C'est possible. Mais, jusqu'à maintenant, ça ne m'est pas arrivé, répondit Seb.

— Tu n'as jamais invité personne d'autre à rester à bord ?

— Non.

— Pourquoi ?

Elle était à la fois curieuse d'en savoir davantage et flattée d'avoir eu ce privilège, mais peut-être l'explication n'avait-elle rien à voir avec elle.

— Est-ce parce que le bateau n'était pas restauré ?

— Non. J'ai passé de nombreuses nuits à bord, mais je n'ai jamais éprouvé l'envie de partager ça avec quelqu'un jusqu'à maintenant.

— Pourquoi me l'as-tu demandé ?

— J'ai pensé que ça te plairait, dit-il simplement.

— Pas parce que tu avais besoin de compagnie ?

C'était une question qu'elle se posait depuis la première fois qu'elle avait mis le pied sur le bateau. Ce désir de se ménager une porte de sortie — une garçonnière, en quelque sorte — lui semblait bizarre de la part d'un homme aussi dynamique et charismatique.

— La mienne me suffit.

— Tu n'as jamais envisagé de partager ta vie avec quelqu'un ?

Elle savait que Seb avait eu au moins une relation sérieuse. Malgré son divorce, elle-même n'avait pas renoncé à l'amour. Elle n'espérait pas que Seb lui propose de devenir sa compagne mais, à trente et un ans, il était trop jeune pour mener une existence solitaire.

— Autrefois, je me disais que, après mes études, je me marierais et aurais éventuellement deux enfants. Mais ça ne s'est pas passé de cette façon. C'est ainsi, et je m'en accommode.

Elle se redressa sur un coude, attentive.

Elle avait confié à Seb ses espoirs, ses rêves et ses échecs. En revanche, elle savait peu de choses à son propos. En tout cas, elle ignorait ce qui avait fait de lui l'homme qu'il était aujourd'hui. Qu'est-ce qui l'avait poussé à orienter sa vie dans cette direction ?

Quelque chose avait dû se passer pour qu'il en arrive à cette conclusion.

— Qu'est-ce qui a modifié cette vision d'avenir ? osa-t-elle demander.

Une minute s'écoula avant que Seb réponde.

— J'ai perdu quelqu'un sans que rien ne le laisse présager, dit-il enfin.

— Ta petite amie ?

Elle devina qu'il hochait la tête.

— Elle a été renversée par une voiture, murmura-t-il.

— Oh ! Seb !

Elle s'en voulait maintenant d'avoir autant insisté.

— C'est arrivé devant notre maison, le jour de notre emménagement, reprit-il. Emma s'était garée de l'autre côté de la rue et portait ses cartons à l'intérieur. Un véhicule a pris le tournant et a foncé sur elle. Sa tête a heurté la chaussée quand elle est tombée. Quand je suis rentré, l'ambulance était là, mais c'était trop tard. Le traumatisme crânien était irréversible, même si elle n'est pas morte sur le coup. J'espère qu'elle n'a pas compris ce qui se passait, mais je ne le saurai jamais. Cela m'a tourmenté pendant longtemps. Je ne cessais de penser à sa souffrance, et je ne veux plus jamais éprouver ça. C'est pour cette raison que j'ai choisi de vivre seul.

Finalement, elle pouvait le comprendre. Elle imaginait le désespoir et la culpabilité que Seb avait éprouvés. Il s'était certainement reproché de ne pas être rentré plus tôt, de ne pas avoir été là pour aider sa compagne à porter ses affaires. Il avait dû penser que sa présence aurait empêché le drame… Elle ne savait que trop bien elle-même combien il était difficile de s'accorder le pardon.

— On a retrouvé le chauffard ? demanda-t-elle.

— Non…

8.

Ce jour-là, Seb avait tout perdu. Sur le coup, il avait pensé que la mort d'Emma était la pire chose qui pouvait lui arriver, mais il se trompait. Ne sachant pas si Luci supporterait d'entendre la suite, il se tut, luttant avec ses démons.

Il ne s'était jamais pardonné de ne pas être rentré plus tôt. Il avait été retenu par un patient supplémentaire mais, s'il avait refusé de le recevoir, il aurait aidé Emma à porter ses cartons, et…

— Seb ? fit la voix de Luci.

Après tout, s'il lui expliquait tout, elle comprendrait peut-être pourquoi il était si différent d'elle. Pourquoi il était plongé dans le noir alors qu'elle irradiait de lumière. Pourquoi il avait tant de mal à discerner la beauté dans le monde.

— Le médecin légiste a demandé une autopsie, continua-t-il avec effort. La cause de la mort devait être officiellement déterminée, au cas où Emma ne serait pas morte à cause du traumatisme crânien. Au bout du compte, c'était sans importance puisqu'on n'a jamais retrouvé le conducteur. Mais l'autopsie a révélé qu'Emma était enceinte… J'allais être père.

Il sentit la main de Luci presser la sienne dans l'obscurité, mais elle ne dit rien, comme pour l'inciter à poursuivre son récit.

— Emma avait confié à sa sœur qu'elle attendait un enfant, mais elle voulait me faire la surprise le soir de notre installation. Depuis, je déteste les surprises.

Auparavant, il n'avait jamais vraiment pensé à la paternité. Il savait seulement qu'il aurait des enfants un jour. Et, soudain, il apprenait que ce bonheur lui était offert et repris quasiment au même instant…

— J'ai perdu quelque chose que j'ignorais avoir, continua-t-il. Je n'ai pas compris pourquoi ça pouvait faire aussi mal.

— Je suppose que c'est à peu près pareil de savoir qu'on n'aura jamais la chose qu'on désire le plus au monde.

La voix de Luci était enrouée comme si elle comprenait exactement ce qu'il ressentait. Mois après mois, elle avait dû éprouver le même désespoir, chaque fois que son espoir de grossesse était déçu. Sa confession avait dû la bouleverser !

Sans savoir très bien pourquoi, il souhaitait qu'elle le comprenne, mais il n'avait pas eu l'intention de lui faire du mal.

— Pardonne-moi si je t'ai fait de la peine.

— Je vais bien, mais j'ai du chagrin pour toi.

— Ma vie tout entière a changé en l'espace de quelques minutes. J'ai vendu la maison, et j'ai acheté ma moto et ce bateau. Je ne tenais plus en place… C'est toujours le cas, d'ailleurs. Et j'ai décidé que, dorénavant, je ne serais plus responsable que de mon propre sort. Plus jamais je ne veux connaître une telle douleur.

Ces trois dernières années, il s'était lentement remis de la mort d'Emma, mais il n'avait pas oublié cette souffrance, et il pensait ne plus jamais prendre le risque d'aimer ou d'être à ce point vulnérable.

— L'union entre deux êtres est forcément éphémère, conclut-il. Alors, à quoi bon s'entêter ?

— Personne n'est fait pour vivre seul, argua Luci. Dans la vie, il y a des hauts et des bas, autant de bonheur et de joie que de désillusions et de tragédies. Je pense qu'il vaut mieux les partager avec quelqu'un. Laisse-moi te le montrer.

Sur ces mots, elle se leva et ôta sa robe, sous laquelle elle ne portait rien.

Nue et superbe, elle lui offrait le seul soulagement qu'elle pouvait lui prodiguer.

Il savait que les plaisirs de la chair peuvent effacer temporairement les traumas du passé. Il y avait souvent eu recours, mais jamais il n'avait éprouvé la plénitude qu'il trouvait avec Luci. Elle seule lui procurait un apaisement durable, tant sur le plan physique que sur le plan affectif.

Sa réaction fut immédiate.

Il fit glisser son short le long de ses jambes puis s'agenouilla devant Luci et lui écarta doucement les cuisses. Quand ses doigts parvinrent jusqu'à son intimité, elle ouvrit largement les jambes, et il les glissa en elle.

Elle était chaude, mouillée…

Luci gémit et se colla contre lui lorsqu'il caressa son clitoris avec son pouce. Bientôt, sa langue remplaça son pouce, et il oublia le passé en la léchant jusqu'à ce qu'elle frémisse de tous ses membres. Prenant les fesses de Luci dans ses paumes, il l'attira contre lui et se perdit dans sa douceur satinée.

Elle poussa un cri et lui prit la tête entre ses mains pour qu'il s'enfonce un peu plus en elle. Sentant qu'elle tremblait, il se leva pour la soulever dans ses bras. Elle noua ses jambes autour de sa taille tandis qu'il la pressait contre le pare-brise.

A la lueur de la lune, la peau de Luci rayonnait d'un éclat pâle, et il voyait les quatre taches de rousseur se dessiner sur la rondeur de ses seins. Au-dessus de leurs têtes, comme en reflet, brillait la Croix du Sud.

Cela lui rappellerait toujours Luci.

Vaguement conscient que le tonnerre grondait au loin, il se pencha pour prendre un mamelon puis l'autre entre ses lèvres avant de plonger en elle. Puis, ignorant la tempête et les étoiles, il grimpa avec elle les échelons du plaisir.

Emma ne lui manquait plus. Au cours des années, il avait appris à être seul mais, en se perdant en Luci, il prenait conscience que d'autres choses lui avaient manqué. Il s'était coupé du monde extérieur. Luci l'aidait à s'ouvrir de nouveau, à voir ce qu'il contenait de bon… La lumière, la clarté. Pour ne plus être blessé, il les avait chassées hors de lui.

Les bras autour de son cou, Luci serra plus fort ses jambes autour de sa taille, comme pour lui demander d'accélérer le rythme.

— Maintenant, Seb, je t'en prie ! dit-elle en se cambrant contre lui.

Ils parvinrent ensemble à l'orgasme au moment où un éclair fendait le ciel nocturne.

Les nuages se rassemblaient, masquant les étoiles, et il sentit la pluie juste avant qu'elle ne commence à tomber. De grosses gouttes s'écrasèrent sur leurs peaux nues.

Posant les lèvres sur l'épaule de Luci, il les goûta.

C'était à la fois doux et salé.

Il porta Luci à l'intérieur et la déposa sur la couchette, abandonnant leurs vêtements sur le pont.

L'orage ne dura pas, mais c'est à peine s'ils s'en aperçurent. Ils reposaient côte à côte, silencieux, rassasiés. Oubliant ses craintes, Seb ne pensait plus qu'au bonheur de tenir cette femme dans ses bras.

Il s'endormit pendant que la tempête poursuivait sa route vers l'est.

Contournant le bus qui allait la ramener à Vickers Hill, Luci déposa sa valise dans le compartiment réservé à cet effet.

Son oncle était décédé trois jours auparavant, aussi ce retour était-il teinté de tristesse, mais elle était heureuse de revoir sa famille. Elle craignait seulement de ne pas avoir été absente assez longtemps pour que les gens oublient la perception qu'ils avaient d'elle avant son départ. Verraient-ils encore en elle « cette pauvre Luci » incapable de garder son mari, ou seraient-ils passés à autre chose ?

Elle n'avait pas très envie de voir Ben, mais c'était inévitable. Son oncle avait épousé la grand-tante de Ben, ce qui fait qu'elle croiserait forcément le chemin de son ex-mari et de sa nouvelle épouse.

Celle-ci devait d'ailleurs accoucher d'un jour à l'autre…

L'esprit logique et rationnel de Seb lui aurait été bien utile. Bien qu'il l'eût déposée à l'aéroport de Sydney quelques heures seulement auparavant, il lui manquait déjà.

Lorsqu'il s'était inquiété à l'idée qu'elle allait devoir gérer différentes sources de stress, elle lui avait assuré que tout se passerait bien, mais maintenant qu'il se trouvait à des centaines de kilomètres…

Elle s'était habituée à sa présence. Il la faisait rire, il l'écoutait quand elle parlait. Avec lui, elle se sentait plus heureuse, plus optimiste. Sans compter qu'il était incroyablement beau et très doué au lit, ce qui ne gâtait rien. Le seul problème, c'était qu'il ne veuille pas s'engager : il n'était donc pas l'homme qu'il lui fallait. Elle avait beau le savoir, cela ne l'empêchait pas de le regretter.

Il devait bien y avoir quelqu'un avec qui elle pourrait passer le reste de sa vie !

Heureusement, elle n'allait rester que deux jours à Vickers Hill. Après le départ de Seb sur son bateau, dans huit jours, elle allait passer encore deux semaines à Sydney.

Deux semaines toute seule.

Elle le redoutait déjà, mais elle n'y pouvait rien.

Une fois assise dans le bus, elle appuya sa tête à la fenêtre et ne tarda pas à s'endormir, pour ne se réveiller qu'à l'approche de Vickers Hill.

Elle avait oublié combien la campagne était desséchée et brune, alors même que l'été débutait à peine. En un peu plus d'un mois, elle s'était habituée à être entourée d'eau. Les nuances de Sydney, bleues ou d'un gris pluvieux, n'avaient rien à voir avec le brun pâle et le gris délavé de la Clare Valley.

Le bus s'engagea dans la rue principale de Vickers Hill.

Elle avait très envie de rendre visite à Flick pour lui raconter tout ce qui lui était arrivé depuis son départ, mais elle devait d'abord aller voir ses parents. Son père avait dû prendre un jour de congé pour enterrer son frère, et ils allaient sûrement déjeuner ensemble.

La conversation avec Flick attendrait.

L'enterrement eut lieu dans l'heure qui suivit l'arrivée de Luci.

Son oncle était âgé, mais un décès est toujours triste, et elle ne put s'empêcher de penser que son père serait le prochain, bien qu'il ait quelques années de moins que son frère. Si seulement il pouvait vivre assez longtemps pour voir ses petits-enfants ! C'était le cadeau qu'elle voulait lui faire.

Ses cousins et Ben portèrent le cercueil hors de l'église, puis jusqu'à la tombe qui se trouvait juste à côté. Ses parents soutenaient l'épouse de son oncle pendant qu'on enterrait ce dernier.

Une réunion familiale avait lieu ensuite dans le jardin situé à l'arrière du pub local. En s'y rendant, elle bavarda avec ses cousins. Elle passa une demi-heure à croiser des visages familiers, pourtant elle ne se sentait pas à sa place. Elle avait tellement changé, ces dernières semaines, qu'elle n'était pas sûre d'être chez elle parmi tous ces gens.

Elle était en train de chercher une excuse pour s'esquiver, quand elle vit Ben s'approcher d'elle. Elle chercha des yeux Catriona, mais celle-ci n'était apparemment pas venue.

Il était trop tard pour fuir, son ex-mari venait droit vers elle. Elle se résigna donc à l'attendre.

Lorsqu'il l'embrassa sur les deux joues, elle s'aperçut qu'elle n'éprouvait rien. Pas de regret, pas de désir. C'était comme retrouver un vieil ami, et c'était sans doute ce qu'il était pour elle, désormais. Ils se connaissaient depuis trop longtemps pour qu'elle puisse l'exclure totalement de sa vie.

— Salut, Luce. Tu as l'air en pleine forme !

Lui semblait fatigué en revanche. Et il avait pris un peu de poids. Avait-il changé à ce point en quelques mois, ou était-elle seulement en train de le comparer à Seb ?

Elle chassa ce dernier de son esprit.

— Salut, Ben. Comment vas-tu ? Comment va Catriona ?

— Elle est à l'hôpital. Notre bébé est né hier.

Pourquoi sa mère ne l'avait-elle pas prévenue ? Est-ce que tout le monde s'efforçait de la protéger, ou ses parents avaient-ils eu autre chose en tête avec les derniers événements ?

— Toutes mes félicitations, dit-elle.

Ben l'observait attentivement.

— Désolé, j'ignorais que tu n'étais pas au courant. J'étais certain que quelqu'un te l'aurait dit, et je ne pensais pas être le premier à t'annoncer la nouvelle.

— Il n'y a pas de problème. Je l'aurais forcément appris à un moment ou un autre. Garçon ou fille ?

— C'est une fille.

— Dis-m'en un peu plus, voyons !

— Elle pèse trois kilos et demi, et nous l'avons appelée Mia.

Elle fut soulagée qu'ils n'aient pas utilisé le prénom que Ben et elle avaient choisi : Eve pour une fille…

— Je me réjouis pour toi, dit-elle sincèrement.

Elle savait que Ben voulait des enfants tout autant qu'elle, et elle n'était pas jalouse de son bonheur, mais cela ne l'empêchait pas d'être triste que cette bénédiction ne lui soit pas accordée à elle aussi.

Elle décida d'aller dire bonjour aux parents de Ben. C'était un bon prétexte pour le quitter, et cela couperait peut-être court à d'éventuels ragots. Après s'être excusée auprès de lui, elle fut contente de voir Flick qui venait dans sa direction.

Toutes deux s'embrassèrent affectueusement.

— C'est si bon de te revoir !

— Désolée, je n'ai pas pu assister à l'enterrement, dit Flick. Callum remplaçait ton père au cabinet, et il avait besoin de mon aide.

Les yeux de Flick étincelaient, et elle avait l'air heureuse, mais Luci était trop préoccupée pour lui en demander la raison.

— Pourquoi ne m'as-tu pas dit que le bébé de Ben et de Catriona était né ?

Flick haussa les épaules.

— Catriona a accouché hier. J'ai pensé que ta mère te mettrait au courant. Qui t'en a parlé ?

— Ben.

— Oh ! Tu te sens bien ?

— Je crois, oui, même si je m'apitoie un peu sur moi-même. Je sais me tenir, et je ne donnerai à personne la satisfaction de me voir m'effondrer. Je suis fatiguée d'être celle dont tout le monde parle.

— Ne te fais pas d'illusion, dit Flick en riant. Maintenant que tu es de retour et que tout le monde t'a vue en compagnie de Ben, les bavardages vont aller bon train.

— Je ne suis pas là pour de bon, répliqua Luci.

Elle n'était plus très certaine de revenir définitivement à Vickers Hill d'ailleurs. Mais où irait-elle, elle n'en avait aucune idée.

— Tu envisages de rester à Sydney ? s'étonna Flick. Tu te plais tellement, là-bas ?

Luci commit l'erreur de ne pas répondre.

— Seigneur ! s'exclama Flick. C'est Seb ?

Au cours de leurs conversations téléphoniques, Luci lui avait laissé entendre qu'elle passait beaucoup de temps avec Seb. Sans doute n'avait-elle pas été capable de cacher son bonheur…

— S'il me demandait de m'installer là-bas, je n'hésiterais pas une seconde, avoua-t-elle. Mais ça n'arrivera pas.

Voyant que Flick la fixait avec ébahissement, elle comprit qu'elle avait parlé trop vite.

— Promets-moi de ne rien dire à Callum ! s'exclama-t-elle.

Son amie secoua la tête.

— Pourquoi le ferais-je ? Mais Seb sait-il ce que tu ressens ?

— Bien sûr que non. On s'amuse un peu, c'est tout.

— Sérieusement ? Cela ne te ressemble pas beaucoup.

— Qu'est-ce que tu veux dire ?

— Eh bien… Tu dois admettre que, même pour une petite ville de province comme la nôtre, tu t'es mariée très jeune. Tu n'envisageais pas autre chose que le grand amour.

— Seb quitte Sydney dans une semaine, alors je ne suis pas du tout dans cet état d'esprit.

— Si je comprends bien, tu te sers de lui pour le sexe.

— Chut !

— Tu fais bien l'amour avec lui, non ?

— Oui, avoua-t-elle en rougissant. Et souvent, précisa-t-elle pour voir comment son amie réagirait.

Flick éclata de rire.

— Bravo ! Mais pourquoi ne pas aller plus loin ? S'il quitte Sydney, tu pourrais partir avec lui.

Luci haussa les épaules.

— Impossible. Il est génial, mais il refuse de s'engager. Je ne peux pas perdre mon temps avec quelqu'un qui ne veut pas la même chose que moi.

Flick ouvrit la bouche, et Luci eut l'impression que son amie allait lui dire quelque chose d'important, mais à cet instant toute l'assistance se tut en même temps.

Les têtes se tournèrent, le bruit cessa, et tous les yeux se fixèrent sur la porte du pub.

Seb se tenait sur le seuil.

9.

Il fut immédiatement clair pour tout le monde que Seb n'était pas originaire de Vickers Hill. Pour commencer, il ne portait pas l'uniforme du coin : tous les hommes présents portaient des jeans bien repassés, leur plus belle chemise et des bottes. Seb était vêtu d'un pantalon de coton noir, d'un T-shirt assorti et d'une veste de cuir. Les visages des autres hommes étaient tannés par des années passées à travailler dehors. Leur front habituellement protégé par un chapeau était blanc. La peau de Seb était seulement hâlée par le soleil.

Le silence abasourdi fut bientôt suivi par des murmures. Luci entendit les gens se demander mutuellement s'ils le connaissaient.

— Qu'est-ce qu'il fait là ? marmonna-t-elle.

Elle devina que les yeux de Flick allaient d'elle à Seb, pour revenir sur elle.

— C'est lui ?

Incapable de parler, Luci hocha la tête.

— Eh bien ! Tu m'as dit que tu t'amuses « un peu » avec lui ? Il vaut la peine que tu t'amuses « beaucoup » en sa compagnie !

— Chut ! fit Luci.

S'éloignant de son amie, elle se dirigea vers Seb.

Elle devait le faire sortir du pub ! On l'avait déjà vue discuter avec Ben, et la situation n'allait pas s'arranger dès que l'assistance aurait compris que Seb était là pour elle.

Mais était-il là pour elle ? Après tout, il était peut-être passé voir Callum ?

Impossible. Les deux frères ne se parlaient pas souvent, et pourquoi Seb aurait-il entrepris ce voyage pour le voir ?

Lorsqu'elle parvint jusqu'à lui, il arborait un large sourire, ses yeux bleus scintillaient, et elle se retint pour ne pas se précipiter dans ses bras.

Au lieu de cela, elle le prit par le coude et l'entraîna vers l'intérieur du pub, loin des oreilles traînantes et des yeux curieux. Malheureusement, Seb s'immobilisa, et elle comprit qu'elle ne parviendrait pas à le faire bouger d'un pouce.

— Qu'est-ce que tu fais là ? demanda-t-elle.

Ils se trouvaient dans le couloir étroit entre la cuisine et les toilettes, et il ne faudrait pas longtemps pour qu'ils soient dérangés, mais Seb ne semblait pas s'en soucier. S'appuyant contre le mur, il l'attira contre lui.

Devinant qu'il allait l'embrasser, elle posa les mains sur sa poitrine de façon que quelques centimètres les séparent, mais cela ne suffit pas à assurer sa protection. Le torse de Seb était ferme et solide sous ses paumes, ses cuisses fortes et puissantes contre ses jambes. Sa résistance faiblit, et elle se sentit fondre. Elle pouvait aussi bien l'embrasser, l'effet aurait été le même.

— Je n'ai pas voulu te laisser affronter seule ce moment difficile, expliqua-t-il.

Très touchée par cette délicate attention, elle cilla.

Elle avait du mal à croire que Seb Hollingsworth se tenait devant elle, à Vickers Hill, avec ses yeux bleus et ses cils ridiculement longs. Mais elle ne pouvait nier que sa présence lui faisait un bien infini.

— Je suis heureuse que tu sois là. Mais mon oncle était vieux et, même si sa mort m'attriste, c'est dans l'ordre des choses. Ce sera certainement plus difficile pour mon père.

— Je ne pensais pas à ton oncle. Je me suis dit que tu souffrirais sans doute de croiser le chemin de Ben et de Catriona.

— Oh ! Catriona a accouché hier.

— Tu étais au courant ?

— Non.

— Comment te sens-tu ?

— Très franchement, je suis contente pour Ben. Je regrette juste de ne pas connaître le même bonheur que lui.

Et c'était vrai. Entre elle et Ben, il n'y avait plus ni désir ni regret. L'étincelle était bel et bien éteinte. Mais elle voulait ce qu'il avait.

— Je suis là pour toi, dit Seb. Tu veux qu'on s'en aille ?

Oh oui ! Qu'il l'emmène loin de cet endroit ! Maintenant qu'il était devant elle, elle ne pouvait penser à rien d'autre…

Malheureusement, elle avait des obligations.

— Je suis censée dîner avec ma famille, dit-elle avec un soupir.

Elle ne souhaitait pas présenter Seb à ses parents. A quoi bon puisqu'il devait partir une semaine plus tard ? Elle aurait du mal à se passer de toutes les attentions qu'il avait pour elle, sans parler du fait qu'il était incroyablement beau, mais c'était inéluctable. Elle n'avait pas la moindre envie de se séparer de lui, mais elle n'avait pas le choix.

— Fais ce que tu as à faire, suggéra-t-il. Pendant ce temps, j'irai voir Cal, et on se retrouvera plus tard, après le dîner.

Il n'essayait pas de se faire inviter. On aurait dit qu'il connaissait ses besoins avant elle. Elle aurait voulu s'en aller tout de suite avec lui, mais elle pouvait attendre, puisqu'elle était assurée de le revoir dans la soirée.

— D'accord. Où es-tu descendu ?

Elle espérait que ce n'était pas chez Callum, c'est-à-dire dans sa propre maison. Y retrouver Seb aurait été trop bizarre !

— A l'hôtel, chambre 11, précisa-t-il en lui adressant un clin d'œil.

Soudain, elle eut envie de faire faux bond à sa famille pour se précipiter au lit avec Seb. Il avait fait tout ce chemin pour elle, et elle ne voulait pas perdre une minute du temps qu'il leur restait.

Elle se contenta d'agripper un pan de sa chemise pour l'attirer vers elle et l'embrassa passionnément sur la bouche, sans se soucier d'être vue.

— A tout à l'heure, dit-elle en le poussant hors du pub.

Juste avant le lever du soleil, Luci se glissa dans la maison de ses parents, évitant la quatrième et la neuvième lame de parquet qui craquaient. Elle avait l'impression d'être de nouveau une adolescente.

Elle espérait que ses parents dormaient. Elle n'avait pas envie de leur expliquer d'où elle venait ni ce qu'elle avait fait. Elle avait passé la nuit dans le lit de Seb, qui s'était réveillé de bonne heure pour reprendre l'avion à Adelaide.

Un peu plus tard, étendue sur son lit de jeune fille, elle ne parvint pas à trouver le sommeil. Son esprit tournait en boucle.

Il leur restait huit jours, et ensuite ce serait terminé. Chacun reprendrait le cours de sa vie. Elle devait réfléchir à la façon dont elle réaliserait ses rêves. Seb n'en ferait pas partie puisqu'il ne lui donnerait pas l'enfant qu'elle voulait.

En descendant de l'avion à Sydney, Luci ralluma son téléphone.

Comme prévu, il y avait un SMS de Seb lui rappelant de le prévenir dès son arrivée. Mais il y avait aussi un message de Victoria, sa généraliste, qui lui demandait de lui téléphoner.

Elle attendit d'être rentrée pour le faire.

— Vous pourriez passer me voir ? proposa le médecin. Je voudrais vous parler de quelque chose.

Le cabinet se trouvait dans les environs de Vickers Hill,

car Luci n'avait pas souhaité consulter un praticien qui puisse avoir un lien avec son père.

— Ce n'est pas possible, répondit-elle. Je suis à Sydney pour encore trois semaines. Il y a un problème ?

— Je peux vous parler maintenant ?

— Bien sûr, acquiesça-t-elle en s'asseyant sur le canapé.

— J'ai reçu une lettre du labo aujourd'hui. Elle concerne vos tests de fertilité. Apparemment, ils modifiaient leur système informatique au moment où vous faisiez vos analyses, et vos résultats ont été classés par mégarde comme ayant été envoyés. Le labo vient de comprendre son erreur, mais ils auraient dû vous appeler.

— Cela n'a plus d'importance de toute façon.

— Que voulez-vous dire ?

— Il était clair que le problème venait de moi puisque Ben n'a eu aucun mal à avoir un enfant avec sa nouvelle épouse. Par ailleurs, je ne cherche plus à être enceinte, maintenant que je suis divorcée et célibataire.

— Je pense que vous devriez quand même prendre connaissance des résultats. Ils indiquent justement que le problème, comme vous dites, ne venait pas seulement de vous.

— Je ne comprends pas… Tout semble fonctionner à merveille du côté de Ben !

— Ce qui n'allait pas, c'était vous deux ensemble, Luci. Votre corps produisait des anticorps contre le sperme de Ben. C'est très rare, mais vous faisiez une sorte de réaction allergique au sperme de votre mari. La fécondation in vitro aurait été relativement simple, avec de grandes chances de succès.

— Quoi ? Ben et moi aurions pu avoir des enfants ?

— Dans le cadre d'une FIV, presque certainement.

— Mais comment ?

— Le sperme aurait été injecté directement dans l'ovule prélevé, et votre corps n'aurait pas eu l'opportunité de s'en prendre à lui. Un embryon viable aurait été créé, et on l'aurait implanté dans votre utérus.

— Alors… Je peux avoir des enfants ?

— Oui. Avec le bon partenaire, ou dans le cadre d'une fécondation in vitro.

Les larmes aux yeux, elle laissa échapper un long soupir. Victoria continuait de parler, mais elle l'écoutait à peine.

— Ben et vous, vous étiez incompatibles, disait la généraliste, mais cela n'implique pas que ce soit la même chose avec un autre homme. La bonne nouvelle, c'est que vos ovules sont sains. Vous êtes jeune, fertile, et vous avez du temps devant vous.

— Merci.

Lorsque Luci raccrocha, ses joues ruisselaient de larmes.

Au moment où elle sentait que son divorce était définitivement derrière elle, elle découvrait que la trahison de Ben l'avait privée de cette maternité qu'elle souhaitait tant. Lorsqu'elle pensait que le problème venait d'elle, elle pouvait lui pardonner de l'avoir abandonnée. Mais maintenant ?

S'ils étaient restés ensemble, ils auraient pu avoir recours à la fécondation in vitro, et aujourd'hui elle serait mère !

Elle se déshabilla, passa un short et enfila des baskets avant de sortir pour gagner la plage. Elle avait besoin de marcher un peu pour s'éclaircir les idées.

Mais non, son mariage avec Ben n'aurait pas tenu de toute façon ! Ils avaient rompu sous l'effet du stress dû à ces questions d'infertilité, mais Ben avait très vite — trop vite — tourné la page. S'il n'avait pas été capable de la soutenir en ces circonstances, elle n'aurait sans doute pas pu compter sur lui à d'autres moments difficiles. Elle serait peut-être retrouvée divorcée avec un enfant.

Voulait-elle être mère célibataire ?

Oui ! Si la seule option était de faire un bébé toute seule et si l'occasion lui en était offerte, elle sauterait sur l'occasion. Elle voulait toujours un enfant plus que tout.

Plus qu'elle ne voulait Seb ?

Oui. Son cœur était étreint par l'attente, et son ventre souffrait de sa vacuité. La maternité était sa priorité, même si elle était amoureuse de Seb. Il n'y avait jamais eu d'avenir entre eux. Il était juste son second petit ami, et elle n'était même pas certaine de pouvoir lui donner ce titre.

Souhaitait-il seulement avoir des enfants un jour ?

La seule solution était de rompre avec lui au plus vite pour chercher l'homme qui lui permettrait de réaliser son rêve. A quoi bon attendre plus longtemps puisqu'il s'en allait sur son bateau à la fin de la semaine ? Autant en finir tout de suite !

Qui sait ? Peut-être changerait-il d'avis ? Peut-être déciderait-il qu'elle en valait la peine ?

Le soleil était bas dans le ciel lorsqu'elle rentra. Son téléphone vibra, et elle le sortit de sa poche.

C'était un message de Seb :

Où es-tu ? Tout va bien ?

Elle opta pour une réponse courte :

Je suis presque arrivée à la maison. A tout de suite.

Mais l'appartement de Callum n'était pas sa maison… Vickers Hill non plus, d'ailleurs. Elle n'y retournerait pas. Elle avait besoin de vivre dans de nouveaux lieux, de voir de nouveaux visages. Il lui fallait aussi un autre homme… Du moins son sperme, et un endroit où vivre.

Mais chaque chose en son temps. Pour l'instant, le plus important était de parler à Seb. Il était inutile de différer… Dorénavant, elle était investie d'une mission.

La porte de l'appartement était ouverte. Seb l'attendait, visiblement soucieux. Un petit pli se creusait entre ses sourcils, et ses yeux bleus étaient assombris par l'inquiétude, mais elle le remarqua à peine.

La soirée était chaude, et il ne portait qu'un short.

Comment avait-elle pu oublier à quel point il était beau ? Elle devait lui demander de passer une chemise, tellement c'était difficile de se concentrer sur autre chose quand il était là devant elle, à moitié nu…

Et puis non, tant pis ! Autant profiter de la vue tant qu'elle le pouvait.

Il la prit dans ses bras et la serra fort contre lui.

Dieu que c'était bon ! Elle aurait pu rester ainsi toute sa vie.

— Tu m'as manqué, dit-il en la lâchant. Quelque chose ne va pas ? On dirait que tu as pleuré.

Ses larmes avaient séché depuis longtemps, mais ses yeux devaient être encore un peu gonflés.

— Oui, mais c'était de joie, je crois.

Il la guida vers le canapé.

— Tu crois ? demanda-t-il quand elle fut assise. Que s'est-il passé ?

— Eh bien…

Elle avait envie de passer la nuit avec Seb et de ne discuter avec lui que le lendemain, mais elle savait que, si elle tardait trop, la volonté lui manquerait. Tout serait plus difficile.

— Ma généraliste m'a appelée pour me communiquer les résultats de mes tests de fertilité. J'aurais dû les recevoir depuis longtemps, mais le labo a commis une erreur. Je ne m'en étais pas inquiétée à cause de tout ce qui se passait entre Ben et moi.

— Et tout va bien ?

— Oui, plus que bien. Apparemment, je suis en parfaite santé et fertile. Je peux avoir des enfants. Le problème ne venait pas de moi, mais de Ben *et* moi. Si nous étions restés ensemble, nous aurions pu fonder une famille grâce à la fécondation in vitro.

S'asseyant près d'elle, Seb passa les doigts dans ses cheveux.

— Eh bien ! Ben est au courant ?

— Non.

— Tu vas le lui dire ?

— Je n'en vois pas l'utilité. Ça n'a plus d'importance, de toute façon. Il a tourné la page, et je dois le faire à mon tour. Notre couple n'existe plus, mais j'ai la possibilité de réaliser mon rêve, et j'en ai bien l'intention. Cela implique que je vais devoir trouver l'homme qui poursuivra le même but, celui qui voudra vivre avec moi. Je sais que ce n'est pas ton cas, c'est pourquoi je veux te faire mes adieux.

— Maintenant ?

Elle hocha la tête.

— De toute façon, tu seras parti dans quelques jours. Nous savions tous les deux que, entre nous, c'était temporaire. La question était juste de savoir quand nos chemins se sépareraient. J'ai apprécié chaque minute des moments que nous avons passés ensemble. Tu m'as aidée plus que tu ne le sauras jamais. Désormais, je me sens capable d'accueillir un autre homme dans ma vie.

— Qu'est-ce que tu vas faire ?

— Je n'en suis pas encore très sûre. Je vais terminer les deux semaines qu'il me reste à faire au centre, et j'en profiterai pour réfléchir. En tout cas, je ne retournerai pas à Vickers Hill. Je doute d'y trouver l'homme qu'il me faut. Mais je ne crois pas non plus être faite pour la ville.

Seb battit des paupières, laissant filtrer dans sa direction un regard indéfinissable.

— C'est un au revoir, si je comprends bien ?

Elle se força à rester forte.

— Nous ne voulons pas les mêmes choses, Seb. Nous avons été honnêtes à ce sujet dès le début. J'ai toujours affirmé mon souhait d'être mère, et tu as toujours dit qu'il n'entrait pas dans tes projets de fonder une famille.

Mais il pouvait encore dire qu'il avait changé d'avis, qu'il ne pouvait pas vivre sans elle…

Elle retint son souffle en attendant la réponse de Seb.

Il posa ses coudes sur ses genoux en soupirant.

— D'accord, dit-il.

Elle tendit la main, brûlant d'envie de lui caresser le dos, mais elle hésita à quelques centimètres de sa peau et finit par laisser retomber son bras.

Seb se leva.

— C'est ta décision, et je la respecte. Je vais prendre quelques affaires, et je dormirai sur le bateau.

Son regard était troublé mais sa voix ferme. Il ne tentait même pas de discuter !

Et à quoi bon, en effet, puisqu'ils ne modifieraient leur position ni l'un ni l'autre ?

Elle songea un instant à lui dire qu'il n'avait pas besoin de partir ce soir, mais cela valait sans doute mieux ainsi. Seb Hollingsworth n'était pas l'homme de sa vie.

Pourtant, lorsqu'il franchit la porte, son sac de marin et son casque de moto à la main, cela ne l'empêcha pas de pleurer.

Il voyageait léger, mais il emportait son cœur avec lui.

10.

Seb était parti, une fois sa mission au centre de santé achevée. Luci faisait de son mieux pour se concentrer sur le travail. Dans deux jours, elle partirait pour Vickers Hill où elle passerait Noël en famille. Elle ignorait encore ce qu'elle ferait ensuite, mais elle espérait que, après ce congé, elle aurait les idées plus claires. Pour l'instant, l'image de Seb l'obsédait et elle souffrait tellement que les nausées n'étaient jamais loin.

Ce jour-là, elles étaient encore plus pénibles que d'habitude, et elle vomit même son petit déjeuner.

Il s'agissait sans doute d'une affection virale. Comme elle n'avait que cinq minutes devant elle avant de recevoir sa patiente suivante, elle se dépêcha de prendre sa température tout en lisant ses mails.

Le médecin de Budgee lui avait envoyé des photos des jumeaux à la demande de Nadine. Elle ouvrit la pièce jointe, et les bébés la fixèrent de leurs grands yeux chocolat.

Elle éprouva le pincement d'envie habituel. Mais désormais elle avait l'espoir de tenir un jour son propre enfant dans ses bras !

Après des débuts incertains au centre de santé infantile et familiale, elle se réjouissait d'avoir établi de bonnes relations avec les patientes qu'elle avait la possibilité de suivre. C'était très différent du travail en hôpital. Melanie Parsons en était un bon exemple. Elle était venue au centre à plusieurs reprises avec ses enfants. Son mari et elle rencontraient maintenant un conseiller conjugal, et le mari se rendait même à des séances des Alcooliques Anonymes. C'était formidable d'assister à cette évolution, qui augurait un meilleur avenir pour cette famille. Elle avait l'impression de servir à quelque chose, même si son cœur était brisé.

Le thermomètre bipa.

Elle ferma sa messagerie et consulta l'écran.

Oui, elle avait un peu de fièvre… Elle s'en occuperait après les consultations.

— Que puis-je faire pour vous, Shauna ? dit-elle un instant plus tard à la patiente qui s'asseyait en face d'elle, son enfant sur les genoux.

— Je crois que je suis encore enceinte.

Elle attendit le petit pincement, mais il ne vint pas. Elle n'était plus jalouse puisqu'elle était désormais certaine d'avoir le même bonheur un jour.

— Vous avez fait un test ? demanda-t-elle.

— J'en ai fait deux, le premier était positif et le second négatif. Mais j'ai tous les symptômes habituels. J'ai mal au cœur, mes seins sont sensibles et j'ai constamment besoin d'aller aux toilettes. J'ai pensé que vous pourriez faire une troisième analyse.

Elle sortit un flacon d'un placard et le tendit à Shauna. Quand la jeune femme revint, elle testa un échantillon d'urine.

— C'est négatif, dit-elle finalement. A quand remontent vos dernières règles ?

— Trois semaines.

— C'est peut-être encore trop tôt.

Cette conversation l'amena à réfléchir : quand avait-elle eu ses propres règles ?

Elle fit un rapide calcul.

Six semaines !

Seb et elle avaient toujours utilisé des préservatifs, sauf sur le bateau, la nuit de l'orage. Dans le feu de l'action, la contraception avait été la dernière de leurs préoccupations. Se pouvait-il qu'elle soit enceinte ?

Non, elle prenait sûrement ses désirs pour une réalité.

Mais, dès que Shauna fut sortie, elle prit un test, alla aux toilettes et attendit.

Elle savait ce qu'elle cherchait : deux petites lignes roses, mais c'était comme si elle ne les avait jamais vues auparavant.

Jusqu'à aujourd'hui !

Ses jambes la lâchèrent, et elle dut s'asseoir sur le bord de la cuvette, une main sur le ventre.

Voilà qui expliquait les nausées et la fièvre. Elle était enceinte !

Seb en était à sa deuxième semaine de congé. Il aurait dû être déjà loin de Sydney, mais il n'avait pas pu se résoudre à partir tant que Luci était en ville. Il avait compris trop tard qu'il n'aurait jamais dû quitter l'appartement aussi vite, le soir où elle lui avait fait ses adieux.

Il aurait fallu rester, discuter ! Au lieu de cela, son instinct l'avait incité à vider les lieux. Il ne voulait pas s'engager, du moins c'était ce qu'il se répétait depuis trois ans. Il lui avait fallu du temps pour comprendre qu'il avait changé d'avis.

Luci l'avait fait changer d'avis. Elle avait illuminé sa vie, et désormais il était de nouveau dans le noir. Il restait ancré dans Fairlight Bay, à observer les lampes qui s'allumaient et s'éteignaient dans l'appartement de Callum, et à se demander ce que Luci faisait, si elle allait bien et s'il lui manquait.

Ce bateau censé être son refuge lui apparaissait à présent comme une prison. Chaque jour il s'en échappait. Il allait chercher sa moto qu'il entreposait dans un garage, et il roulait sans but sur les autoroutes. Mais l'impression de liberté ne durait pas. D'ailleurs, il ne voulait plus être libre, il ne voulait plus aller et venir sans entraves, il ne voulait plus être seul…

Il voulait juste être avec Luci. Il ne supportait pas l'idée qu'un autre saisisse la chance qu'il avait rejetée.

Il n'était pas question qu'elle trouve un autre homme ! Il avait besoin d'elle dans sa vie ! Il l'aimait !

Une fois de plus, il prenait conscience que quelque chose lui manquait après qu'il l'avait perdu. Mais, cette fois, il n'était peut-être pas trop tard ?

Pouvait-il offrir à Luci ce qu'elle souhaitait de toute son âme ? Il le faudrait bien puisqu'il n'envisageait pas son existence sans elle.

Dans deux jours ce serait Noël, et le stage de Luci prendrait fin. Il savait qu'elle devait quitter Sydney le lendemain, mais il ignorait où elle comptait aller. Il n'avait plus que quelques heures pour le découvrir.

Il avait encore une dernière chance de la voir.

Luci avait fini de nettoyer l'appartement.

Elle entra dans la chambre de Callum pour une dernière inspection, bien que Seb eût déjà fait le ménage et changé les draps. Elle le savait parce qu'elle entrait dans cette pièce chaque jour pour penser à lui. Assise sur le lit, elle passa la main sur la couverture bien tirée.

Il n'y avait pas un pli… Presque comme s'il n'avait jamais été là. C'était là qu'ils avaient fait l'amour pour la première fois, mais il ne restait aucune trace de leurs ébats.

Elle avait pourtant la preuve que ce n'était pas un rêve, se dit-elle en posant la main sur son ventre.

Il lui restait deux choses à faire : emballer ses affaires et contacter Seb. Pour lui annoncer la nouvelle, elle avait d'abord pensé attendre la treizième semaine, après la première échographie, quand elle aurait la certitude que tout allait bien. Finalement, elle avait décidé qu'il valait mieux tout lui dire pendant qu'elle était encore à Sydney.

Ce ne serait pas facile car, de son propre aveu, Seb n'aimait pas les surprises. Mais il avait le droit de savoir qu'il allait être père. Il avait le droit de choisir s'il souhaitait s'impliquer ou pas. Elle n'avait pas la moindre idée de la façon dont il réagirait, mais le choix lui appartenait.

Auparavant, elle n'avait jamais envisagé d'être mère célibataire. Selon la loi australienne, seuls les couples étaient autorisés à postuler pour une adoption. On était donc obligé de trouver un partenaire. Mais rien n'était plus pareil puisqu'elle allait était enceinte.

Un mois auparavant, cette perspective aurait suffi à la remplir de bonheur, alors pourquoi espérer davantage ? Elle se savait capable de se débrouiller seule, et désormais elle n'avait plus besoin de se chercher un compagnon.

La question n'était donc pas de savoir ce dont elle avait besoin, mais ce qu'elle voulait.

Elle soupira.

En fait, elle voulait Seb en même temps que le bébé.

Ne tenant plus en place, elle se leva et gagna sa propre chambre. Elle fixait ses vêtements dans la penderie, se demandant par où commencer, quand on frappa à la porte.

Lorsqu'elle vit Seb sur le seuil, elle fondit en larmes.

— Luci ! Que se passe-t-il ? demanda-t-il en l'attirant dans ses bras.

Elle se laissa aller contre lui et sanglota un moment avant de balbutier :

— Rien… Je dois être un peu fatiguée. Je n'ai pas très bien dormi cette nuit.

En plus du fait qu'elle était sur les nerfs et qu'elle portait son bébé…

Mais était-ce le moment de lui annoncer la nouvelle ?

Seb recula un peu sans lâcher complètement Luci.

Elle semblait avoir perdu du poids, et ses yeux bleu-gris étaient cernés. En dehors de cela, elle était toujours aussi merveilleusement belle. Son teint était parfait, et elle avait l'air en bonne santé.

— Tu n'es pas malade ?

— Non, dit-elle en s'essuyant les yeux. Je vais bien. Je suis contente que tu sois là.

— Tu en es certaine ? Tu n'en as pas l'air, pourtant.

Elle se mit à rire, et il laissa échapper un soupir de soulagement en retrouvant la Luci qu'il connaissait, rieuse et heureuse de vivre.

— Bien sûr que si ! Tu m'as manqué.

C'était bon signe. Peut-être la situation allait-elle évoluer en sa faveur ?

— Tu m'as manqué aussi, Luci.

Il était venu la supplier de lui accorder une seconde chance, mais il ne put résister à la tentation de l'embrasser.

Nouant ses bras autour de son cou, elle lui rendit son baiser.

Il savoura le bonheur de la sentir toute souple et douce contre lui. C'était le paradis, et il aurait voulu que cet instant dure éternellement.

Mais il devait avant tout savoir où ils en étaient, si c'était possible.

— Il faut que je te parle, dit-il.

Lui prenant la main, il l'entraîna jusqu'au canapé.

Le ménage avait été fait, ce qui lui rappela qu'il ne disposait pas de beaucoup de temps.

La faisant asseoir, il prit place auprès d'elle.

— Quelque chose ne va pas ? s'enquit-elle.

— Oui. J'ai fait une énorme erreur, mais j'espère qu'il n'est pas trop tard pour la rattraper. J'ai découvert que j'avais un problème.

— Un problème ?

— Apparemment, je suis incapable de comprendre que je veux quelque chose avant de l'avoir perdu. Cette fois, j'espère que je n'ai pas trop tardé.

Elle le fixait, les lèvres légèrement entrouvertes, telle une rose à peine éclose.

— Je ne comprends pas… Tardé pour quoi ?

— Pour nous. Je ne veux pas te perdre, avoua-t-il en

serrant la main de Luci dans les siennes. Tu as apporté la lumière dans ma vie. Tu m'as donné un but, de l'énergie, une raison de me lever chaque matin. Je ne savais pas de quoi j'étais privé avant que tu fasses irruption dans mon existence. J'étais persuadé que j'étais très bien tout seul. En réalité, je ne faisais que survivre.

Il fit une pause avant de poursuivre.

— Je veux t'entendre rire, te voir sourire. Je veux être celui qui te fait sourire, Luci. Alors, je suis venu ce soir pour te demander si tu pourrais envisager de rester à Sydney. Avec moi.

Il parlait rarement de ses sentiments, et en tout cas il ne s'était pas autant livré depuis trois ans.

Hélas, cela semblait ne servir à rien puisque Luci secouait la tête.

— Mais c'est trop tard, Seb ! Je repars pour Vickers Hill.

Il eut l'impression que son cœur faisait une chute dans sa poitrine, comme une pierre.

— J'avais cru comprendre que ce n'était plus un endroit pour toi.

— Les choses ont changé.

En quinze jours ?

— Tu as rencontré quelqu'un d'autre ?

— Bien sûr que non ! C'est une décision pratique. D'ordre financier, pour tout te dire : je ne peux pas me permettre de repartir de zéro.

Malgré l'espoir que les paroles de Seb venaient de faire naître en elle, Luci devait prendre en compte une autre personne désormais. Jusqu'à ce qu'elle soit sûre des sentiments de Seb, elle n'avait pas le droit de se laisser charmer. Elle avait grandi à Vickers Hill, elle y bénéficierait de tout le soutien dont elle aurait besoin. C'était l'endroit rêvé pour fonder une famille. Tout ce qu'elle avait détesté se muait maintenant en raisons de s'y installer.

— En tout cas, reprit-elle, c'est la prochaine étape des changements que je veux apporter dans ma vie.

— Est-ce que tu veux bien m'emmener ?

Elle secoua la tête, décidée à se montrer ferme.

— Tu sais bien que c'est impossible ! J'ai toujours voulu être mère et, si je dois choisir entre toi et des enfants, je choisis les enfants. J'aurais souhaité avoir les deux, mais la balle est dans ton camp.

S'il la voulait vraiment, Seb devait accepter de la suivre aussi dans ses rêves. Pour rien au monde elle ne le contraindrait à lui faire des promesses qu'il ne pourrait pas tenir. De toute façon, elle n'avait rien à perdre. S'il se refusait absolument à fonder une famille, leurs chemins se sépareraient définitivement.

— Luci, je t'aime, et je veux passer le reste de ma vie avec toi.

— Tu m'aimes ?

— Oui. Je te demande de m'accorder une chance : avançons ensemble, et voyons où ça nous mène.

C'était le moment ou jamais.

— Je ne peux pas me permettre d'attendre pour voir si ça marche, Seb…

Elle prit une profonde inspiration.

— Je suis enceinte.

— Quoi ? Quand ? Comment ?

— De la façon habituelle, je suppose. La vie vous joue de ces tours, tu ne trouves pas ? Je pense que c'est arrivé sur le bateau.

— Pendant l'orage ?

— Oui. Désolée, je sais que tu détestes les surprises, mais il fallait que tu saches.

Seb posa sur elle des yeux baignés de larmes.

— Ne sois pas désolée… Je vais être papa ?

Elle aimait cet homme et ne savait pas si elle supporterait qu'il lui échappe.

Prenant sa main, elle la posa sur son ventre.

— Je sais que l'amour te fait peur, dit-elle, et je comprends que c'est un grand pas pour toi, mais tu dois avoir confiance. Des malheurs se produisent, mais pas toujours. Tu ne peux pas te renfermer dans ta coquille pour ne pas souffrir. Moi aussi, je t'aime, et je voudrais partager ma vie et mes rêves avec toi. Pourtant, la décision te revient. Je ne m'attends pas à ce que tu la prennes ce soir, mais sache que je garde ce bébé.

— Bien sûr que tu vas le garder ! Et je serai à ton côté à chaque étape !

— Tu en es sûr ?

— Absolument. Je suis prêt ! Je savais que tu n'avais pas l'intention de tomber amoureuse du premier homme qui croiserait ton chemin, puisque tu me l'as dit toi-même. C'est pourquoi je te proposais de prendre notre temps. Mais, pour ma part, je sais que c'est toi que je veux. Depuis deux semaines, je ne pense qu'à ça. Je t'aime, Luci, et je te promets que ça ne changera jamais. Et maintenant, ajouta-t-il, il va falloir que tu m'invites à aller à Vickers Hill avec toi.

— Tu veux m'accompagner ?

L'attirant contre lui, il lui repoussa les cheveux en arrière et se pencha pour l'embrasser.

— Où veux-tu que j'aille ? Je compte passer le reste de ma vie avec toi, et ça commence tout de suite. Par ailleurs, il est temps que je fasse la connaissance de tes parents pour demander ta main à ton père.

— Mon père ne s'attend pas à ce qu'on lui demande la permission de se marier.

— Je crois que si, au contraire, et je veux faire les choses correctement. Il doit savoir que je souhaite faire de sa fille une honnête femme avant de lui apprendre que je l'ai mise enceinte.

— Il ne te croirait sûrement pas ! riposta Luci en riant. C'est incroyable, non ?

— Stupéfiant, tu veux dire.

Quittant le canapé, Seb s'agenouilla devant elle. Soulevant le bord de sa chemise, il découvrit son ventre et l'embrassa délicatement. Dès qu'il la toucha, elle se sentit s'épanouir comme une fleur assoiffée. Elle écarta les jambes pour l'inviter à caresser ses cuisses, mais les mains de Seb restèrent sur ses genoux.

Agenouillé devant elle, il fixait son visage.

— Je suis venu voir si tu accepterais de me laisser te prouver mon amour. Si tu veux bien m'épouser, tes rêves seront les miens, et nous passerons le reste de la vie ensemble.

Cet homme extraordinaire souhaitait partager son existence ! Ce n'était pas le moment de pleurer puisqu'elle avait obtenu tout ce qu'elle souhaitait au monde.

Refoulant ses larmes, elle se leva et prit les mains de Seb pour qu'il se mette debout. Blottie contre lui, elle l'embrassa avec ardeur.

— J'accepte ta proposition.

Épilogue

Assise sous le porche, Luci regardait le soleil se lever sur l'océan en allaitant son bébé.

C'était un de ses moments préférés dans la journée.

Après leur mariage, Seb et elle s'étaient installés dans la ville côtière de Shellharbour, à deux heures de route de Sydney. S'ils en avaient envie, ils pouvaient y passer la journée avant de retrouver la relative tranquillité de leur ville provinciale. Ils travaillaient tous les deux au centre de santé communautaire et familial, mais elle envisageait d'entreprendre une formation de sage-femme.

Elle avait le temps d'y réfléchir puisque leur fille Eve n'avait encore que quatre mois. A la fin de son congé de maternité, elle reprendrait son poste à mi-temps. Seb et elle faisaient un métier qu'ils adoraient et menaient la vie dont ils avaient rêvé, mais la famille restait leur priorité.

Parfois, elle avait du mal à croire à son bonheur, et il lui arrivait de se pincer pour se convaincre de sa réalité.

Après la tétée, elle posa sa fille sur son épaule et respira son odeur de talc et de lotion pour bébé.

Des pas retentirent sur le parquet, à l'intérieur.

Il y avait chez eux un va-et-vient constant de visiteurs, mais elle aurait reconnu ces pas entre mille.

Seb surgit au bout du porche, suivi par le labrador de deux ans dont ils avaient hérité avec la maison.

A la vue de son torse nu, elle éprouva un désir familier.

Depuis la naissance du bébé, les nuits sans sommeil n'étaient pas parvenues à freiner la passion qu'il lui inspirait.

Elle sourit en pensant à l'homme qu'elle avait connu, le motard si résolu à vivre en célibataire sur son bateau. Maintenant, c'était un mari et un père, propriétaire d'une maison et d'un chien. Il avait troqué son existence nomade contre un emploi fixe dans une ville de province. Il avait vendu sa moto et acheté une voiture familiale ! Mais son bateau, *Diamant céleste*, était amarré dans la marina à cinq minutes de chez eux. Et, même si son existence avait changé du tout au tout en un an, elle savait qu'il était heureux.

— Joyeux Noël, mon amour.

Après l'avoir embrassée, il prit Eve dans ses bras.

— Viens ici, ma belle !

La petite se mit à gazouiller et tendit ses petites mains potelées vers son père. C'était une vraie fille à son papa, mais Luci ne s'en formalisait pas.

— Tu t'es levée de bonne heure, remarqua Seb.

— Tu sais que j'adore être ici, et je ne voulais réveiller personne.

Les parents de Seb étaient chez eux pour Noël. Le père de Seb était en adoration devant Eve, et Luci savait que ses beaux-parents souhaitaient profiter de tout ce qu'ils avaient manqué avec leurs propres garçons.

Quant à ses propres parents, ils avaient emménagé à Shellharbour afin de vivre tout près de leur première petite-fille. Ils habitaient en bas de la route. Callum et Flick passaient aussi quelques jours sous leur toit, car ils allaient être le parrain et la marraine d'Eve, qui devait être baptisée le lendemain.

— On n'en fait pas un peu trop, en fêtant du même coup Noël et le baptême de la petite ? s'interrogea Seb.

Elle secoua la tête. Rien ne pouvait la rendre plus heureuse que cette assemblée familiale.

— C'est exactement ce que je souhaitais. Rien ne peut être plus parfait que d'avoir tous nos proches autour de nous.

Elle se leva pour entourer de ses bras son mari et sa fille.

— La vie est parfaite, ajouta-t-elle en se dressant sur la pointe des pieds pour embrasser Seb.

AMY ANDREWS

L'inconnu de l'Indian Pacific

Traduction française de
ÉVELINE CHARLÈS

BLANCHE

HARLEQUIN

Titre original :
SWEPT AWAY BY THE SEDUCTIVE STRANGER

Ce roman a déjà été publié en 2017.

1.

Callum Hollingsworth n'avait guère eu l'occasion de se distraire ces derniers temps, mais il aurait fallu qu'il soit complètement aveugle pour ne pas remarquer la blonde sexy qui téléphonait non loin de lui dans le café de la gare centrale de Sydney.

Par bonheur, il n'était pas aveugle. Grâce à d'excellents médecins, au temps qui s'était écoulé depuis son accident… Et au fait que l'inconnue se trouvait sur la droite de son champ de vision.

En réalité, c'était la joie débordante de cette jeune femme qui avait d'abord attiré son attention. Elle discutait avec animation et, malgré ses efforts pour s'exprimer à voix basse, son rire sonore résonnait par à-coups dans la salle bondée.

En l'observant derrière ses lunettes de soleil, il éprouva une pointe d'envie.

Elle n'était pas maquillée et n'arborait aucun bijou. De longs cheveux couleur miel lui caressaient les épaules. Sa gorge et ses bras étaient légèrement hâlés, ses jambes bien galbées étaient moulées dans un jean, et elle portait des bottes montantes ornées de franges. Il n'y avait rien d'ostentatoire ou de tape-à-l'œil chez elle, mais elle rayonnait comme un joyau dans le décor désuet.

Quoi qu'il en soit, il était content qu'elle le distraie des pensées moroses qui l'assaillaient pendant qu'il attendait son train. Le trajet allait être long, et il s'apprêtait à passer deux mois de sa vie dans un trou perdu.

Enfin, là-bas au moins, personne ne le connaissait ni

ne savait le tour désastreux qu'avait pris sa carrière. Une fois qu'il se serait reconstruit, il reviendrait à Sydney et repartirait de zéro. Plus vite il admettrait que son ancienne existence était derrière lui, plus vite il reprendrait les rênes de son avenir.

L'occasion lui était offerte de sortir la tête de l'eau, et il leur montrerait à tous qu'il avait du ressort. Rien ne vaut un déménagement à mille quatre cents kilomètres de chez soi pour donner une nouvelle direction à la vie !

— Les passagers de l'Indian Pacific sont invités à se rendre sur le quai numéro 10, fit une voix masculine dans le haut-parleur.

Il se leva et prit son sac à dos.

Comme la jolie blonde continuait de bavarder, les jambes croisées, le fantasme d'une nuit torride dans l'Indian Pacific entre les bras d'une mystérieuse inconnue lui traversa l'esprit.

Souriant intérieurement de sa propre sottise, il se dirigea vers la sortie.

Felicity Mitchell raccrocha, contente de savoir que son amie Luci appréciait sa nouvelle résidence. Elles venaient de passer deux jours entre filles sur la plage de Bondi avant que Luci ne s'installe dans l'appartement du Dr Hollingsworth, échangé pour deux mois avec sa maison à Vickers Hill.

Maintenant, il était temps de jouer le grand jeu !

Retenir une suite en classe Platine sur l'Indian Pacific était une extravagance coûteuse. Elle y avait consacré une bonne partie de son héritage, mais elle s'était promis de réaliser ce rêve un jour, et elle était certaine que son cheminot de grand-père était fier d'elle, où qu'il soit.

Un instant plus tard, elle montait dans un wagon luxueux, où elle fut guidée jusqu'à son compartiment par l'employé préposé à son service, qui se présenta comme Donald.

Ce dernier s'arrêta devant une porte qu'il ouvrit.

— Vous y êtes, dit-il en s'écartant pour la laisser passer.

Elle entra dans un compartiment aux murs lambrissés, doté d'une immense fenêtre. Ses sacs étaient déjà rangés dans un placard. Près de l'imposant canapé-lit trônait une table basse sur laquelle était posée une petite assiette chargée de biscuits et de fromages.

— Voici votre salle de bains, précisa Donald en ouvrant une porte étroite.

Elle entrevit la salle d'eau, d'une taille convenable compte tenu de l'espace restreint.

Donald lui demanda ensuite si elle souhaitait un verre de vin ou de champagne.

C'était possible ? Génial !

— Merci, Donald, je boirai volontiers une coupe de champagne.

Elle attendit qu'il soit parti pour sautiller de joie puis s'effondra sur le canapé.

Sur le quai, des employés s'affairaient avant le départ, programmé dans quelques minutes.

Elle n'arrivait pas à croire qu'elle était assise dans ce train emblématique et sur le point d'entreprendre un voyage qu'elle ne ferait qu'une seule fois dans sa vie.

Donald revint, une coupe à la main.

— Vous nous quittez à Adelaide, c'est cela ? demanda-t-il.

— Oui. J'adorerais aller jusqu'à Perth, mais… Une autre fois, peut-être.

Le trajet entre Sydney et Perth durait trois jours, alors qu'elle ne jouirait de ce confort que pendant vingt-quatre heures.

— Je pense que vous allez tout de même bien profiter du voyage, affirma Donald.

— Certainement ! J'en rêvais depuis très longtemps, avoua-t-elle en regardant le quai qui semblait se déplacer à mesure que le train s'ébranlait sans bruit.

— Sonnez si vous avez besoin de quoi que ce soit, dit Donald avant de partir. Le dîner est servi à 19 heures.

Elle hocha la tête puis se tourna vers la fenêtre en soupirant de bonheur.

Une demi-heure plus tard, la ville ayant laissé place à la banlieue puis à des espaces déserts, Felicity quitta son compartiment.

Il était temps de faire la connaissance de ses compagnons de voyage.

La porte voisine était fermée, mais peut-être les occupants de cette cabine ne monteraient-ils dans le train que plus loin ? Un peu déçue, elle se dirigea vers le salon, où elle savait rencontrer des gens à coup sûr.

Elle ne s'était pas trompée. Plusieurs couples entre deux âges étaient déjà installés sur des canapés disposés en demi-cercle. Elle fut accueillie par des sourires chaleureux mais s'arrêta d'abord au bar pour commander une coupe de champagne, qui lui fut servie par un certain Travis.

— Bonjour ! lança-t-elle à la cantonade, sa coupe à la main.

— Asseyez-vous, ma chérie, lui dit un vieil homme à l'accent écossais. Permettez-moi de vous dire que vous ne correspondez pas exactement à notre tranche d'âge.

— J'ai une vieille âme, répliqua-t-elle en riant.

Apparemment, les voyages en train de luxe étaient appréciés des retraités. Mais cela ne la dérangeait pas ! Infirmière dans une petite ville de province, elle avait une tendresse toute particulière pour les personnes âgées qui fréquentaient le cabinet où elle travaillait.

— Que faites-vous dans la vie, mon petit ? lui demanda une dame aux cheveux gris acier après les présentations.

Elle faillit dire la vérité, mais son instinct de conservation l'en empêcha : si elle apprenait à ses compagnons de voyage qu'elle était infirmière, ne réclameraient-ils pas ses soins à la moindre migraine ? Et puis, la profession d'infirmière n'avait rien de sophistiqué. Pendant deux jours, elle préférait se glisser dans la peau d'une créature sophistiquée et séduisante. Elle voulait s'habiller pour le dîner et boire des Martini tout en échangeant des mondanités avec de parfaits étrangers.

— Je suis fonctionnaire.

Ce n'était pas non plus très prestigieux, mais suffisamment vague pour décourager les indiscrétions.

— Et vous-même ? enchaîna-t-elle.

Sa voisine, qui s'appelait Judy, se lança dans un grand discours sur le métier qu'elle avait exercé pendant quarante ans. Les personnes présentes se mirent alors à échanger des informations sur leurs activités respectives. La conversation porta ensuite sur l'économie, puis sur les voyages…

Felicity était aux anges. Elle se trouvait dans un train de luxe, entourée de gens raffinés et pleins d'esprit. Pendant vingt-quatre heures, elle allait pouvoir jouer à être quelqu'un d'autre !

Lundi, elle serait de retour à Vickers Hill, où tout le monde l'appelait « Flick » et l'arrêtait dans la rue pour lui parler d'allergies ou de la fièvre du petit dernier, où les hommes la considéraient comme leur pote et où les femmes cherchaient à la marier avec le premier mâle disponible…

En attendant, dans ce train, personne ne la connaissait, et elle comptait bien s'amuser.

A 19 heures tapantes, quand Callum entra dans le restaurant, il remarqua immédiatement la blonde sexy du café. Il battit une ou deux fois des paupières pour s'assurer qu'il ne se trompait pas. Sa vision n'était pas des meilleures après tout… Et puis, le rire de l'inconnue lui parvint.

Pas de doute, c'était elle.

S'il avait su qu'elle était dans le train, il n'aurait pas perdu les dernières heures à lire les instructions que son nouveau patron lui avait envoyées par mail !

— Souhaitez-vous que je vous trouve quelqu'un avec qui dîner, monsieur ? demanda Donald.

Callum balaya du regard les tables magnifiquement dressées avant de se fixer sur la chaise libre près de l'inconnue.

— Non merci, répliqua-t-il. Je sais déjà avec qui je souhaite passer la soirée.

L'espace d'une seconde, la bouche de Donald frémit.

— Très bon choix, monsieur.

— Pardonnez-moi, dit Callum en s'approchant de la table à laquelle était assise la jolie blonde.

Les conversations s'interrompirent, et trois têtes se tournèrent vers lui.

— Je peux me joindre à vous ? demanda-t-il.

Les yeux de l'inconnue s'écarquillèrent légèrement. Ils étaient gris et frangés de longs cils couleur sable. Elle le fixa un moment, et il soutint son regard, heureux de constater qu'elle paraissait aussi troublée que lui.

Il était peut-être un peu rouillé, mais il était encore capable de reconnaître l'intérêt sexuel qu'il suscitait chez une femme. Et celle-ci ne le regardait pas avec compassion, comme c'était trop souvent le cas depuis deux ans.

Elle s'était changée. Elle portait une petite robe noire moulante qui révélait son cou et la naissance de ses seins. Son brillant à lèvres était rose et ses cheveux miel paraissaient légèrement ondulés — à moins que ce ne soit un effet de lumière dû au plafonnier ?

Le vieux monsieur assis en face l'accueillit avec chaleur.

— Asseyez-vous, mon garçon. Grâce à vous, cette jeune personne ne sera pas entourée que par de vieux croûtons.

Callum ne se le fit pas dire deux fois.

— Je m'appelle Jock, et voici Thelma, mon épouse, reprit

le vieux monsieur. Quant à cette gracieuse jeune femme, elle se nomme Felicity.

Callum leur serra la main à tous les trois.

— Ravi de faire votre connaissance, dit-il en plongeant dans les yeux de la jolie blonde. Mon nom est Callum.

— Vous étiez au café de la gare, non ? demanda-t-elle.

— En effet.

Elle se souvenait de lui ! L'avait-elle surveillé du coin de l'œil comme il l'avait fait lui-même ?

— J'ignorais que vous étiez dans ce train.

— J'occupe le compartiment numéro 8.

— Eh ! s'exclama Thelma. Felicity est votre voisine, elle est au numéro 9.

Décidément, le hasard faisait bien les choses.

Quand Felicity lui sourit, il éprouva une crispation au niveau du bas-ventre.

Depuis son accident, sa libido avait été durement éprouvée. Son réveil était une véritable surprise.

— Que faites-vous dans la vie ? demanda Jock.

— Je suis rédacteur technique.

Le mensonge lui était venu naturellement aux lèvres.

Il n'était pas encore habitué à son nouveau titre de médecin généraliste, lui qui avait été un chirurgien vasculaire reconnu par ses pairs. Et puis, vu l'âge de ses compagnons de voyage, il risquait une avalanche de questions médicales s'il révélait son véritable métier. Ce soir, il voulait oublier ses illusions perdues et flirter outrageusement avec sa ravissante voisine. Il verrait bien où cela le mènerait !

— Oh ! fit Thelma. En quoi cela consiste-t-il ?

— Rien de très passionnant, croyez-moi. Je rédige des articles ou des manuels techniques portant par exemple sur l'industrie, l'informatique… Ce genre de choses.

La conversation porta ensuite sur le délicieux repas qui leur était servi. Il se détendit et se surprit même à rire aux éclats, car Felicity ne manquait pas d'esprit.

Tout comme lui, elle parlait peu d'elle-même et orientait habilement la discussion sur d'autres sujets. Charmés par son bavardage, les autres convives passaient un moment très agréable. Au bout de deux heures, Callum fut surpris de constater qu'il n'avait pas pensé une seule fois à son accident ni aux répercussions qu'il avait eues sur sa vie. Il lui semblait brusquement avoir dix ans de moins.

— Nous allons prendre un alcool dans le salon, dit enfin Jock en posant sa serviette sur la table. J'espère que vous vous joindrez à nous ?

— Bien sûr, répliqua Felicity avec un sourire. Et vous, Callum ?

— Très volontiers, dit-il.

Il ne demandait pas mieux, sinon lui proposer de terminer la soirée dans son compartiment.

Leurs regards se croisèrent. Elle rougit légèrement, comme si elle lisait dans ses pensées et, à l'idée de ce qui pourrait se passer plus tard, il sentit une douce chaleur se répandre dans ses veines.

Felicity avait du mal à se concentrer sur la conversation. La présence à son côté du beau gosse du café de Sydney ne l'y aidait pas vraiment. Chaque fois qu'il parlait, riait, ou que sa cuisse musclée se pressait contre la sienne, elle avait le sentiment qu'ils ne faisaient que différer l'inéluctable.

Jamais elle ne s'était sentie aussi troublée, ni aussi vivante ! Pas même avec Ned. Bien sûr, il lui avait brisé le cœur en la quittant, mais ils avaient d'abord été amis avant d'être amants. Ce qu'elle ressentait maintenant était différent.

Etait-elle capable de séduire un étranger dans un train ou de se laisser séduire par lui ?

Bien entendu, elle n'avait rien anticipé de tel mais, à cet instant précis, la nuit qui venait lui offrait une multitude de possibilités inattendues.

Un par un, leurs compagnons de voyage allaient se coucher.

Elle envisagea un instant de les imiter comme la raison le lui conseillait, mais elle n'en fit rien. Après avoir souhaité un sommeil agréable à Jock et à Thelma, elle les regarda sortir du salon, consciente que son voisin ne la quittait pas du regard.

— Eh bien ! murmura-t-il. J'ai cru qu'ils ne s'en iraient jamais !

Elle se sentit rougir. Elle avait pensé exactement la même chose.

— Un autre Martini ? suggéra-t-il.

Voyant qu'elle hésitait, il ajouta :

— Il n'est que 23 heures. Je vous promets de vous raccompagner jusqu'à votre compartiment avant qu'il ne se change en citrouille.

Seigneur ! Il savait s'y prendre !

— Très bien. C'est d'accord.

— Bonne réponse ! fit-il en souriant largement.

— Bonne question, répliqua-t-elle avec un sourire en coin.

Elle le suivit des yeux tandis qu'il s'éloignait pour commander leurs boissons.

Même cette façon de s'appuyer au bar était sexy ! Son pantalon bien coupé mettait en valeur ses longues jambes et ses cuisses dont elle avait senti la puissance et la chaleur contre la sienne…

Il avait retiré la veste qu'il portait en entrant dans le wagon-restaurant. Une heure plus tôt, environ, il avait défait les deux boutons supérieurs de sa chemise violet foncé et retroussé ses manches, révélant des avant-bras bronzés recouverts d'une légère toison brune.

Cette vision avait littéralement allumé le feu en elle.

Elle retint son souffle, car Callum venait de se tourner vers elle pour lui adresser un sourire.

Avec ses yeux verts, son menton ombragé par une barbe

de plusieurs jours et sa mâchoire énergique, il était presque trop beau pour être vrai.

Le barman dit quelque chose qui le fit s'esclaffer, et elle adora les vibrations de ce rire.

Il revenait à présent vers elle, les verres à la main.

Elle aurait sans doute dû se tourner vers la fenêtre et admirer la lune qui brillait dans le ciel, mais comment ne pas le regarder ?

Quand il posa les boissons sur la table et s'assit en face d'elle, elle n'aurait su dire si elle était déçue ou soulagée. Les deux, sans doute.

— Aux étrangers qui font connaissance dans les trains, dit-il en levant son whisky.

— A notre santé, répliqua-t-elle en trinquant avec lui.

2.

Lorsque Felicity avala la première gorgée du Martini, elle sentit le regard de son compagnon sur ses lèvres puis sur sa gorge. Par bonheur, l'alcool rafraîchit sa bouche soudain asséchée.

Il imita l'accent écossais de Jock pour lui demander :

— Alors, qu'est-ce qu'une jeune personne comme vous fait dans un wagon de luxe ? A votre âge, la plupart des gens voyagent en deuxième classe. A moins que… Vous ne seriez pas une héritière ou quelque chose de ce genre ?

— Pas le moins du monde ! répliqua-t-elle en riant. Vous ne ressemblez pas non plus à un vieillard. Vous avez quoi ? Trente-cinq ans ?

Elle s'était posé la question pendant toute la soirée, autant saisir l'occasion de le lui demander.

— Vous n'êtes pas tombée loin, murmura Callum. Trente-quatre. Et vous ?

— Vingt-huit.

Il poussa un soupir.

— Ah ! Si je pouvais remonter en arrière et avoir votre insouciance… Sérieusement, reprit-il, pourquoi ce choix ?

— Mon grand-père a travaillé dans les chemins de fer pendant cinquante ans, et il ne s'en est jamais lassé. Pendant les vacances scolaires, il m'emmenait toujours au musée du train, à Sydney.

— Ce n'était pas ennuyeux, à force ?

— Absolument pas ! Et il me répétait que, un jour, il prendrait l'Indian Pacific avec ma grand-mère. Lorsqu'elle est morte, j'avais vingt ans. Il s'est mis à dire que nous le prendrions ensemble un jour. Il est parti l'an dernier sans avoir fait le voyage dont il rêvait. Mais il m'a laissé un peu d'argent, alors… Alors, je suis là.

Elle tenta de refouler les larmes qui lui montaient aux yeux.

— Eh ! dit Callum en lui couvrant la main de la sienne. Tout va bien ?

Elle hocha la tête, se sentant stupide.

— Zut, je n'avais pas l'intention de pleurnicher. Je suis bêtement sentimentale, ne faites pas attention, dit-elle en retirant sa main.

— Il n'y a pas de mal à cela. Cela vaut mieux que d'être froide et dure, précisa-t-il avec un sourire.

Elle lui sourit à son tour.

— Et vous ? Pourquoi avez-vous pris ce train ?

— Je crois que je suis un peu comme votre grand-père. Le plus long trajet en train du monde figurait sur ma liste de souhaits et, comme je devais me rendre à Adelaide, je me suis dit que j'allais en profiter.

Il n'y avait pas lieu d'éprouver une quelconque affinité avec un homme qu'elle ne connaissait pas quelques heures auparavant, pourtant c'était le cas. D'ailleurs, son grand-père lui avait toujours dit qu'on ne fait que de bonnes rencontres dans les trains. A cet instant précis, elle était bien d'accord.

— Donc, commença-t-il après avoir bu une gorgée de whisky, vous vous appelez Felicity…

Brusquement, elle eut la chair de poule et sentit ses pointes de seins se durcir.

Jamais personne n'avait prononcé son prénom avec une telle gourmandise. Cet homme faisait sauter toutes ses défenses…

— Une de vos aïeules s'appelait ainsi ? demanda-t-il.

Elle toussota, chassant les images licencieuses qui se pressaient dans son esprit.

— Non. Je crois juste que ma mère aimait bien ce prénom. En réalité, personne ne m'a jamais appelée ainsi.

— Vous avez un surnom ?

— Euh… Oui. Flick.

— Flick, répéta-t-il.

Mais, même dans la bouche de cet homme, le surnom n'avait pas le même charme que le prénom. Ce soir, elle voulait être Felicity.

— C'est un peu masculin, commenta-t-il. A mes yeux, vous êtes tout sauf masculine.

— Merci, murmura-t-elle avant de boire une gorgée de Martini.

— Mon nom est Callum, mais mon frère m'appelle Cal, précisa-t-il.

Elle l'observa pendant un moment.

— Vous n'avez rien d'un Cal.

— Ah bon ? A quoi ressemble donc un Cal ?

— C'est le boute-en-train de la soirée, expliqua-t-elle, heureuse de prolonger le jeu. Les Cal sont blagueurs et n'arrêtent pas de rire. Vous êtes bien trop grave pour être un Cal.

Il se mit à rire, mais ce n'était plus le son vibrant qu'elle avait perçu auparavant. Ce rire-là sonnait creux et n'éclairait pas ses yeux. L'avait-elle froissé sans le savoir ?

Quoi qu'il en soit, elle devait se rattraper.

— En tout cas, dit-elle très vite, je trouve que Callum est un prénom très… très noble.

Deux secondes s'écoulèrent avant qu'il n'éclate de rire, la tête rejetée en arrière. Cette fois, le son était plein et franc, et elle en ressentit un soulagement intense.

Reprenant son sérieux, Callum la fixa.

— Sachez que, en ce moment, mes pensées sont loin d'être nobles, dit-il.

Elle fut parcourue par un long frisson.

Ce qu'elle avait anticipé était en train de se passer !

Posant son verre sur la table, il la regarda avec intensité.

— Aimeriez-vous m'accompagner dans mon compartiment ?

Non ! Ce n'était pas elle. Elle ne faisait pas ce genre de choses. A moins que… En était-elle capable ?

De nouveau, Callum se pencha pour couvrir ses mains de la sienne.

— Eh, rien ne vous y oblige !

Elle maudit sa nervosité.

Bien sûr. Il avait pensé qu'elle était intéressée parce qu'elle n'avait rien fait pour le détromper. Et, maintenant, il devait se demander si elle était coincée ou s'il avait affaire à une vulgaire allumeuse.

Cédant à une impulsion subite, elle prit son téléphone.

— Qu'est-ce que vous faites ? demanda-t-il, les sourcils froncés.

— Je vais demander conseil à Mike.

— Mike ?

— Oui. Vous savez, la voix qui dit si le ciel est bleu et où se trouve le salon de coiffure le plus proche.

— Vous le laissez décider à votre place ?

— Quelquefois. C'est la version moderne du « pile ou face ».

— D'accord. Ça peut être intéressant.

Elle pressa un bouton et approcha le téléphone de sa bouche.

— Mike, est-ce que je devrais aller chez Callum ?

Une voix masculine à l'accent anglais distingué répondit :

— Est-ce qu'il est bon ?

Ils se mirent à rire tous les deux, puis Callum lui prit le poignet et souleva le téléphone jusqu'à ses lèvres. Elle sentit son pouls s'accélérer sous ses doigts, tandis que leurs regards se croisaient.

— Il est très bon, affirma-t-il avec un petit sourire.

Le sens érotique de cette déclaration n'échappa pas à Felicity, qui sentit son corps se tendre de désir.

— Est-ce qu'il sait comment se comporter avec une femme ? demanda-t-elle à son tour.

Cette fois, Callum ne rit pas.

— Oui, répondit-il en la fixant intensément. Il sait exactement comment se comporter avec une femme.

— En ce cas, fit la voix de Mike, vous n'avez pas besoin de moi pour prendre une décision.

Callum lâcha lentement sa main sans la quitter des yeux.

— On dirait que la balle est dans votre camp, Felicity.

Elle sentit son cœur battre la chamade.

Pas de doute, dix secondes après avoir fermé la porte, ils seraient nus dans les bras l'un de l'autre…

Puis elle cessa de respirer, consciente que Travis se trouvait encore derrière le bar.

Qu'allait-il penser s'il les voyait partir ensemble ?

Du calme ! Elle n'était pas à Vickers Hill. Dans ce train, personne ne la connaissait.

— Votre cabine ou la mienne ? demanda-t-elle avec un calme feint.

A cet instant, Jock entra dans le salon, vêtu d'un survêtement, l'air un peu égaré.

Elle se leva et se dirigea vers le vieil homme, consciente que Callum la suivait.

— Jock ! dit-elle en souriant. Je vous croyais profondément endormi à cette heure-ci.

— J'ai sans doute trop mangé, répondit Jock en se frottant la poitrine. Un verre de lait me ferait du bien.

En s'approchant, elle remarqua la pâleur du vieil homme, ainsi que son front ruisselant de sueur. Immédiatement, une sonnette d'alarme résonna dans son esprit.

Surgissant à son côté, Callum fronça les sourcils.

— Vous n'avez pas l'air dans votre assiette, Jock.

— Vous devriez vous asseoir, enchaîna Felicity en entraînant Jock vers le siège le plus proche.

— Vous n'avez jamais eu de problème cardiaque ? demanda Callum.

— Non, pas le moindre…

Jock ne termina pas sa phrase. Portant les mains à sa poitrine, il émit un cri guttural avant de tomber à genoux.

— Jock ! cria Felicity en s'agenouillant près de lui.

— Il fait un infarctus, constata Callum en l'aidant à allonger Jock sur le côté.

Elle lui jeta un coup d'œil étonné. Normalement, les gens utilisaient plutôt le terme « crise cardiaque ».

— Je n'ai pas de pouls, dit-elle en cherchant la carotide.

Travis se précipita dans leur direction.

— Oh ! mon Dieu ! Que se passe-t-il ?

— Je commence les compressions, dit-elle, ignorant le barman.

Callum se plaça de l'autre côté de Jock.

— Il fait un arrêt cardiaque. Vous avez un défibrillateur ? demanda-t-il à Travis. Une trousse de secours ? Nous allons avoir besoin d'aide, et il faudrait appeler une ambulance.

Elle hocha la tête, concentrée sur les compressions qu'elle comptait intérieurement.

Ils n'allaient pas pouvoir maintenir Jock en vie indéfiniment. Il lui fallait des soins bien plus performants que ceux qu'ils pourraient lui prodiguer dans ce train luxueux. L'avenir se présentait mal pour ce compagnon de voyage qu'ils avaient pris en affection quelques heures auparavant.

— Oui, dit Travis d'une voix tremblante, on a un défibrillateur, mais on ne l'a jamais utilisé.

— Tout va bien se passer, répondit Callum. Je suis médecin.

— Et moi, je suis infirmière, enchaîna Felicity.

Callum lui jeta un coup d'œil surpris mais s'abstint de tout commentaire.

— Allez chercher l'appareil, dit-il à Travis avant de se pencher sur Jock pour commencer le bouche-à-bouche.

Travis revint une minute plus tard, apportant un défibrillateur portable et une trousse médicale. Les passagers affluaient, aux divers stades de la panique.

Callum les ignora. Il faisait ce qu'il savait faire le mieux — sauver une vie. Sentant l'adrénaline monter en lui, il sortit le défibrillateur de son étui, souleva le maillot de corps de Jock et posa les électrodes sur sa poitrine.

Concentré sur son patient, il en oublia presque Felicity, qui poursuivait les compressions en petite robe noire moulante et talons hauts.

Quand ce serait fini — ce qui ne tarderait pas s'ils ne parvenaient pas à ranimer Jock —, il penserait à se demander pourquoi ils avaient tous les deux dissimulé leur véritable profession.

— On dégage ! annonça-t-il quand l'appareil eut indiqué que le choc allait être administré.

Tout le monde se tut tandis que le corps de Jock se cambrait sur le sol.

— Reprise de la réanimation, indiqua le défibrillateur.

Aussitôt, Felicity reprit les compressions pendant que Callum posait sur le visage de Jock le masque de réanimation sorti de la trousse.

Le chef de train arriva, une radio à la main.

— Nous sommes à quinze minutes de Condobolin, dit-il. Une ambulance emmènera le patient. Un hélicoptère de sauvetage décolle à l'instant même de Dubbo.

Callum n'était pas sûr que Jock allait tenir encore un quart d'heure. Malheureusement, on ne pouvait pas l'intuber, lui donner de l'oxygène ni le perfuser. Il n'y avait qu'un défibrillateur… Et Felicity. Dans cette situation, quinze minutes équivalaient à un siècle.

Il lui jeta un coup d'œil.

— Un jeu d'enfants, murmura-t-elle avec un petit sourire, avant de se concentrer de nouveau sur sa tâche.

Un quart d'heure ? Il avait effectué des réanimations cardiaques plus longtemps que cela !

Il se pencha pour souffler de nouveau dans le masque.

Dans le lointain, il percevait vaguement les sanglots de Thelma, mais Felicity était calme et déterminée, tout comme lui.

— Vérification du rythme, dit la machine.

Quand elle annonça le choc suivant, Felicity et lui s'écartèrent. Une fois de plus, le silence se fit dans le salon, uniquement troublé par les pleurs de Thelma.

Le corps de Jock se cambra, mais cette fois l'appareil annonça que les pulsations cardiaques étaient reparties.

Felicity poussa un cri de joie.

— J'ai le pouls !

Callum souleva le masque.

— Vous m'entendez, Jock ?

Le vieil homme laissa échapper un gémissement. Il n'était pas hors de danger, mais c'était déjà une victoire.

Aussitôt, Thelma se jeta à genoux près de lui.

— Jock ! Jock ! Il va bien ?

— Nous l'avons ranimé, mais son état est encore instable, dit Callum.

Il fut soulagé quand le train entra enfin en gare.

Le patient fut placé sur un brancard et transporté dans l'ambulance, suivi de Callum, Felicity et Thelma. Là, il fut mis sous oxygène et sous moniteur cardiaque.

Jock présentait une tachycardie ventriculaire inquiétante, il ne restait plus qu'à espérer que son cœur tienne jusqu'à ce qu'il bénéficie des soins dont il avait besoin.

Pendant que Felicity aidait Thelma à s'installer près de son époux, Callum posa un cathéter sur le bras de son patient.

Bien entendu, il allait rester près du vieil homme pour

le confier à l'équipe médicale qui les attendait sur la piste d'atterrissage.

Quand l'ambulance démarra, il jeta un coup d'œil à la vitre arrière.

Felicity les regardait s'éloigner, immobile. Elle paraissait sous le choc, maintenant que l'adrénaline qui l'avait aidée dans l'action retombait doucement. Mais aussi calme et forte, comme elle l'avait été tout au long de l'intervention.

Il avait espéré que la soirée se terminerait autrement, mais le moment était passé, songea-t-il avec regret.

3.

Une heure plus tard, Felicity, étendue sur son lit, regardait par la fenêtre. Le train était toujours dans la gare de Condobolin, maintenant plongée dans l'obscurité. Hormis la faible lumière qui lui parvenait du couloir par sa porte ouverte, elle aussi était dans la pénombre.

Callum n'était pas revenu, et elle ne parvenait pas à dormir. Après le départ de l'ambulance, elle était restée longtemps sous la douche, tremblante comme une feuille. Ensuite, elle était retournée dans le salon où d'autres passagers l'avaient rejointe, curieux de savoir ce qui s'était passé. Ils ne s'étaient pas attardés, et Donald l'avait vivement engagée à aller se reposer.

Incapable de se détendre, elle s'apprêtait à allumer sa lampe et à sortir un livre de son sac, quand Callum passa devant sa porte.

— Oh… Salut ! fit-il, visiblement surpris de la trouver éveillée, sa porte grande ouverte.

Bien sûr, elle ne voulait pas manquer son retour.

— Vous êtes là, dit-elle en se levant vivement.

Pieds nus, vêtue d'un pantalon de yoga et d'un T-shirt, elle avait bien conscience qu'elle ne ressemblait en rien à la femme sophistiquée avec laquelle il avait flirté.

Quant à lui, il était exactement le même. Plus sexy encore, si possible ! Son calme et sa maîtrise de la situation quand tout le monde s'affolait autour de lui avaient renforcé la séduction qu'il exerçait sur elle.

Pourquoi la compétence le rendait-elle aussi attirant ?

— Comment va Jock ? demanda-t-elle. Le transfert en hélicoptère s'est bien passé ?

— Pas vraiment. Il a fait deux arrêts cardiaques pendant que nous attendions l'appareil, et nous avons dû le choquer deux fois pour le ranimer.

Navrée, elle porta la main à sa bouche.

— Vous avez été absent si longtemps que je craignais quelque chose de ce genre.

— J'ai aidé l'équipe à le stabiliser pour le transport.

— Bien sûr. Quelles sont ses chances de s'en tirer, selon vous ?

— Je n'en sais rien. Le trajet jusqu'à l'hôpital de Dubbo dure quarante minutes. Il ne sera pris en charge qu'une heure et demie après l'infarctus. Il ne reste plus qu'à croiser les doigts. Je prendrai de ses nouvelles en arrivant à Adelaide.

— Je suppose que le train a pris pas mal de retard.

— Donald m'a assuré qu'ils vont le rattraper en partie.

— Je ne suis pas pressée…

— Moi non plus.

Il y eut un bref silence, et ils se sourirent, partageant cet étrange moment d'intimité que connaissent deux personnes qui viennent d'affronter une épreuve à haut risque.

A cet instant, le train démarra sans crier gare, et Callum fut propulsé à l'intérieur du compartiment.

— On dirait que nous repartons, constata-t-il.

— Oui…

Il fixait sa bouche. Une lueur chaude dans les yeux, il fit un pas dans sa direction.

Auparavant, ils avaient flirté gentiment. Maintenant, ils atteignaient le vif du sujet.

Lorsqu'il fut tout près d'elle, la dominant de toute sa haute taille, elle passa la langue sur ses lèvres desséchées.

— Donc…, commença-t-elle. Vous n'êtes pas rédacteur technique.

— Et vous n'avez rien d'une fonctionnaire.

Elle haussa les épaules.

— Je n'avais pas vraiment envie qu'on m'abreuve de problèmes médicaux de tous ordres.

— Sans compter les discours sur notre système de santé.

— Exactement, dit-elle en riant.

Elle aurait pu en profiter pour poser à Callum des questions sur sa spécialité, mais elle ne s'en souciait guère pour l'instant.

— Vous avez été formidable, dit-elle avec sincérité.

— Vous aussi.

— Ce n'est pas tout à fait ce à quoi je m'attendais ce soir.

— Moi non plus, répliqua-t-il avec un sourire. Vous allez bien, maintenant ? C'étaient des moments plutôt intenses.

— Super ! Je suis aussi solide qu'un roc, dit-elle en levant une main tremblante.

— C'est ce que je vois.

— Je… Je ne tremble pas à cause de l'accident.

Callum la regarda un instant avant de se retourner pour fermer la porte, qu'il verrouilla.

La cabine n'était plus éclairée que par la faible lumière de la lune qui déversait ses rayons par la fenêtre, mais c'était suffisant pour qu'elle puisse le voir.

Il s'approcha d'elle, si près qu'elle sentit son souffle sur son front. Lui prenant la main, il la posa sur sa large poitrine.

— Peut-être avez-vous besoin de vous agripper à quelque chose de solide ? dit-il doucement.

Son after-shave comportait une pointe de citron. Elle s'en emplit les poumons jusqu'à en avoir le vertige.

Elle n'avait jamais eu d'aventure d'un soir ni fait quelque chose d'aussi spontané. Mais cette nuit, alors qu'elle venait de se rappeler à quel point la vie pouvait être précaire, elle en avait besoin. Elle avait besoin de cet homme.

— C'est bien possible, murmura-t-elle.

Callum posa les mains sur sa taille, et elle noua ses bras autour de son cou. Lorsqu'il la serra contre lui, elle se rendit compte que leurs deux cœurs battaient au même rythme désordonné.

Il l'embrassa avec une telle douceur qu'elle faillit pleurer. C'était juste ce qu'il lui fallait à cet instant. Plus tôt dans la soirée, elle l'aurait voulu passionné et sauvage, mais ce qu'il lui offrait maintenant était meilleur. Elle se sentait brûler de l'intérieur et se languissait de ce qui viendrait ensuite.

Il s'écarta enfin pour scruter son visage d'un regard fiévreux.

Que cherchait-il ? Sa permission ? Sa soumission ? Il avait les deux.

— Je savais que tu aurais un aussi bon goût.

Sa voix enrouée se fraya un chemin jusqu'à l'entre-jambe de Felicity, comme une caresse. Le baiser suivant fut incendiaire, exactement comme elle l'avait imaginé. Quand Callum glissa sa langue dans sa bouche, elle émit un petit gémissement de plaisir. Puis il glissa les mains sous son T-shirt, elle sentit son ventre se crisper et son corps s'embraser. L'excitation l'empêchait de réfléchir. Elle pouvait juste se laisser submerger par les sensations… Et s'abandonner.

La main de Callum se referma sur l'un de ses seins. Elle gémit tandis qu'il taquinait du pouce le mamelon durci.

— Bon Dieu, on dirait que tu aimes ça ?

— N'arrête pas !

— Oh non, murmura-t-il.

Il ne lui fallut qu'un instant pour lui retirer son T-shirt. Il contempla ses seins nus puis l'attira à lui et se pencha pour prendre son autre mamelon dans la chaude caverne de sa bouche.

Elle cessa de respirer et, cambrant les reins, plongea les doigts dans les cheveux de Callum.

Un fourmillement montait entre ses jambes, comme s'il la léchait à cet endroit.

A cet instant, le train qui prenait de la vitesse eut un sursaut et les sépara.

Seigneur ! Elle avait oublié qu'ils étaient dans un train !

Elle s'agrippa à Callum, enfonçant les ongles dans ses biceps. Leurs corps tanguèrent, mais les cuisses musclées de Callum se collèrent aux siennes, la maintenant debout.

— Que dirais-tu d'une position plus horizontale ? souffla-t-il contre son cou.

En silence, elle recula vers le lit. Quand ses jambes rencontrèrent le matelas, elle s'assit et leva les yeux vers lui.

— Tu es belle, murmura-t-il en prenant son visage entre ses mains.

— Tu n'es pas mal non plus, répliqua-t-elle.

Il lui caressa les cheveux en souriant.

— Etends-toi.

Secouant la tête, elle l'attira entre ses jambes.

— Pas tout de suite…

Elle posa la paume sur le gonflement visible sous la fermeture Eclair de son pantalon. Devinant qu'il cessait de respirer, elle se sentit enivrée par le pouvoir sexuel qu'elle avait sur lui.

— Je ne crois pas que ce soit une bonne idée, marmonna-t-il.

Mais la crispation de ses doigts dans ses cheveux trahissait l'intensité de son désir.

— Tu n'aimes pas ? demanda-t-elle avec une innocence feinte.

Il émit un rire tremblant.

— Au contraire. Mais, si tu continues, ça risque de ne pas durer longtemps.

Cette déclaration l'emplit d'une joie incompréhensible.

Il la fixait avec intensité, la bouche frémissante.

Elle avait hâte de la sentir de nouveau sur elle. Sur ses lèvres, sa nuque, ses seins. Et plus bas. Mais, pour l'instant, c'était à elle de jouer.

— C'est juste un avant-goût, répliqua-t-elle en tirant sur la ceinture de Callum.

Cessant de résister, il la laissa faire.

Enivrée par son triomphe, elle défit la ceinture et abaissa le zip de la fermeture Eclair. Elle sentit son rythme cardiaque s'accélérer en dénichant le sexe dressé qui débordait du boxer de Callum. Promptement, elle glissa la main sous le sous-vêtement et le libéra. Dans sa main, le pénis de Callum était chaud, imposant, dur… Parfait pour elle cette nuit.

Se penchant, elle posa les lèvres sur ce sexe altier. Lentement, délicatement, elle en découvrit les contours, en respira l'odeur, posa dessus des baisers légers.

Elle entendait Callum gémir. Un son rauque et grave, qui se déversait sur elle à la façon d'une pluie tiède. Ce ne fut qu'en le sentant trembler qu'elle comprit quel degré de contrôle il devait exercer sur lui-même.

Fermant les yeux, elle prit son sexe dans sa bouche.

— Oui, souffla-t-il en lui enfonçant ses doigts dans les cheveux.

Cet encouragement la stimula encore.

A moitié nue, elle prodiguait du plaisir à un homme qu'elle connaissait à peine dans l'intimité d'une cabine de luxe. Il lui semblait être une aventurière dépourvue de tabous, une *James Bond girl* ! Aussi longtemps qu'elle vivrait, elle n'oublierait jamais cette nuit…

— Bon sang ! gémit Callum. Il faut qu'on arrête !

Emportée par l'ardeur du moment, elle l'entendit à peine.

— Stop ! dit-il en s'écartant d'elle. Désolé, ajouta-t-il d'une voix haletante, mais je ne pourrai plus tenir très longtemps.

Les sourcils froncés, les lèvres pincées, il paraissait presque vulnérable.

— Qu'est-ce que tu veux ? demanda-t-elle.

— Etre en toi, répliqua-t-il en se baissant pour l'embrasser. Maintenant !

Se gardant bien de discuter, elle s'étendit sur le lit et

retira le bas, consciente qu'il observait très attentivement le trémoussement de ses seins.

— Alors ? fit-elle. Je suis la seule à me déshabiller ?

— Sûrement pas !

Un petit sourire aux lèvres, Callum se débarrassa de ses chaussures et fit passer sa chemise par-dessus sa tête.

Ce strip-tease était très excitant, et savoir qu'il la regardait en train de le regarder l'était encore plus.

A la vue de son torse parfait, elle écarquilla les yeux.

Il était large d'épaules, étroit de hanches. Sa poitrine et son ventre étaient musclés, mais sans excès. Sa peau était hâlée, et une toison fine traçait un sillon du nombril vers le pubis.

Elle avait envie d'embrasser sa peau, de la respirer, de la lécher, de passer ses doigts sur les monts et les vallées formés par ses muscles, de descendre plus bas pour voir ce qui se passerait…

Il ôta son pantalon, révélant de longues jambes nerveuses. Avant d'écarter le vêtement, il plongea la main dans la poche et en sortit un sachet.

— Préservatif, dit-il en s'approchant du lit.

Souriante, elle parcourut du regard le bel animal qui était à elle l'espace d'une nuit.

— Seulement un ?

Posant un genou sur le matelas, Callum jeta le sachet près d'un oreiller.

— On improvisera.

Quelques secondes plus tard, étendu près d'elle, il lui caressait le cou, la gorge. Puis sa main descendit entre ses seins, atteignit son ventre, taquina son nombril avant de parvenir à la toison bouclée de son pubis… Où elle s'arrêta.

Elle retint son souffle. S'il continuait, elle doutait elle aussi de tenir très longtemps.

S'emparant du sachet, elle le lui lança.

— En moi ! Maintenant ! Tu te rappelles ?

— Je peux jouer un peu, avant ?

Elle secoua énergiquement la tête.

— Pour moi aussi, ça dure depuis un moment.

Il la fixa un instant avant de sortir le préservatif de son étui et de se mettre sur le dos pour l'enfiler.

Tirant avantage de la situation, elle enjamba le grand corps.

— Bon sang, murmura Callum, tu es magnifique…

L'intensité avec laquelle il la contemplait faillit la liquéfier sur place. Souriante, le dos cambré, elle se frotta contre son sexe dressé. Soutenant son regard, elle se pencha en avant et prit le pénis de Callum pour le guider en elle, là où elle était prête à l'accueillir, où elle avait besoin qu'il soit.

La sensation était incroyable.

— C'est si bon, gémit-elle.

— Bon Dieu, oui, haleta-t-il.

Et ça l'était. Trop bon pour s'en tenir là sans rien faire. Trop bon pour ne pas bouger, pour ne pas entamer un mouvement de va-et-vient. Trop bon pour ne pas trouver le rythme qui les mènerait à ce qui se préparait entre eux depuis le début.

Elle enfonça les ongles dans les épaules de Callum tandis qu'il l'empoignait par les hanches. Les yeux dans les yeux, ils accélérèrent la cadence, cherchant l'harmonie qui les propulserait au septième ciel.

Lâchant sa hanche, Callum glissa deux doigts entre ses jambes et caressa son intimité, là où elle en avait le plus besoin.

— Oui ! lâcha-t-elle.

Battant le matelas de ses pieds, les cuisses tremblantes, les ongles enfoncés dans les épaules de Callum, elle amorça un mouvement ascendant et descendant de plus en plus rapide. L'orgasme la frappa de plein fouet, passant en quelques secondes du minuscule frémissement au raz-de-marée.

— Oui ! dit à son tour Callum en se dressant pour presser

des lèvres brûlantes contre son cou. Oh oui ! répéta-t-il lorsqu'elle se laissa aller contre lui.

La retournant de dos à lui, il reprit les coups de boutoir, prolongeant le plaisir de Felicity tout en atteignant le sien. Lorsqu'il jouit, il poussa un long gémissement. Murmurant son prénom, il resta en elle jusqu'à ce qu'il n'ait plus rien à lui donner, puis tous deux s'abattirent sur le drap, haletants et comblés.

4.

Les yeux protégés du soleil par ses lunettes noires, Callum regardait le paysage défiler derrière la fenêtre en buvant sa troisième tasse de café, quand Felicity fit son apparition dans le wagon-restaurant.

Deux heures auparavant, il s'était réveillé au moment où le train entrait dans Broken Hill. Comme Donald rôdait dans le couloir, il lui avait recommandé de la laisser dormir.

— Bien sûr, avait acquiescé l'employé. La nuit a été courte, n'est-ce pas ?

Callum avait souri sans rien dire.

Donald ignorait à quel point elle l'avait été ! Felicity et lui avaient disputé deux rounds supplémentaires de sexe « inventif », puisqu'ils n'avaient plus de préservatif. Finalement, il n'avait dormi que deux heures.

Mais l'insomnie faisait partie de sa vie depuis deux ans. Il avait compris depuis longtemps que rester au lit à chercher le sommeil était contre-productif. C'est pourquoi il avait pris une douche, puis il avait averti la personne qui devait passer le prendre à la gare qu'il aurait du retard, et pour finir il avait repris sa lecture.

— Bonjour, dit Felicity en s'asseyant en face de lui.

Vêtue d'un jean et d'un T-shirt, elle avait réuni ses cheveux humides en une queue-de-cheval. L'espace d'un instant, il la revit le chevauchant, sa chevelure miel détachée ondulant sur ses épaules.

Il lui sourit.

— C'est une belle journée, en effet, répliqua-t-il.

— Tout à fait…

Elle semblait sur le point de dire quelque chose, mais un serveur vint remplir sa tasse de café.

— A propos de ce qui s'est passé cette nuit…, commença-t-elle après le départ de celui-ci.

Elle mit un peu de sucre dans son café et remua distraitement sa cuillère. Soudain, elle semblait soucieuse et peu sûre d'elle.

Une sonnette d'alarme résonna dans l'esprit de Callum, et ses cheveux se hérissèrent sur sa nuque.

Aussi incroyables qu'aient été leurs ébats — et ils l'avaient été —, il n'avait ni le temps ni l'envie de s'engager dans des complications sentimentales. Allait-elle lui demander son numéro de téléphone ? Appartenait-elle à cette catégorie de femmes qui cherchaient désespérément une relation stable ?

Bon sang ! Il ne connaissait même pas son nom de famille !

— Je… Je ne fais pas ce genre de choses, d'habitude, reprit-elle.

Il hocha la tête, persuadé qu'elle ne faisait qu'exprimer la vérité.

— Oui. Je l'ai compris.

— Je ne pense pas que ce soit mal, se hâta-t-elle de préciser, mais je vis dans une petite ville où tout le monde se connaît. Tous les hommes de mon âge m'appellent « Flick », et j'ai rarement eu l'occasion de…

Il attendit qu'elle continue.

Pour l'instant, il ne comprenait pas très bien pourquoi elle éprouvait le besoin de lui fournir ces explications.

— Seigneur ! s'écria-t-elle, je suis en train de papoter alors que je m'étais juré de ne pas le faire !

Il ne put s'empêcher de rire.

Elle était vraiment très mignonne quand elle était troublée.

— Ne t'en fais pas pour ça, affirma-t-il. Je ne te juge pas, et les circonstances étaient extraordinaires hier soir.

— Exact. Mais nous savons tous les deux que nous aurions fini dans le même lit, quelles qu'elles aient pu être.

C'était indéniable.

— Tu es plutôt du genre direct, non ?

Felicity se mit à rire.

— En général, oui. C'est sûrement parce que je suis infirmière. J'essaie seulement de te… De vous dire que ça s'arrêtera là. On était deux inconnus dans un train… Dans une bulle, en quelque sorte. Du coup, on a donné libre cours à… Comment dire ? A notre spontanéité. Vous me plaisez beaucoup, mais je ne connais pas votre nom de famille, j'ignore où vous habitez, quel genre de médecin vous êtes et même où vous vous rendez.

Il ouvrit la bouche pour lui dire qu'ils étaient exactement sur la même longueur d'onde, mais elle leva la main pour l'empêcher de parler.

— Ne me le dites pas ! Je ne veux rien savoir. Je préfère penser à ce qui s'est passé comme à un secret délicieux. Chaque fois que j'évoquerai ce… cette folie, je sourirai. Et, un jour, je scandaliserai peut-être mes petits-enfants en leur racontant cette histoire.

Des petits-enfants. Elle en aurait, bien entendu. Et des enfants aux cheveux miel et aux yeux gris.

— Si je comprends bien, dit-il avec un sourire, vous vouliez juste utiliser mon corps et vous enfuir sans un regard en arrière ?

Elle mordilla sa lèvre inférieure.

— Oui. Est-ce que ça fait de moi une garce ?

Il y avait en elle un mélange d'assurance et d'incertitude.

— Certainement pas, répliqua-t-il en riant. Détendez-vous ! Je vous promets que vous ne m'avez pas brisé le cœur et je ne vais pas tomber à genoux pour vous supplier de m'épouser. Chacun va poursuivre son chemin, et nous garderons un souvenir attendri de cette nuit passée ensemble.

— C'est ainsi que vous vous en souviendrez ? Avec attendrissement ?

— Absolument.

— Moi aussi.

— Tant mieux. Et, maintenant, vous devriez commander votre petit déjeuner. Vous devez avoir faim.

— Je suis affamée, murmura-t-elle avec un petit sourire.

Sous ses yeux amusés, elle mangea comme si le train allait manquer de provisions. Plus tard, ils se rendirent dans le salon. La crise cardiaque de Jock était au centre des conversations. Les passagers semblaient trop impressionnés par la façon dont ils l'avaient tiré d'affaire pour leur en vouloir d'avoir caché leur véritable métier.

La journée s'écoula très vite. Felicity l'avait à peine vue passer quand le train aborda la banlieue d'Adelaide.

Lundi, elle reprenait le travail. Les instants magiques qu'elle avait passés sur la plage de Bondi avec Luci puis dans le train avec Callum ne seraient bientôt plus qu'un souvenir. Elle allait redevenir Flick et réintégrer son existence quotidienne dans sa petite ville. Une part d'elle-même aurait souhaité rester toujours avec Callum dans cette bulle, mais ce n'était ni réel ni possible.

Le train s'arrêta enfin, et elle fit ses adieux à ses compagnons de voyage ainsi qu'à Donald.

Elle faisait quelques pas sur le quai, lorsque la voix grave de Callum retentit dans son dos. Elle se tourna vers lui, cherchant à graver dans sa mémoire tous les détails de son beau visage.

Comment dire au revoir à un homme qui vous a offert des instants de plaisir incomparables ? Un homme qui a fait chanter votre corps ? Grâce à qui vous vous êtes sentie sexy et désirable ? Un simple merci semblait insuffisant.

— Est-ce qu'on vient vous chercher ? demanda-t-elle.

On peut partager un taxi, si vous voulez. Quelle est votre destination ?

— Merci, mais c'est inutile, répondit Callum. Je suis attendu.

Bien sûr. C'était mieux ainsi, de toute façon.

— En fait, ajouta-t-il en regardant par-dessus l'épaule de Felicity, je crois que c'est elle.

« Elle » ? L'espace d'un instant, elle se sentit très mal. Elle n'avait même pas pensé à lui demander s'il était célibataire. Elle avait juste présumé...

— Docteur Hollingsworth ?

En entendant la voix familière, Felicity battit des paupières. Pivotant sur elle-même, elle vit l'épouse du chef de police de Vickers Hill marcher dans leur direction.

— Madame Baker ?

Celle-ci la prit dans ses bras et l'embrassa affectueusement.

— Quelle surprise de vous voir, Flick ! Je suis venue chercher le Dr Hollingsworth, notre nouveau médecin.

Felicity jeta un coup d'œil à Callum.

— Vous êtes le Dr Hollingsworth ?

Callum fronça les sourcils, visiblement troublé.

— Oui.

Seigneur ! Qu'avaient-ils fait !

— Nous avons fait connaissance dans le train, tenta-t-elle d'expliquer à Mme Baker, qui suivait l'échange sans comprendre.

— Quelle merveilleuse coïncidence ! s'émerveilla la brave femme.

Felicity se força à sourire.

« Merveilleuse » n'était pas le terme qu'elle aurait choisi ! Elle avait fait l'amour avec le médecin qui allait travailler dans le même cabinet qu'elle durant deux mois... Celui-là même qui avait fait cet échange d'appartements avec Luci.

— Si j'ai bien compris, vous vous connaissez ? intervint Callum, tentant d'assembler les pièces du puzzle.

— Bien sûr ! s'exclama Mme Baker en hochant la tête. Flick est une des infirmières du Dr Dawson. Vous ne trouvez pas que c'est une coïncidence extraordinaire ?

— Extraordinaire, en effet, murmura Callum, l'air pincé.

Visiblement, il aurait voulu se trouver à mille lieues de là.

Devait-elle s'en attrister, lui en vouloir ou le pousser dans le train pour qu'il retourne d'où il venait ?

— Vous voulez qu'on vous emmène, Flick ? demanda Mme Baker.

— Non merci. Je compte rester un peu en ville puisque je ne reprends le travail que lundi.

— Vous avez bien raison ! Vous allez faire vos emplettes pour Noël ou retrouver un petit ami ? plaisanta Mme Baker.

Felicity eut un faible sourire et changea de sujet.

— Saluez tout le monde de ma part, et à lundi, dit-elle très vite.

Elle se força à regarder Callum comme s'il n'était pas l'homme avec qui elle avait passé la nuit la plus torride de toute sa vie.

— J'ai été ravie de faire votre connaissance, docteur Hollingsworth. J'ai hâte de travailler avec vous les deux prochains mois.

A peu près autant que de se planter une fourchette dans l'œil.

Il hocha la tête, la bouche réduite à une ligne étroite.

— Moi aussi, dit-il.

Mme Baker le précéda dans la gare, et Felicity le regarda s'éloigner à grandes enjambées dans son pantalon de coton et son T-shirt qui moulait ses larges épaules.

C'était un dos qu'elle avait vu nu et qu'elle était même certaine d'avoir griffé.

Fermant les yeux, elle laissa échapper un gémissement.

Comment allait-elle travailler avec Callum Hollingsworth sans penser à la nuit qu'ils avaient passée ensemble ? Comment oublier ses muscles sous ses paumes lorsqu'il était sur elle ? Son odeur ? Son grognement au moment de l'orgasme ? Comment éviter de revivre chacun de ces instants en technicolor ?

Et surtout, comment ne pas brûler de répéter l'expérience ?

5.

Felicity arrivait toujours au cabinet à 7 heures du matin. Les consultations ne commençaient qu'à 8 heures, mais elle aimait bien prendre une tasse de thé et se mettre au travail sans se presser. Elle vérifiait les rendez-vous de chaque médecin ainsi que les siens et se préparait mentalement à la journée qui s'annonçait.

Mais, cette nuit-là, elle n'avait pas réussi à trouver le sommeil.

Durant les trois jours qu'elle avait passés à Adelaide, elle avait cherché une façon de gérer la situation avec Callum, mais elle ne l'avait pas trouvé. Elle n'était rentrée qu'à la nuit tombée pour ne rencontrer personne.

Si elle s'était permis de se comporter aussi follement, c'est qu'il s'agissait d'une rencontre sans lendemain. Elle pensait pouvoir revenir ensuite à une vie qu'elle connaissait et appréciait, à un endroit, des gens et un travail qui avaient fait d'elle ce qu'elle était.

Il y avait à Vickers Hill deux cabinets généralistes. Bill Dawson avait fondé le premier près de quarante ans auparavant. Vingt ans plus tard, il s'était associé avec Angela Rucorn pour que ses patientes puissent se faire soigner par une femme si elles le souhaitaient. Puis, la charge de travail devenant trop lourde, il avait engagé à temps partiel une autre généraliste, Meera Setu.

Felicity travaillait depuis quatre ans pour le père de son amie Luci, à qui elle serait éternellement reconnaissante de lui avoir fourni un emploi quand elle était revenue à

Vickers Hill, meurtrie par sa rupture avec Ned. Meera et elle géraient les après-midi réservés aux spécialités médicales. Le lundi, elles s'occupaient des douleurs articulaires, le mardi des patients diabétiques, le mercredi des bébés et le vendredi des vaccins. Le jeudi, Felicity effectuait les visites à domicile.

Quelque temps auparavant, Meera avait posé un congé de maternité, et le Dr Dawson avait dû lui trouver un remplaçant pour une durée de deux mois. Felicity avait alors encouragé Luci à procéder à un échange d'appartements avec le médecin de Sydney qui avait accepté le poste.

Sauf qu'elle n'avait entendu parler de lui que sous le nom du Dr Hollingsworth. Et, quand elle s'était retrouvée nue entre les bras de Callum, elle ne s'était pas préoccupée de connaître son nom de famille…

Elle se fit une note mentale de toujours s'en enquérir avant de faire l'amour avec un inconnu.

Qu'allait-il se passer maintenant que la présence de son amant d'un soir lui rappelait quotidiennement cette expérience torride ? Elle n'avait pas besoin d'introduire dans sa vie un tel élément perturbateur ! Elle avait déjà connu le grand amour et, même si elle avait recherché activement un partenaire — ce qui n'était pas le cas —, Callum Hollingsworth n'avait pas le profil de l'emploi, elle cherchait une liaison solide, basée sur le long terme.

Non, elle ne tenait pas à ce qu'une relation bouillante avec un homme qui ne resterait que deux mois bouleverse un équilibre chèrement acquis…

La bouilloire se mit à siffler, l'arrachant à sa rêverie.

Elle faisait sans doute une montagne d'une taupinière. Après tout, ça ne durerait que deux mois. Callum et elle établiraient des règles simples. Elle se montrerait polie, professionnelle, voire amicale. Vickers Hill était une ville agréable, située dans une région connue pour la qualité de ses vins. Elle accepterait même de jouer les guides touristiques…

Entendant la porte de derrière s'ouvrir, elle jeta un coup d'œil à sa montre, surprise.

Le Dr Dawson était en avance, aujourd'hui !

Un sourire aux lèvres, elle se retourna pour l'accueillir, sachant qu'il viendrait boire une tasse de thé.

Mais ce n'était pas le Dr Dawson qui se tenait sur le seuil de la pièce. C'était Callum Hollingsworth, avec ses longues jambes et ses larges épaules, absolument renversant dans un costume sombre.

Elle sentit ses doigts se crisper sur sa chope. Elle aurait juré que ses jambes se crispaient aussi, par une sorte de réponse pavlovienne à la chaleur qui gagnait ses zones érogènes. Celles-là mêmes que cet homme avait explorées.

Après avoir décidé de rester froide et professionnelle, c'était réussi !

— Salut, dit-il de sa voix grave.

Si la température de son corps montait encore, elle allait dégager de la fumée… La situation était vraiment bizarre. Mais, bon, elle le savait depuis le début.

— Vous êtes très en avance, dit-elle pour rompre le silence. Vous êtes au courant que vous ne commencez qu'à 13 heures chaque jour ?

Elle savait qu'il était passé au cabinet une ou deux fois, parce qu'elle avait parlé au téléphone avec Luci. Son amie l'avait appelée pour lui dire que le frère de Callum, Seb, avait débarqué impromptu dans l'appartement qu'elle occupait. Elle avait aussi mentionné le fait que Callum était venu voir son père et qu'il s'était présenté à l'équipe.

— J'ai pensé qu'il me faudrait un peu de temps pour m'installer, dit Callum en posant une petite caisse sur la table. Je voudrais aussi consulter les dossiers de mes patients de la semaine.

Elle haussa les épaules.

— J'allais vous envoyer votre emploi du temps par mail mais, puisque vous êtes là, je peux vous l'imprimer immédiatement.

L'occasion rêvée pour s'échapper et recouvrer ses esprits.

Callum n'essaya pas de la retenir et, durant les trente secondes qu'il fallut à Felicity pour lancer l'impression derrière le comptoir de l'accueil, elle bénit le répit qui lui était accordé.

Quand ce fut fait, elle fixa la liste des rendez-vous sans la voir.

— Voilà ! dit-elle en retournant dans la salle de repos.

Debout devant l'évier, Callum remuait une petite cuillère dans une chope de café.

Elle posa le planning sur la table, près de la caisse, préférant ne se rapprocher de lui qu'en cas d'extrême nécessité.

— Je vais vous envoyer les dossiers des patients en pièces jointes.

— Merci, dit-il en s'appuyant au comptoir. J'ai pris des nouvelles de Jock. Il a été transféré dans un hôpital de Sydney, où il a subi plusieurs angioplasties. Il va bien.

— Oui. J'ai parlé avec l'équipe médicale ce matin…

Un lourd silence s'abattit sur la pièce.

Par bonheur, un bruit venant du couloir indiqua que quelqu'un arrivait. Quand le Dr Dawson parut sur le seuil, elle faillit l'embrasser.

Ce fut lui qui déposa un baiser sur chacune de ses joues.

— Ah, Flick ! Je suis content que vous soyez de retour. Nous avons failli craquer sans vous.

— Je suis sûre que Courtney s'en est très bien sortie, affirma Felicity en riant.

Le Dr Dawson émit le gloussement particulier qu'on avait toujours envie d'imiter.

— Je vois que vous avez fait la connaissance de Cal. Je suis certain que vous allez bien vous entendre tous les deux.

— Oui. Callum et moi nous sommes présentés.

— Appelez-le Cal, Voyons ! Vous êtes d'accord, mon garçon ?

A près de soixante-dix ans, le Dr Dawson appelait « mon garçon » tous les mâles de moins de quarante ans.

— Ça m'ira très bien, répliqua Callum. La plupart des gens utilisent ce diminutif.

Le Dr Dawson hocha la tête, visiblement ravi.

— Je vois que vous êtes à la fois intelligent et lève-tôt. Si vous cherchez à m'impressionner, c'est réussi !

— Je voulais consulter mon planning et parcourir les dossiers de mes patients de la semaine.

— Excellente idée ! On ferait bien d'y aller, maintenant. Le lundi matin, ce cabinet ressemble à un asile de fous. Je vais me préparer une tasse de thé avant de faire comme vous.

— Je vais vous l'apporter dans votre bureau, docteur Dawson, proposa Felicity.

Elle aimait Bill Dawson comme un père, mais il laissait toujours la cuisine dans un état épouvantable.

— Sûrement pas ! Julia va me gronder si elle apprend que les infirmières me servent le thé.

C'était vrai. L'épouse du Dr Dawson avait été infirmière avant la naissance de Luci, et elle aidait encore chaque fois que la situation l'exigeait. Il n'y avait pas plus grande avocate des droits des infirmières que Julia Dawson.

— C'est moi qui vous le propose, insista Felicity.

Le Dr Dawson capitula facilement.

— Merci, dit-il en souriant. On se verra plus tard, Cal. Au moindre doute, vous pouvez questionner Flick. Elle en sait davantage que nous tous réunis.

Le dos tourné, Felicity remplissait une chope de thé. Elle émit un petit rire d'autodérision qui suscita l'hilarité de son patron alors qu'il gagnait la porte.

Lorsqu'elle se retourna, Callum la fixait, le visage sombre.

— Dans le train, vous m'avez dit que je n'avais rien

d'un Cal, dit-il. Sachez que j'ai été ce boute-en-train de la soirée, ce blagueur dont vous parliez.

— Que lui est-il arrivé ? ne put-elle s'empêcher de demander.

Baissant les yeux vers sa chope, il haussa les épaules.

— Les aléas de la vie. Ce genre de choses.

Ne sachant trop quoi répondre, elle hocha la tête.

Voulait-il qu'elle le questionne ou qu'elle le laisse tranquille ? En tout cas, un événement quelconque avait dû le changer. Etait-ce la raison de sa présence à Vickers Hill, à plus de mille quatre cents kilomètres de l'appartement fabuleux que lui avait décrit Luci ?

— Vous êtes très loin de chez vous, risqua-t-elle. Est-ce que vous voulez goûter notre vin ou fuir quelque chose ?

Levant les yeux, il la transperça littéralement du regard.

— Il se trouve que je viens d'achever ma formation. J'ai pensé qu'une expérience rurale ne me ferait pas de mal.

C'était une raison plausible. Elle n'en croyait pas un mot, mais cela ne la regardait pas.

— Très bien… Les consultations commencent dans un quart d'heure, alors je ferais bien d'apporter son thé au Dr Dawson. Je vais vous envoyer les dossiers par mail. On vous a montré le fonctionnement de nos logiciels ?

— Oui. Je vous remercie, répondit Callum.

Elle lui adressa un sourire hésitant avant de quitter la pièce.

— Il n'y a pas de quoi. N'hésitez pas à m'appeler si vous avez besoin d'une précision.

Elle espérait que ce ne serait pas le cas.

Felicity réussit à expédier les dossiers des patients à Callum avant que la situation ne devienne ingérable.

Le matin, elle endossait à peu près toutes les fonctions : de standardiste à infirmière, le travail ne manquait pas, et ce lundi était surchargé. On aurait dit que les problèmes médicaux s'étaient multipliés pendant le week-end — sans doute l'arrivée du nouveau médecin attirait-elle les curieux.

Pour l'instant, Callum était enfermé dans son bureau, mais cela n'empêchait pas la rumeur d'aller bon train. Après l'avoir aperçu au supermarché, Mme Mancini déclarait qu'il ferait un très bon parti. C'était d'ailleurs surprenant qu'elle n'ait pas débarqué au cabinet avec sa superbe petite-fille, qu'elle essayait de marier depuis bientôt deux ans.

Trois patientes étaient déjà passées déposer des cadeaux culinaires pour Callum, dont une assiette de sablés de Mme Robbins. Ces biscuits valaient à la brave dame le ruban bleu à la foire annuelle, et ils étaient célèbres pour avoir fait pleurer de joie plus d'un solide gaillard.

Felicity saisit ce prétexte pour toquer à la porte de Callum. Elle devait lui parler avant le début des consultations. Il lui fallait vérifier qu'il avait bien reçu les dossiers. En outre, il y avait trois plâtres à retirer dans la journée, et comme la scie ne se trouvait pas dans la salle de soins, elle était sans doute dans le bureau de Callum.

— Entrez !

Même maussade, la voix de Callum eut le don d'accélérer son rythme cardiaque.

— Je vous apporte vos cadeaux…, annonça-t-elle en entrant, avant de rester bouche bée.

Il portait des lunettes ! Le genre de lunettes sans monture arborées par les mannequins masculins dans les publicités.

— Vous portez des lunettes ?

La remarque la plus stupide qu'elle ait jamais proférée.

— En effet. Je m'en sers quand je travaille sur ordinateur. Vous vouliez quelque chose ?

Le ton était neutre, professionnel. C'était juste la douche froide dont elle avait besoin. Apparemment, elle n'avait pas à s'inquiéter pour les frontières qu'ils avaient franchies.

— Je vous apporte les sablés de Mme Robbins. Mme Randall

vous a fait de la confiture d'hibiscus, et Cindy Whetherhall de la tarte aux mûres.

— Mais… Pourquoi ?

— C'est ainsi que nous autres campagnards accueillons les étrangers. Il y a aussi une rumeur selon laquelle le nouveau docteur serait tout en haut de la liste des bons partis.

— « La liste des bons partis » ?

— Oui, vous savez bien : le mariage, les bébés et toute la sauce qui va avec. On n'a pas souvent de sang neuf par ici.

Sur le visage Callum, l'étonnement se mua en horreur. Il était clair que le mariage et les enfants ne figuraient pas parmi ses projets immédiats.

— Vous vous attendiez à quoi en quittant la grande ville pour vous installer à la campagne ? demanda-t-elle en riant.

— Pas à ça, en tout cas !

— Eh bien, vous feriez mieux de vous y habituer, dit-elle en posant l'assiette sur le bureau. Vous serez bien nourri, ici.

Callum fixa les gâteaux comme s'ils cachaient une bombe à retardement, et elle éprouva l'envie soudaine de lui en jeter un à la figure.

— Vous avez pu étudier les dossiers ? demanda-t-elle.

— Oui, je vous remercie. A Sydney, je recevais le double de patients en un après-midi.

Ce n'était pas une critique, juste une affirmation, mais cela eut le don d'énerver Felicity.

— Croyez-moi, nous sommes tous largement occupés !

— Très bien. La consultation commence à l'heure, en général ?

— Oui. Il n'y a pas de rendez-vous entre midi et 13 heures, ce qui nous permet d'aller déjeuner.

— Quelle organisation !

Elle serra les dents.

De nouveau, le ton ne contenait aucune critique, pourtant la colère commençait à bouillonner en elle.

On ne déjeunait pas, à Sydney ?

— Vous savez ce qu'on dit ici ? Les membres d'une famille qui mangent ensemble restent ensemble.

— Et vous formez une grande famille, c'est ça ?

Elle se retint de lever les yeux au ciel.

Pourquoi lui donnait-il l'impression qu'ils formaient une sorte de secte ? Où était passé l'homme charmant rencontré dans le train, celui avec qui elle avait couché ? Avait-elle en face d'elle un Dr Jekyll doublé d'un M. Hyde ?

— Quand vous en aurez fini avec les dossiers, vous pourrez retirer un plâtre ?

Elle avait pensé le faire elle-même, mais, franchement, elle n'avait pas envie de rester plus longtemps que nécessaire. Et mieux valait qu'elle n'ait pas une scie à portée de main tant elle brûlait d'envie de le frapper !

Callum hocha la tête.

— Bien sûr, murmura-t-il, de nouveau concentré sur son écran.

Elle n'aurait su dire si c'était une façon de la congédier, mais elle quitta le bureau sans bruit.

Sans doute n'avait-il même pas remarqué qu'elle partait !

6.

Callum leva les yeux quand la porte se referma.

Il ne s'était pas aperçu que Felicity sortait du bureau.

Laissant échapper un soupir, il déposa ses lunettes sur la table et se frotta les ailes du nez.

Il s'était montré trop sec avec elle. Ce n'était pas intentionnel, mais elle était arrivée au mauvais moment. Il tâchait de se concentrer sur son travail, refoulant les regrets qui menaçaient de le submerger, mais il ne pouvait nier que Felicity avait interrompu une séance d'autolamentation.

Désormais, il était médecin généraliste. Pendant ses deux années de formation, cette réalité ne s'était pas vraiment imposée à lui. Ce n'était plus le cas maintenant qu'il occupait son premier poste.

Au revoir, le chirurgien de renom. Terminés, les triples pontages et les endartériectomies carotidiennes. Finies, les conférences internationales, les expérimentations techniques et les réceptions mondaines. Désormais, sa vie se réduirait aux angines, à l'hypertension, aux reflux gastriques et à l'asthme, et on lui offrirait de la confiture d'hibiscus et de la tarte aux mûres…

Ce n'était pas ainsi qu'il avait envisagé sa vie.

Comme si cela ne suffisait pas, son rythme cardiaque s'était brusquement accéléré lorsqu'il avait revu Felicity ce matin.

Malgré tout, elle n'y était pour rien, et ils allaient devoir travailler ensemble.

Ces derniers jours, il s'était efforcé d'oublier la femme

du train, véritable incarnation d'un fantasme sexuel qu'il se félicitait d'avoir réalisé. Il était persuadé d'avoir réussi. Néanmoins, cela restait un fantasme. Et il avait suffi qu'il la trouve dans la salle de repos pour que sa libido renaisse de façon tonitruante, tandis qu'un flot de souvenirs érotiques l'assaillait.

Elle portait un uniforme composé d'un pantalon informe et d'un polo avec « Cabinet Dawson » brodé sur la poche. Ses cheveux miel étaient réunis en une queue-de-cheval basse. Elle ne ressemblait en rien à la femme élégante moulée dans sa robe noire de l'autre soir. En revanche, elle lui rappelait étrangement la jeune femme aux pieds nus, vêtue d'un pantalon de yoga, qui l'avait accueilli dans son lit. Et ce souvenir était diablement excitant !

Pourquoi avait-il fallu qu'il se lance dans cette tirade à propos du diminutif de son prénom ?

Soudain, il lui avait paru vital de lui faire comprendre qu'il avait été autrefois quelqu'un de différent. Qu'elle ne le juge pas sur l'homme qu'elle voyait maintenant.

Avec un peu de chance, elle ne le ferait pas, car ce type venait de se comporter comme un abruti sans cœur.

Il était venu à Vickers Hill pour s'arracher aux tentacules de son passé et commencer sa nouvelle carrière loin du regard critique de certaines personnes. Il avait besoin de respirer avant de retourner dans un monde qui avait vu en lui un homme totalement différent. Il voulait être heureux, bon sang !

Ou du moins un peu moins malheureux.

Mais il n'avait pas prévu que ce serait aussi difficile. Il avait mis trop d'espoir dans cette première journée. Il s'était imaginé une sorte de cure miracle, comme s'il lui suffisait de prendre son poste pour trouver la paix. En réalité, il allait avoir besoin de temps pour s'adapter au changement de rythme et de patientèle.

S'il ne parvenait pas à se convaincre que chaque jour

lui apporterait son lot de satisfaction, il allait devenir un vieil homme aigri, et cette fichue balle de cricket serait victorieuse !

Dès que les consultations commencèrent, Felicity constata que Callum était efficace, mais qu'il travaillait à une cadence inhabituelle pour le cabinet.

Avec Meera, chaque examen durait entre environ un quart d'heure, mais Callum accordait aux patients cinq minutes en tout et pour tout. A croire qu'il voulait établir un nouveau record du monde ! Il ne perdait pas de temps en bavardage. Il ne se montrait pas grossier. Il était au contraire poli et respectueux, mais il préférait aller droit au but, cerner le problème et poser un diagnostic. Ensuite, il ordonnait des analyses, une radio, un traitement, ou bien il se contentait de donner un avis médical.

Merci d'être venu. Au suivant !

Ce n'était pas ainsi que l'on procédait au cabinet Dawson. Lorsqu'ils reçurent l'avant-dernier patient — à 16 heures ! —, elle était sur les nerfs.

M. Dunnich arriva, un bouquet de roses à la main. Agé de 85 ans, c'était un vieux monsieur au visage parcheminé.

— Elles sont pour vous, Doc, dit-il avec son accent traînant de la campagne. D'habitude, je n'en offre pas aux hommes, mais ma femme a insisté.

Les roses étaient de toute beauté. Leur parfum parvenait jusqu'aux narines de Felicity, qui se trouvait pourtant à l'autre bout de la pièce. Elle ne connaissait personne, y compris parmi les profanes, qui ne se serait pas extasié sur leur perfection.

Callum parut très surpris.

— Oh ! Je vous remercie… Et maintenant, nous allons examiner ces oignons, d'accord ?

M. Dunnich lui jeta un coup d'œil perplexe. Felicity le

connaissait suffisamment pour deviner qu'il était légèrement offensé.

D'habitude, elle n'était pas du genre à nourrir des intentions meurtrières, mais elle éprouva l'envie soudaine de frapper la tête de Callum avec l'objet le plus proche, qui se trouvait être un marteau réflexe.

M. Dunnich ôta ses chaussures et ses chaussettes en silence. Normalement, il était toujours prêt à bavarder, et il aurait pu parler de ses roses pendant une journée entière.

Callum examina ses gros orteils. Le silence s'appesantit, ce qui mit visiblement M. Dunnich assez mal à l'aise pour qu'il tente d'entamer un semblant de conversation.

— J'ai de plus en plus mal, Doc, mais je ne veux pas qu'on me charcute parce que je ne peux pas laisser Lizzy toute seule.

— Je vois, répondit Callum en palpant les zones enflammées. Très bien ! Vous pouvez remettre vos chaussures. Pendant ce temps, je vais vous prescrire un nouveau traitement.

Callum se tourna vers son ordinateur pour rédiger l'ordonnance et l'imprimer. Il la tendit ensuite à son patient.

— Cela devrait vous soulager. Revenez me voir dans une semaine, je vous réexaminerai.

— D'accord.

La consultation avait duré cinq minutes en tout.

M. Dunnich prit le papier et regarda de nouveau Felicity, ne sachant visiblement pas si c'était terminé.

Le cœur serré, elle lui adressa un sourire encourageant.

— Je vous retrouve dehors, monsieur Dunnich.

De nouveau, Callum n'avait pas été désagréable, mais pas chaleureux non plus. Il s'était montré rapide, efficace… Et totalement inconscient du malaise du patient.

— Il faut que j'aille chercher un vase, précisa-t-elle en glissant une main sous le bras du vieil homme. Vos fleurs sont magnifiques !

Elle revint très vite avec un vase rempli d'eau. Elle y

plaça le bouquet avant de le déposer sur la table, souhaitant désespérément que Callum y soit allergique.

Mais il ne détourna pas les yeux de son ordinateur.

— Ce radius me semble bien, déclara-t-il finalement, en la regardant par-dessus ses lunettes.

De nouveau, elle se fit la réflexion qu'elles ajoutaient à son charme — et s'en voulut aussitôt.

Comment pouvait-elle être séduite par un individu à ce point incapable d'établir un lien avec ses patients ? Elle se demandait même comment il avait pu lui plaire !

Parce qu'elle l'avait vu sous un autre jour. Elle détestait l'admettre, mais la petite voix qui résonnait dans sa tête avait raison. L'homme dont elle avait fait la connaissance dans le train était compétent, compatissant, il adorait bavarder et draguer. Cet homme-là l'attirait énormément.

— La cicatrisation osseuse est très satisfaisante, continua-t-il. Vous pouvez retirer le plâtre et m'envoyer la patiente ?

— Bien, docteur Hollingsworth.

— Vous pouvez m'appeler Callum, vous savez.

« Abruti » aurait été le terme approprié, mais elle tint sa langue.

— Je crois que nous allons terminer de bonne heure, reprit Callum en jetant un coup d'œil à sa montre, visiblement content de lui.

La tension de Felicity monta d'un cran.

D'habitude, les consultations duraient au moins jusqu'à 17 heures, et le cabinet fermait à 18. Les records de vitesse ne l'intéressaient pas. Ce qu'elle voulait, c'était que les patients aient l'impression d'être davantage qu'une partie d'un corps malade à soigner !

L'esprit bouillonnant de pensées peu charitables, elle se rendit dans la salle d'attente.

Se forçant à sourire, elle lança :

— Bonjour, Pauline. Vous pouvez venir, maintenant.

Pauline Spielberg avait quelques années de plus qu'elle.

Avec trois jeunes enfants, elle fréquentait assidûment le cabinet. Elle avait glissé sur les dalles humides de sa piscine et s'était cassé le bras dans sa chute.

Felicity la fit entrer dans la salle de soins et lui demanda de s'asseoir sur la table d'examen.

— Vous êtes prête ? demanda-t-elle en dissimulant son visage derrière un masque.

Le cabinet recommandait l'usage de hideuses lunettes médicales en plastique pour se protéger de la poussière et des fibres qui se répandent dans l'atmosphère chaque fois qu'on découpe un plâtre. Pour sa part, elle estimait que ses propres lunettes suffisaient largement.

— J'ai hâte que ce soit fini, Flick ! s'exclama Pauline. Mes gamins ont profité de ma faiblesse pour se déchaîner, ces dernières semaines. Je vais leur montrer qui commande.

— On y va, alors ! répondit Felicity en riant. La scie va faire du bruit, mais ne vous inquiétez pas. La lame vibre mais ne coupe pas et, si elle touche votre peau, elle ne vous fera pas mal. De toute façon, cela n'arrivera pas. Quand nous atteindrons la dernière couche, je prendrai des ciseaux.

— Super.

Il fallut un quart d'heure pour retirer le plâtre, le temps dont Felicity avait besoin pour se calmer. Quand elle accompagna Pauline dans le bureau de Callum, une grande partie de sa contrariété s'était évaporée.

Malheureusement, un peu de poussière ou de fibre était entrée dans son œil droit, et l'irritation se confirma pendant qu'elle nettoyait la salle de soins.

Elle s'approcha du miroir accroché à la porte pour vérifier si elle voyait quelque chose, mais il n'y avait rien d'apparent, en dehors du fait que son œil était rouge.

Super ! Bill allait lui faire un sermon parce qu'elle n'utilisait pas le matériel approprié, et elle serait bien obligée d'admettre qu'il avait raison.

Comme ça ne s'arrangeait pas, elle prit des dosettes de

sérum physiologique et s'approcha de l'évier. Se penchant en avant, elle tourna la tête de côté et ploya les genoux. Ce n'était pas une position très confortable, mais elle put vider les dosettes une à une sans en mettre partout.

— Qu'est-ce que vous fabriquez ? fit une voix grave.

Zut ! Il avait fallu que Callum la surprenne dans cette posture inélégante !

— A votre avis ? s'enquit-elle sèchement.

— Quelque chose est entré dans votre œil ?

Elle devina qu'il s'approchait avant de l'apercevoir dans son champ de vision. Les mains sur les hanches, il s'arrêta tout près d'elle.

— Vous vous êtes fait ça en enlevant le plâtre ? demanda-t-il.

— Oui.

Il lui prit des mains les dosettes restantes.

— Laissez-moi vous aider.

— C'est inutile. Rentrez chez vous, puisque vous avez fini votre journée de bonne heure.

— Vous avez une raison d'être fâchée contre moi ? Vous n'appréciez pas l'efficacité ? A moins que vous ne vous sentiez coupable à cause de ce qui s'est passé dans le train ? Vous pensez que je suis coupable ? Parce que, si nous avons un problème, je préférerais le savoir.

Elle en voulait à Callum, oui, mais cela n'avait rien à voir avec la nuit torride qu'ils avaient passée dans le train, et tout à voir avec sa pratique professionnelle.

Evidemment, en tant qu'infirmière, elle pouvait difficilement le lui dire. D'ailleurs, si le Dr Dawson lui demandait son avis sur le médecin remplaçant, elle répondrait qu'il était rapide et efficace.

— Il n'y a pas de problème, marmonna-t-elle.

— Parfait. Maintenant, laissez-moi vous examiner.

— Je l'ai déjà fait, et je n'ai rien vu !

— Eh bien, dit-il en croisant les bras sur sa poitrine, je vais recommencer maintenant que vous avez nettoyé votre œil.

Comprenant qu'elle se comportait comme une enfant de deux ans, elle décida d'accepter l'aide professionnelle qu'il lui offrait.

— D'accord, murmura-t-elle.

Elle tendit la main vers le distributeur de serviettes en papier, mais il la devança et lui passa deux feuilles.

— Merci, dit-elle en essuyant son visage humide.

— Venez là, ordonna-t-il en la guidant jusqu'à la table d'examen.

Levant les yeux vers le système d'éclairage opératoire, il demanda :

— Où est l'interrupteur ?

Elle jeta les serviettes sur la table et se dressa sur la pointe des pieds pour atteindre une des poignées verticales. Elle tira dessus avant d'allumer, et tous les deux furent aussitôt enveloppés dans une clarté blanche.

Plissant des yeux, Callum se déplaça de façon à bloquer la lumière, qui forma un halo autour de sa tête.

C'était d'autant plus troublant qu'elle l'avait considéré comme le diable incarné pendant une grande partie de la journée.

— Bien, dit-il en prenant son visage entre ses mains. Laissez-moi vous examiner.

Ce simple contact suscita d'étranges picotements sous la peau de Felicity. C'était si bon qu'elle vacilla un peu.

Ils étaient proches… Bien trop ! Son esprit détestait cette proximité, mais son corps l'adorait. Il sentait le même parfum que dans le train et, si elle avait fermé les yeux, elle aurait pu croire qu'ils étaient doucement bercés par son tangage.

Elle tenta de se dégager, mais il la tenait fermement. Il lui ordonna de regarder en haut, en bas, à droite et à gauche. Elle obéit docilement, trop contente de ne pas voir le beau visage penché sur elle.

— Je ne vois rien, annonça-t-il finalement.

— Quelle surprise, murmura-t-elle.

Oubliant qu'elle préférait éviter de croiser son regard, elle plongea dans les prunelles vertes de Callum tandis qu'il lui caressait doucement la mâchoire de ses pouces.

La raison lui dictait de s'écarter, de dire n'importe quoi pour rompre le charme.

C'est alors qu'elle remarqua quelque chose d'étrange.

— Votre pupille gauche n'a pas la même apparence que l'autre, lança-t-elle.

Il y avait une zone à l'intérieur de laquelle le noir de la pupille semblait avoir débordé dans le vert de l'iris.

Aussitôt, Callum lâcha son visage et recula d'un pas.

— En effet, dit-il.

Le brusque mouvement avait perturbé l'équilibre de Felicity, elle s'agrippa à la table.

— C'est génétique ou causé par une blessure ?

Il pinçait les lèvres, et elle crut l'espace d'un instant qu'il ne répondrait pas.

— Une blessure.

Cela ne la regardait pas, mais elle ne put s'empêcher d'insister.

— Vous allez me le dire, ou il faut que je devine ?

— Une balle de cricket.

Submergée par la compassion, elle fit la grimace.

— Ouille !

— Comme vous dites. Ça a fait pas mal de dégâts.

— Quel genre ?

Callum parut sur le point de s'en aller, mais il finit par hausser les épaules.

— Fracture de l'arcade zygomatique, globe oculaire explosé, hyphéma, décollement partiel de la rétine.

— Seigneur ! Qui avait envoyé cette balle ? Un champion de cricket ?

— L'un de mes copains avait appartenu à l'équipe junior qui disputait le championnat du monde.

Etait-ce à cela que Callum avait fait allusion, lorsqu'il lui avait dit avoir été un « Cal » autrefois ?

— Votre acuité visuelle n'est plus la même ?

— Mon œil gauche n'a plus que soixante pour cent de vision, d'où les lunettes.

— La mydriase est permanente ?

— Ma pupille a un peu rétréci depuis que j'ai été blessé, mais le spécialiste estime que, au bout de tout ce temps, cela ne devrait plus évoluer, malheureusement.

— Quand est-ce arrivé ?

— Il y a deux ans et demi.

Elle fit un rapide calcul. Apparemment, il avait commencé sa formation de généraliste six mois après l'accident. Sans doute le temps nécessaire pour qu'il voie de nouveau correctement de l'œil gauche.

— Si je comprends bien, vous ne souhaitiez pas au départ devenir médecin généraliste ? C'est cette blessure qui vous a contraint d'orienter différemment votre carrière ?

Il émit un petit rire amer.

— En effet.

— Quelle était votre spécialité, avant que vous n'entamiez cette formation ?

— J'étais chirurgien.

Elle comprenait maintenant pourquoi il se concentrait sur les parties du corps à traiter, plutôt que de voir dans le patient un individu à part entière. Elle avait fait des stages en salle d'opération à Adelaide, et elle s'était juré de ne jamais devenir infirmière de bloc. Le manque de contact avec les patients, complètement dépersonnalisés, l'aurait rendue folle. Elle ne voulait pas les connaître comme la « jambe du bloc numéro deux », ou la « transplantation du bloc numéro cinq ». Chacun avait un nom, et elle aimait l'utiliser.

— Quel genre de chirurgien ?

— Vasculaire.

Elle retint un sifflement.

Elle imaginait parfaitement Callum en tenue chirurgicale, effectuant des gestes précis et efficaces.

— Vos problèmes de vision ont-ils interrompu votre carrière ?

— Bien sûr que oui ! Je faisais beaucoup de microchirurgie, et je n'avais plus confiance en moi.

— Pourtant, avec le temps…

— On ne m'a accordé qu'un permis de conduire temporaire, l'interrompit-il avec un rire bref. Vous pensez bien qu'on n'allait pas me mettre un scalpel entre les mains ! Ma vision s'est améliorée, mais pas suffisamment pour un chirurgien. Je ne suis pas prêt à mettre en danger la vie d'autrui.

La compassion était donc bien là ! Sous des dehors rugueux, Callum Hollingsworth restait avant tout un médecin. Elle retrouvait l'homme du train, celui qui s'était si bien comporté envers Jock, Thelma et leurs autres compagnons de voyage.

— Je suis navrée… Cela a dû être très dur pour vous.

Elle était sincère. Il l'avait énervée aujourd'hui, mais du moins elle le comprenait un peu mieux. Ce n'est pas facile de voir ses rêves et ses espoirs ruinés. Elle le savait mieux que personne.

— C'est la vie, dit Callum.

— Sans doute, mais ça n'empêche pas d'avoir mal.

Fourrant ses mains dans ses poches, il hocha la tête.

— N'oubliez pas de vous rincer les yeux au sérum en rentrant chez vous, dit-il en jetant un coup d'œil à la porte.

Elle devina qu'il brûlait de s'en aller, et cette pensée la blessa sans qu'elle sache pourquoi.

— Bien sûr. Merci pour votre aide, dit-elle en sc tournant vers l'évier pour se laver les mains pour la centième fois de la journée.

De cette façon, elle lui fournissait l'occasion de s'esquiver.

7.

Callum avait hâte d'accompagner Felicity dans ses visites, même si celle-ci n'avait pas l'air très enthousiaste. Elle ne lui avait pas opposé un refus catégorique mais lui avait fait comprendre qu'elle n'en voyait pas la nécessité.

Il lui avait représenté que c'était au contraire essentiel, surtout s'il devait être appelé au chevet d'un de ces patients durant un week-end où il était de garde.

Elle n'y avait plus fait allusion, mais son silence glacial tandis qu'elle les conduisait en disait long sur son humeur.

Apparemment, elle lui en voulait, et il ignorait pourquoi. Bien qu'elle lui eût affirmé qu'il n'y avait pas de problème, et malgré la compassion qu'il avait lue dans ses yeux lorsqu'il lui avait parlé de son accident, le malaise avait persisté entre eux ces deux derniers jours. Polie et efficace, elle ne faisait rien pour se montrer amicale envers lui.

D'où venait cette hostilité ? Regrettait-elle ce qui s'était passé entre eux dans le train ? A moins qu'elle ne s'inquiète pour sa réputation s'il avait l'idée farfelue de l'embrasser…

Il ne lui avait pas fallu longtemps pour comprendre que, aux yeux de la communauté de Vickers Hill, Felicity ne pouvait rien faire de mal. Tout le monde adorait Felicity, ou plutôt Flick, l'enfant de Vickers Hill qui connaissait quasiment tous les habitants. Elle savait quels patients avaient été traités ces quatre dernières années et pour quelles maladies. Il la soupçonnait même d'avoir mémorisé l'anniversaire de tous ses concitoyens ainsi que leur numéro de téléphone.

Felicity Mitchell était une sainte. Et il était celui qui l'avait débauchée…

Peut-être était-il temps qu'ils en parlent.

Il lui jeta un coup d'œil de côté.

Ses sourcils étaient froncés, ses lèvres pincées. Apparemment, le moment était mal choisi. Mieux valait s'en tenir à une conversation professionnelle et espérer qu'elle se détende lorsqu'elle comprendrait qu'il n'avait pas l'intention de lui pourrir la vie.

— Bien, commença-t-il en remontant ses lunettes de soleil sur son nez, si vous m'en disiez un peu plus sur ces visites à domicile. Quel est leur but, exactement ?

— C'est une initiative financée par le gouvernement, visant à maintenir les personnes âgées chez elles.

Elle avait débité sa phrase sans quitter la route des yeux.

— On examine les patients, ou il s'agit d'une visite de courtoisie ?

Les doigts de Felicity se crispèrent sur le volant.

— La plupart d'entre eux viennent au cabinet s'ils ont un problème. Je prends donc leur tension, je vérifie leur taux de glycémie et je procède aux bilans annuels. Je m'assure que leurs ordonnances et leurs rendez-vous sont à jour. Je fais aussi pas mal de commandes.

— Des commandes ?

— Des fournitures médicales, des protections contre l'incontinence, des poches de stomies, du matériel pour les dyalises peritonéales, des bandelettes d'analyses, des pompes à nutrition, des chaises de douche ou des déambulateurs.

— C'est beaucoup de travail.

— Je ne me contente pas de prendre le thé.

Elle se moquait clairement de lui !

Il allait répondre, lorsqu'elle actionna le clignotant.

— Mme Morley est la première sur notre liste, annonça-t-elle en se garant devant une maisonnette.

Après avoir défait sa ceinture de sécurité, elle se tourna vers lui.

— Ces gens me connaissent, ils ont confiance en moi. Ils se méfient des étrangers et préfèrent parler de leurs problèmes avec une infirmière plutôt qu'avec un médecin. Alors, essayez de…

Il pensait qu'elle allait dire « de ne pas tout gâcher », mais elle conclut :

— Rester en retrait, d'accord ?

Sans lui donner le temps de répondre, elle ouvrit sa portière et sortit de la voiture.

La confiance qu'elle avait en lui réchauffait le cœur !

Les cinq heures qui suivirent furent intenses. En l'espace d'un après-midi, tandis que sainte Felicity officiait, il eut un aperçu de l'atmosphère qui régnait dans la petite ville.

Sur le plan médical, il avait vu des procédures plus efficaces. Trop de bavardage, de tasses de thé et de petits gâteaux. Apparemment, c'était un rituel incontournable, pas question de refuser. Felicity avait raison sur un point : les patients âgés se montraient très réservés envers lui. S'il fallait déguster leurs biscuits pour réchauffer l'atmosphère, il le ferait très volontiers.

De retour à Sydney, il devrait faire un régime sérieux…

Mais ce ne fut pas la même chose lorsqu'ils parvinrent devant la maison de Meryl. Apparemment, elle n'avait pas de nom de famille comme les autres.

C'était un petit cottage doté d'une véranda aux contours arrondis. Il y avait des capteurs de rêve et des carillons éoliens de toutes sortes et de toutes tailles accrochés aux gouttières, ainsi qu'un autel dédié à Bouddha. Une odeur d'encens flottait dans le salon, encombré d'une grande variété de fleurs et de bougies.

Contrairement aux autres, Meryl le prit immédiatement en sympathie. C'était sans doute la personne la plus ridée qu'il ait jamais rencontrée. Mais il y avait en elle une force et une vivacité qui lui firent penser qu'elle était moins âgée qu'il n'y paraissait.

Quand Felicity le présenta, il tendit la main à la vieille dame installée sur un siège inclinable. La serrant fermement, elle l'attira plus près d'elle.

— Cal, murmura-t-elle, d'une voix enrouée qui révélait un passé de fumeuse.

Elle le regarda droit dans les yeux et prit le temps de l'observer avant de déclarer :

— Vous avez une aura malheureuse.

Cherchant la confirmation que Meryl était un peu folle, il se tourna vers Felicity, qui lui opposa un visage faussement innocent.

— Meryl sait interpréter les auras, expliqua-t-elle avec un petit sourire.

Du coup, l'attention de Callum se focalisa sur la bouche de Felicity.

Jamais il n'avait vu de lèvres plus attirantes. Pendant toute la semaine, il avait évité d'y penser, tout comme il avait tenté d'oublier sur quelles parties de son corps elles s'étaient posées. Maintenant, il brûlait d'envie de les embrasser.

— Mmm… Votre aura a l'air plus heureuse, à présent, dit songeusement Meryl.

Il se secoua intérieurement et cessa de regarder Felicity.

Il ne fallait surtout pas que Meryl mentionne son impressionnante érection !

— Asseyez-vous ici, Cal, reprit Meryl en tapotant une chaîne de vinyle près d'elle.

Il aurait nettement préféré se réfugier dans la voiture, mais c'était impossible sans paraître grossier. Les procédures médicales ne s'appliquaient pas dans cette communauté, et encore moins dans cette maison qui aurait pu appartenir au pays d'Oz.

Il jeta un coup d'œil à Felicity, qui semblait trouver la situation très amusante.

— De quelle couleur est l'aura de Felicity ? demanda-t-il.

Celle-ci cessa immédiatement de sourire.

Pourtant, elle n'avait certainement aucun souci à se faire ! L'aura de sainte Felicity avait sans nul doute les nuances de l'arc-en-ciel, une odeur de fraises et de sucre d'orge.

Meryl tourna les yeux vers Felicity.

— Ce n'est pas la même que d'habitude. Normalement, elle est très harmonieuse, mais aujourd'hui elle est… agitée.

Il arbora un large sourire tandis que Felicity fronçait les sourcils. Quand Meryl se tourna vers lui, il pinça les lèvres pour qu'elle ne remarque pas à quel point il jubilait.

Mais il ne devait pas être facile de dissimuler quoi que ce soit à cet étrange personnage.

Les yeux plissés, Meryl le fixait attentivement.

— Vous habitez chez Luci, n'est-ce pas ?

— En effet. Et elle habite chez moi à Sydney.

— Et combien de temps devez-vous rester à Vickers Hill ?

— Je suis ici pour huit semaines.

Meryl secoua lentement la tête.

— Vous resterez plus longtemps que cela, affirma-t-elle.

Son regard perçant le troublait davantage que celui des dizaines de spécialistes qu'il avait consultés. Franchement, il y avait de quoi frissonner. Mais elle se trompait. Il allait bientôt retrouver son appartement et prendre le poste qui l'attendait en début d'année.

Il rompit le contact visuel avec difficulté.

— Vous faites erreur.

Meryl se contenta de lui tapoter la main en souriant.

— Vous verrez que j'ai raison, au contraire. Tout va se dénouer. Il était écrit que vous viendriez ici. C'est votre destin, et c'est dans votre aura.

Il ne sut que répondre à cela.

Après tout, que lui importaient les prédictions farfelues d'une vieille dame un peu folle ?

— Très bien, dit Felicity. Je vais prendre votre tension, Meryl.

Il se leva d'un bond, ravi d'être secouru.

Il aurait voulu embrasser Felicity. Vraiment, il aurait voulu l'embrasser !

Quand Felicity se gara devant la maison de Luci, Callum regarda par la fenêtre.

Il n'était toujours pas habitué à vivre dans un environnement aussi rustique.

C'était un cottage de pierre avec une cheminée, une large véranda et des lianes chargées de fruits de la passion. Admirablement entretenu, le jardin offrait une multitude de couleurs qu'on retrouvait à l'intérieur. Les mignonnes petites fenêtres étaient ornées de rideaux en dentelle, il y avait des meubles anciens, des poutres apparentes aux plafonds, et la cuisine était lambrissée.

Tout cela était à mille lieues de la décoration minimaliste de son propre appartement, avec ses vastes baies vitrées d'où l'on pouvait contempler le port de Sydney.

Il jeta un coup d'œil à Felicity, qui fixait un point devant elle.

Depuis qu'ils avaient quitté Meryl, ils n'avaient pas échangé un mot.

— A ce que j'ai vu, Meryl est une originale ?

Se tournant vers lui, Felicity le foudroya du regard.

— Quel mal y a-t-il à cela ? On ne peut pas tous être des Sydnéens distingués.

Cette véhémence le surprit.

— Eh, ce n'était pas une critique !

— Désolée.

Il en avait assez. Quelque chose la contrariait clairement, il ne pouvait pas faire semblant de l'ignorer plus longtemps.

Il laissa échapper un soupir.

— Ne vous faites donc pas tant de souci, je ne dirai jamais à personne ce qui s'est passé entre nous, commença-t-il.

— Cette idée ne m'a pas effleurée, dit-elle sèchement.

D'accord. Alors, de quoi s'agissait-il ?

Pas du travail, en tout cas. Il avait été efficace et compétent, comme toujours. Sa nouvelle carrière ne l'enchantait peut-être pas, mais il l'exerçait avec le même perfectionnisme que lorsqu'il était chirurgien. Il était un Hollingsworth, et ils excellaient dans tout ce qu'ils faisaient.

— Très bien. C'est juste que vous avez été fâchée contre moi toute la semaine, et j'ai pensé… Je voulais vous rassurer, rien de plus.

— Parfait, jeta-t-elle, les yeux baissés vers le volant. Merci.

Bon sang, elle avait l'air sur le point d'exploser ! Il avait espéré que la tension entre eux allait se dissiper, mais c'était loin d'être le cas.

— Mais nous n'en avons pas discuté, reprit-il. Nous devrions peut-être le faire, car nous travaillons ensemble. J'ai l'impression que nous sommes partis sur le mauvais pied.

— J'avais décidé d'ignorer cet épisode, marmonna-t-elle.

Devant tant de candeur, il ne put s'empêcher de rire.

— Oui. Moi aussi. Et puis…

Il s'interrompit.

L'encens lui avait-il monté à la tête, ou était-ce le parfum de Felicity ? Le même qu'il avait respiré avec délice dans le train cette nuit-là…

Elle se tourna vers lui, et leurs regards se croisèrent.

— Et puis quoi ?

Il aurait dû laisser tomber, lui dire que ça n'avait pas d'importance, mais ses yeux se posèrent sur la bouche de Felicity, et soudain l'espace entre eux sembla se rétrécir. Il brûlait d'envie de défaire cette queue-de-cheval pour voir la lourde masse de cheveux blonds se répandre sur ses épaules.

— Et puis, vous avez dit que Meryl savait interpréter les

auras avec ce petit sourire en coin, comme si vous saviez à quel point j'étais déconcerté. A partir de là, je n'ai plus pensé qu'à vous embrasser.

Cette fois, ce fut Felicity qui fixa ses lèvres.

— Oh ! Ça ne m'aide pas vraiment.

Il secoua la tête et découvrit qu'il s'était encore rapproché de Felicity. Enivré par son parfum, il vit le mouvement de sa gorge lorsqu'elle déglutit.

— Même pas un tout petit peu ?

— Je crois que ce qui s'est passé dans le train doit y rester, dit-elle d'une voix enrouée.

— Je suis d'accord.

Du moins, il l'avait été. Mais maintenant…

— Je veux dire, c'était super, mais…

— « Super » ? répéta-t-il avec dépit. Pourquoi pas « sympa », pendant que vous y êtes !

— Ça l'était aussi, dit-elle avec un haussement d'épaules.

Mais elle souriait de nouveau, ce qui alluma un feu dans le bas-ventre de Callum.

— A vous entendre, on pourrait croire que nous avons passé la nuit à jouer aux cartes, protesta-t-il.

Felicity pouffa de rire comme il ne l'avait plus vue faire depuis qu'ils avaient quitté le train.

— Comment décririez-vous les instants que nous avons passés ensemble ? demanda-t-elle.

Ils jouaient avec le feu, le savait-elle ?

— Chauds, murmura-t-il. Erotiques, hallucinants.

— Sensuels, enchaîna-t-elle, les pupilles dilatées.

Tendant la main, il repoussa en arrière une mèche blonde échappée de la queue-de-cheval. Ses doigts s'attardèrent sur la joue de Felicity.

— Tellement sensuels, répéta-t-il.

— Mon Dieu ! gémit-elle, de cette voix basse et ardente qu'elle avait eue la première fois qu'il l'avait pénétrée.

Elle s'agrippa aux pans de sa veste, et il n'eut pas besoin d'un autre encouragement pour s'emparer de sa bouche.

Le baiser fut torride et aussi époustouflant que les autres fois. C'était comme s'ils reprenaient les choses là où ils les avaient laissées.

Felicity sentait bon et avait encore meilleur goût. Il prit son visage entre ses deux mains. La tenant fermement, il lui lécha la lèvre inférieure de Felicity, et aussitôt elle gémit et se serra contre lui. Quand leurs langues entamèrent une danse langoureuse, il sentit son sexe se dresser. Les tempes bourdonnantes, le cœur battant, la respiration haletante, il eut vaguement conscience que l'univers se réduisait à Felicity, à sa bouche, ses baisers, ses gémissements, ses soupirs.

De nouveau, il n'y avait que Felicity dans ses bras.

Dieu seul sait comment cela se serait terminé si quelqu'un n'avait pas frappé à la vitre du côté de Felicity. A la façon dont elle sursauta, il crut que la moitié de la ville débarquait avec des fourches pour sauver sa vertu.

Ce n'était que Mme Smith qui habitait de l'autre côté de la rue. Elle s'était présentée lorsqu'il avait emménagé et, depuis, elle lui adressait chaque matin un signe amical de la main. En l'occurrence, elle ne semblait plus aussi amicale…

— Mon Dieu, marmonna Felicity, j'ai cru que j'allais faire une crise cardiaque.

Il avait ressenti exactement la même chose. Pourtant, ils n'étaient plus en âge de faire l'amour sur la banquette arrière d'une voiture. Et certainement pas de se faire surprendre comme deux adolescents en rut !

— Madame Smith, dit Felicity en baissant la vitre.

Il admira le ton suave qu'elle avait adopté, comme si la voisine n'avait pas remarqué qu'elle embrassait avec passion le médecin remplaçant.

— Flick Mitchell, docteur Hollingsworth, commença Mme Smith d'une voix scandalisée, je trouve ce comportement tout à fait déplacé à la lumière du jour, et je n'ai pas besoin de vous rappeler qu'une certaine décence est de mise, à Vickers Hill. Il est important de se comporter comme une lady, Flick. Votre mère a dû vous l'apprendre !

Il eut envie de dire à cette vieille bique qu'il voyait en Felicity une femme et non une « lady ».

— Vous avez raison, madame Smith, répondit Felicity. Je suis désolée, soyez certaine que cela ne se reproduira plus.

— Et vous jeune homme, vous vous y engagez aussi ?

Cela faisait longtemps qu'on ne l'avait pas appelé « jeune homme ». Une demi-douzaine de réponses plus aigres les unes que les autres se précipitèrent sur ses lèvres, mais Felicity posa sur lui un regard suppliant.

Grinçant des dents, il posa une main sur son cœur.

— Je vous promets qu'il n'y aura plus de démonstrations publiques d'affection entre nous, madame Smith.

Celle-ci hocha la tête avec satisfaction, mais elle n'en avait pas fini.

— Je suppose que vous allez rentrer chez vous, maintenant ?

— Bien sûr, dit Felicity. Callum allait sortir de la voiture.

Il n'en avait pas la moindre envie. Il aurait de loin préféré continuer à embrasser Felicity, mais il était clair que Mme Smith n'irait nulle part tant qu'il n'aurait pas franchi le seuil de la maison.

Il jeta un coup d'œil à Felicity, qui haussa imperceptiblement les épaules.

— Très bien, dit-il en posant la main sur la poignée de la portière. A demain.

Elle hocha la tête en évitant de croiser son regard. La dernière chose qu'il vit lorsqu'elle démarra, ce fut son profil figé, comme sculpté dans la pierre.

En discutant avec Luci au téléphone ce soir-là, Felicity hésita à lui conter sa mésaventure avec Callum. Il n'était à Vickers Hill que pour huit semaines, c'était inutile d'en parler, finalement.

— Comment est Sydney ? demanda-t-elle seulement. Parle-moi de Seb.

— Oh ! c'est à peine si je l'ai croisé !

Elle connaissait Luci depuis assez longtemps pour deviner à sa voix qu'elle n'était pas tout à fait honnête. Tandis que son amie lui parlait de ses cours, elle laissa son esprit vagabonder.

Elle en voulait à Callum d'avoir envahi son espace personnel. Pourquoi s'était-elle laissée embrasser en plein jour ?

Pendant les visites, elle avait eu envie de le secouer pour le rappeler à plus d'humanité dans ses relations avec les patients. Et, ensuite, il avait fait ce commentaire à propos de Meryl. Pour être honnête, le terme dont il avait qualifié celle-ci ne méritait pas tant de fureur de sa part. En réalité, elle devait admettre que son humeur s'était assombrie quand Meryl avait parlé de son aura moins paisible que d'ordinaire.

Il y avait aussi ces prédictions concernant le séjour de Callum à Vickers Hill…

La plupart des gens en ville considéraient que Meryl était un peu folle, mais celle-ci avait trop souvent raison pour qu'on ne tienne pas compte de ses prophéties.

Pour en revenir à l'essentiel, pourquoi avait-elle embrassé Callum en plein jour alors même qu'elle était en colère contre lui ? En plein jour ! Comment la ville allait-elle réagir ?

A ce propos, elle risquait d'avoir terni un peu plus que son aura.

8.

Le lundi suivant, Felicity était de nouveau sur les nerfs.

Les spéculations allaient bon train à Vickers Hill. Sa mère lui avait téléphoné à plusieurs reprises, on chuchotait autour d'elle au supermarché, et on lui donnait des conseils dont elle n'avait nul besoin. Pour comble, elle devait endurer un autre après-midi de consultations avec Callum, qui se comportait toujours de manière robotique avec les patients.

Elle n'avait plus envie de se montrer conciliante avec lui !

S'ils n'avaient pas déclenché la rumeur en s'embrassant le jeudi précédent, elle n'aurait sans doute pas tenu sa langue aussi longtemps.

Par une curieuse ironie du sort, les gens s'imaginaient sans doute qu'ils avaient une liaison torride, alors qu'elle avait juste envie de l'étrangler avec son stéthoscope.

D'accord, il embrassait comme un dieu mais, quand il s'agissait d'établir une relation avec un patient, il était vraiment nul.

La goutte qui fit déborder le vase, ce fut quand Callum lui demanda :

— Faites entrer les oignons dès que vous serez prête.

Cette fois, elle vit rouge.

— Vous voulez parler de M. Dunnich, dit-elle, une main sur la hanche.

Il quitta un instant son écran des yeux pour la regarder, et elle détesta la façon dont son cœur fit un bond dans sa poitrine.

— C'est lui, les oignons ?

— Non ! Il s'appelle M. Dunnich, Alf pour les intimes. C'est le vieux monsieur dont la femme a insisté pour qu'il vous apporte des roses la semaine dernière.

— Ah, oui…

Il la fixait maintenant avec un brin d'inquiétude. Apparemment, il avait compris qu'il avait fait quelque chose de mal, mais il n'avait pas la moindre idée de ce que c'était.

Elle continua d'une voix enrouée par l'émotion.

— Les roses procurent beaucoup de joie à son épouse, et il le sait. Elle a fait une crise cardiaque il y a deux ans, et depuis il s'occupe d'elle à plein temps…

Elle se tut, trop bouleversée pour poursuivre sa diatribe.

Callum se leva, le front plissé par la perplexité.

— Quelque chose ne va pas, Felicity ?

En Felicity, l'incapacité à se faire comprendre de Callum se disputait avec l'empathie qu'elle éprouvait chaque fois qu'elle parlait de ses patients, menaçant de la faire exploser.

— La personne blessée à la cuisse, juste avant, s'appelle Malcom. Et avant lui, c'est Stefanie qui a un problème de canal carpien. Ils ont tous des noms ! s'écria-t-elle. Nous ne voyons pas en eux uniquement des parties du corps. Ce sont des gens, pas des maladies !

— Seigneur… Je suis désolé, dit Callum en retirant ses lunettes pour les poser sur la table. C'est une façon toute nouvelle de voir les choses pour moi. J'ai de mauvaises habitudes.

— Eh bien, débarrassez-vous-en ! dit-elle sèchement.

Il serra les dents et, si elle n'avait pas été elle-même tellement fâchée, elle aurait compris qu'il valait mieux en rester là.

— Il y a eu des plaintes ? demanda-t-il, les mains sur les hanches.

— Non, évidemment ! A la campagne, les gens ne se plaignent pas, ils supportent en silence. Mais ce sont mes concitoyens, ils seront là longtemps après que vous aurez regagné Sydney. Je ne vais pas rester là sans rien dire, à vous regarder les maltraiter parce que vous êtes trop…

Une myriade d'adjectifs lui vinrent à l'esprit, se précipitant sous son crâne aussi vite que le sang qui circulait dans ses veines.

— Trop désinvolte pour leur accorder un intérêt particulier, conclut-elle.

Les yeux verts prirent la dureté du silex.

— Je défie quiconque de dire que je ne leur ai pas prodigué les meilleurs soins, et sachez que je n'apprécie pas votre ton.

— Qu'est-ce que j'apprends ? Vos infirmières de bloc ne s'autorisent pas à critiquer votre comportement ?

— Elles montrent un peu plus de respect que vous.

— Vraiment ? Eh bien, devinez quoi ? Ici, vous allez devoir gagner ce respect, il ne vous est pas acquis de droit, et il faut davantage qu'une tenue chirurgicale pour l'obtenir. Quant à moi, je prendrai la défense de mes patients, que ça vous plaise ou non. Je me tais depuis une semaine, mais ma patience a des limites.

Callum secoua la tête, n'en croyant visiblement pas ses oreilles.

— C'est pour cette raison que vous m'en vouliez tant ?

— Parce que vous trouvez que c'est dérisoire ?

La bouche de Callum n'était plus qu'une ligne étroite.

— Je vous en prie, laissez-vous aller. Je serais navré que vous fassiez un ulcère en gardant tout cela pour vous…

S'approchant du bureau, elle pressa l'index dessus.

— Pour être un bon généraliste, il ne suffit pas d'être efficace. Un médecin de famille établit avec ses patients des relations à long terme. Vous devez gagner leur confiance de façon qu'ils vous disent ce qu'ils ne révéleraient à personne d'autre. Ils le feront parce que vous êtes leur médecin et que quelque chose les terrorise. Bon sang ! On ne vous a rien appris de tout cela pendant votre formation ? Ou est-ce que les chirurgiens n'ont pas besoin d'écouter ?

— Bien sûr que si ! C'est juste que je ne donne pas dans la sentimentalité.

— Ce n'est pas ce qu'on vous demande. Mais vous ne devez pas non plus vous comporter comme un robot. Franchement, votre comportement vis-à-vis des patients laisse à désirer.

— Je ne suis pas d'accord ! D'ailleurs, tous mes patients m'adorent.

— Bien sûr ! En particulier quand ils sont dans un état second après l'opération, quel que soit le miracle chirurgical que vous avez réalisé pour eux.

— Venant de sainte Felicity, cette remarque prend tout son sel !

Elle ne comprit pas à quoi il faisait allusion, mais elle n'allait pas se laisser distraire.

— Sérieusement, réfléchissez juste une seconde. Combien de temps passiez-vous avec vos patients, en dehors des heures que vous leur consacriez au bloc ? En tant que médecin généraliste, si vous restez assez longtemps quelque part, vous allez les voir à plusieurs reprises au cours des années. Vous les soutiendrez dans les bons et les mauvais moments. Vous devrez leur annoncer une grossesse ou une fausse couche, un cancer ou une rémission. Vous êtes la personne à qui ils confieront leur vie, devant qui ils s'effondreront et dans les yeux de qui ils puiseront de l'espoir. Un espoir que vous ne pourrez pas toujours leur prodiguer…

La gorge serrée, elle s'interrompit, maudissant son émotivité.

— Ils doivent être davantage pour vous que leurs parties malades, Callum. C'est ainsi que se définit un bon généraliste. Oubliez ce qu'on vous a appris pendant vos études de chirurgie. Ça ne vous servira à rien ici !

Tout en parlant, elle prit conscience que c'était là le nœud du problème : sa blessure à l'œil avait imposé à Callum ce changement de spécialité, mais il était clair que le cœur n'y était pas. Ce n'était pas une vocation, juste une solution de repli.

Toute la colère qu'elle accumulait depuis une semaine s'évapora d'un coup.

— Pourquoi êtes-vous ici, Callum ? C'est vraiment ce que vous voulez ? Vous n'avez pas l'air très investi dans le job, et vous êtes loin de chez vous. Alors, je me demande ce qui vous fait fuir.

Il secoua la tête.

— Je ne fuis pas. J'avais juste besoin de couper les ponts, de reprendre mon souffle avant de repartir de zéro. Mais je compte bien rentrer chez moi.

Son visage sombre en disait long sur sa détermination.

— Vous voulez prendre votre revanche ?

Il ne l'admettrait pas, mais elle devina qu'elle avait frappé juste.

— Ça vous pose un problème ?

— Non…

Elle ne mentait pas, mais c'était un avertissement. Callum Hollingsworth était beau, embrassait bien et était merveilleux au lit. Ç'aurait été facile de se laisser emporter par l'enthousiasme, en oubliant qu'il n'aimait pas son métier ni la vie de province.

— Mais pourquoi avoir choisi cette filière ? Vous auriez pu vous engager dans une autre spécialité chirurgicale réclamant moins de précision.

— Elles impliquent toutes un certain degré de microchirurgie, et je vous ai dit que je ne me faisais plus confiance.

— Si bien que vous avez opté pour la médecine générale.

— Exactement.

— Très bien. En ce cas, engagez-vous vraiment !

Callum se rassit lourdement sur sa chaise.

— Qu'est-ce que vous me suggérez pour m'améliorer ?

— Vous êtes sérieux ? Ce n'est pourtant pas très compliqué.

— Je ne plaisante pas. Donnez-moi quelques indications, et je les suivrai à la lettre jusqu'à la fin de la journée. Ensuite, vous pourrez me critiquer et me donner une note sur 10.

Elle faillit lever les yeux au ciel.

Les hommes ! Il fallait qu'ils mettent de la compétition là où il n'y en avait pas. Mais elle devait admettre que peu de chirurgiens auraient admis qu'une infirmière leur fasse la leçon comme elle venait de le faire.

— D'accord, dit-elle en prenant place en face de lui. Pour commencer, vous allez appeler les patients par leur nom et, au lieu de vous focaliser sur une partie de leurs corps, les considérer en tant qu'individus. Cessez de fixer votre écran et parlez-leur d'autre chose que de leur maladie. Du temps, par exemple, ou encore de leurs enfants, de leurs petits-enfants, de leur belle-mère, de la moisson, des tartes aux mûres…

— Je dois faire la conversation, c'est ça ?

Il semblait amusé.

Elle ne put s'empêcher de sourire.

— Exactement ! Qui sait ? Vous vous découvrirez peut-être une vocation de généraliste. Si nous commencions avec M. Dunnich ? suggéra-t-elle en se levant.

— Les oignons ?

Baissant vivement les yeux vers Callum, elle constata qu'il arborait un large sourire. Le genre de sourire qui la faisait fondre.

— Et les roses, ajouta-t-il très vite. Et l'épouse qui a fait un infarctus, dont il s'occupe et qu'il adore.

Elle réprima un éclat de rire.

— Correct.

Un peu nerveux, Callum attendit que Felicity introduise M. Dunnich dans son bureau.

Il était presque soulagé qu'elle ne lui en veuille pas de l'avoir embrassée. S'il avait su ce qui l'avait tourmentée pendant toute la semaine, il aurait réglé cette question plus tôt. Toute la ville s'imaginait qu'il avait souillé sainte Flick, et il n'y pouvait pas grand-chose. En revanche, il lui était possible de modifier son comportement envers les patients. Finalement, il était reconnaissant à Felicity de lui avoir révélé la véritable raison de son irritation.

La porte s'ouvrit, et M. Dunnich parut sur le seuil de la pièce.

Callum se leva à demi.

— Ah ! Monsieur Dunnich ! Asseyez-vous, je vous prie.

Visiblement sur ses gardes, le patient fit quelques pas dans sa direction.

Callum lui indiqua un siège en souriant.

— Comment allez-vous ?

Le vieil homme jeta un coup d'œil à Felicity, comme pour lui demander la raison d'une telle amabilité.

— Très bien, merci, docteur.

Callum fit la grimace. Pas de « Doc », aujourd'hui !

— Comment se portent vos orteils ?

M. Dunnich se pencha pour ôter ses chaussures.

— Bien mieux, dit-il. Ces cachets ont eu de l'effet.

Callum procéda au même examen que la semaine précédente, sous le regard attentif de Felicity. Conscient qu'elle l'observait, il engagea la conversation :

— Le pli de votre pantalon est vraiment parfait. Vous le mettez au pressing, ou vous le repassez vous-même ?

— Je m'en occupe moi-même, répliqua M. Dunnich avec orgueil. J'ai fait vingt ans dans l'armée quand j'étais jeune. Ce sont des choses qu'on n'oublie pas.

— Vraiment ? Je devrais peut-être vous confier les miens ? suggéra Callum en adressant un clin d'œil au vieil homme, qui se mit à rire.

— Moi aussi, intervint Felicity avec un sourire.

— Jamais de la vie ! rétorqua M. Dunnich, hilare.

— S'il vous plaît, remerciez votre femme pour les roses que vous m'avez offertes la semaine dernière. Je les ai emportées chez moi, et elles sont parfaites dans la maison de Luci.

— Oui ! acquiesça vivement M. Dunnich. La maison de Luci est faite pour les roses.

— Est-ce que votre épouse a une rose préférée ? demanda Callum en faisant signe à son patient qu'il pouvait se rechausser.

— Pas particulièrement, mais elle adore les rosiers grimpants. Chaque matin, nous les admirons en buvant une tasse de thé sous le porche. Sauf que, ces derniers jours, Lizzy n'était pas dans son assiette.

— Elle est malade ? demanda Callum en fronçant les sourcils.

— Non, je ne crois pas… Elle a du mal à parler depuis sa crise, mais j'arrive à la comprendre. Elle dit qu'elle va bien, mais je la crois un peu dépressive. Pour être honnête, cela m'inquiète, parce qu'elle n'a jamais été ce genre de personne.

Un signal d'alarme retentit dans l'esprit de Callum, et il s'adressa du regard à Felicity.

— Si nous ajoutions Lizzy à la visite du jeudi ? suggéra-t-il. Ce serait juste pour vous rassurer.

Le visage de M. Dunnich s'éclaira.

— Vous feriez ça ?

— Absolument, monsieur Dunnich. Nous sommes là pour vous soutenir, Flick et moi.

— D'accord, alors, et merci beaucoup. Je vous servirai quelques-unes des tartelettes à la rhubarbe de Lizzy.

— Ce serait fabuleux ! s'écria Felicity.

Callum la regarda, se demandant où elle mettait toute cette nourriture, avec sa silhouette parfaite.

— C'est réglé, dit-il. Maintenant, je vais vous rédiger

une ordonnance pour un mois. Ensuite, vous reviendrez me voir. Plus tôt, si la douleur revient.

— C'est d'accord, Doc.

Il n'aurait pu nier combien ce « Doc » lui faisait plaisir.

Une minute plus tard, la prescription sortait de l'imprimante, et il la tendit à son patient.

— On se voit jeudi, monsieur Dunnich.

— Appelez-moi Alf, dit le vieux monsieur en quittant la pièce. Je m'assurerai que Felicity ne garde pas toutes les tartelettes pour elle !

Un instant plus tard, la porte se rouvrit, et il se prépara à accueillir la patiente suivante, une déchirure des ligaments croisés… Non ! Elle s'appelait Jane Richie.

Mais il n'avait pas à s'inquiéter, car ce n'était que Felicity.

— Alors ? fit-elle. Ce n'était pas trop difficile ?

— Vous êtes du genre à savourer votre victoire, c'est ça ?

Elle battit exagérément des cils.

— Je ne vois pas du tout à quoi vous faites allusion.

Mais, lorsqu'elle lui sourit, il vit ce que tout le monde voyait en elle à Vickers Hill : elle était Flick, celle que toute la population adorait et à qui elle appartenait.

Maintenant qu'il la côtoyait dans son environnement naturel, il comprenait que la fille du train correspondait à un moment d'égarement ou de folie. Il y avait deux aspects dans la personnalité de Felicity, et il avait eu le privilège de connaître celui qui était ignoré de tous.

— Je vous invite à dîner ce soir, dit-il.

— Non.

— Il ne s'agit que d'un dîner. Vous avez peur de Mme Smith ?

— Non. J'ai peur de nous. Ensemble. Près d'un lit.

Le désir enflamma le bas-ventre de Callum.

— Vous pensez que je ne peux pas me contrôler ?

— Vous savez aussi bien que moi que nous en sommes incapables tous les deux.

Il apprécia sa franchise.

— Je préfère être votre amie, reprit-elle.

Il n'avait pas beaucoup d'amies, et uniquement des femmes avec qui il n'avait pas envie de coucher.

— Vous pensez que c'est une bonne idée ?

— Tout à fait. Je vous servirai de guide touristique. Nous irons voir des expositions, des antiquaires, nous boirons du bon vin chez les viticulteurs et dégusterons de délicieux petits plats.

— Euh… D'accord.

— Vous êtes libre samedi ?

— Oui.

— Je viendrai vous chercher à 11 heures.

9.

Lorsque Felicity passa prendre Callum, elle était persuadée qu'ils pouvaient être amis : tant qu'eux-mêmes savaient où ils en étaient, les habitants de Vickers Hill pouvaient penser ce qu'ils voulaient.

Mais, dès qu'elle le vit descendre l'allée fleurie de Luci, son assurance baissa d'un cran. Etait-ce cette profusion de couleurs qui accentuait sa virilité, ou la façon dont il remplissait son jean qui la bouleversait à ce point ?

Amis ! Il suffisait d'un peu de volonté. De toute façon, il le fallait. La fille dévergondée de l'Indian Pacific n'avait pas sa place à Vickers Hill. Après le départ de Callum, elle n'avait pas envie qu'on parle dans son dos ou, pire encore, qu'on la prenne en pitié.

D'ailleurs, elle avait le sentiment que c'était d'une amie dont Callum avait vraiment besoin, après l'épreuve qu'il venait de traverser. Elle ne doutait pas qu'il pouvait avoir toutes les femmes qu'il voulait, mais il n'était pas venu à Vickers Hill pour cela.

Elle s'arma de courage lorsqu'il ouvrit la portière et s'installa à côté d'elle.

— Salut !

Elle s'efforça de ne pas remarquer la façon dont son T-shirt épousait son ventre plat… C'était difficile, sachant ce qu'il y avait en dessous.

— Salut, dit-il. Vous êtes ravissante.

Elle portait une robe légère à motifs aztèques achetée avec Luci à Bondi.

Elle ne voyait pas ses yeux, dissimulés par des lunettes de soleil, mais cela ne l'empêcha pas de rougir.

— Merci, répliqua-t-elle, vous n'êtes pas mal non plus.

— Où m'emmenez-vous ?

— Dans une cave à vins. On nous servira un Riesling à tomber et mon menu préféré. Le civet de lapin vous fera pleurer de joie. Mais, d'abord, je voudrais vous faire visiter un peu la région.

— Ça me paraît un excellent programme. Allons-y !

Une heure plus tard, quand Felicity se gara dans le parking de l'établissement vinicole, elle n'avait jamais autant ri de sa vie. Pendant qu'elle sillonnait la vallée pour lui donner une vue d'ensemble du territoire environnant, Callum avait été un compagnon très amusant — un véritable Cal, en réalité.

Tout en dégustant le civet arrosé de riesling, ils parlèrent du cabinet. Ce ne fut qu'après le dessert que la conversation prit un tour plus personnel.

Un coude sur la table, le menton appuyé sur sa paume, Calum la contempla avec un demi-sourire.

— Comment se fait-il que personne n'ait encore pris le cœur de sainte Felicity ?

— Sainte Felicity ? répéta-t-elle en riant.

— Bien sûr ! N'êtes-vous pas la femme qui ne peut pas s'écarter du droit chemin ? J'ai l'impression que la ville vous canonisera un jour ou l'autre.

S'il avait su à quel point ses pensées étaient impures aujourd'hui, il aurait été choqué !

— Il faudra quand même que je sois morte pour que cela arrive.

Callum balaya l'objection de la main.

— Ce n'est qu'un détail ! Vos concitoyens vous adorent déjà littéralement. Plus sérieusement, dites-moi si vous êtes née à Vickers Hill.

— J'y suis née, j'y ai grandi, j'y ai été scolarisée. Je n'en suis pas partie que pour faire mes études à Adelaide.

— Et ensuite, vous êtes revenue pour consacrer tous les moments éveillés de votre vie au bon peuple de Vickers Hill ?

Elle se mit à rire.

— Non. J'ai travaillé à Adelaide pendant sept ans.

— Laissez-moi deviner… Vous êtes revenue parce que vous faisiez un burn-out ?

Elle secoua la tête.

— Ne me dites pas que sainte Felicity a été virée !

— Non !

— Vous vous êtes droguée, c'est ça ? Vous pouvez me le dire, je resterai muet comme une tombe.

— Non ! Encore un effort.

Plissant les yeux, il scruta son visage un long moment.

— C'est à cause d'un homme ? Il vous a brisé le cœur ?

L'espace de quelques secondes, elle cessa de respirer.

— Bingo.

Callum se rembrunit immédiatement.

— Désolé ! Je n'aurais pas dû plaisanter.

— Ne vous inquiétez pas, cette histoire date de quatre ans. C'est loin, maintenant.

En le disant, elle prit conscience qu'elle en avait vraiment terminé avec Ned. Elle avait souffert longtemps, mais elle pouvait jurer désormais que ses sentiments pour lui étaient morts. Elle était guérie !

— Combien de temps êtes-vous restés ensemble ? demanda Callum.

— Quatre ans. Ned était infirmier comme moi. Nous avons travaillé ensemble aux urgences. Au début, nous étions amis, mais cette amitié s'est muée peu à peu en amour.

— Que s'est-il passé pour que vous rompiez ?

A ce jour, elle ne le savait toujours pas très bien elle-même. Tout s'était passé très vite.

— Un jour, il m'a dit qu'il avait rencontré quelqu'un

d'autre. Juste comme ça… Nous devions passer nos vacances en Nouvelle-Zélande quelques semaines plus tard, et je pensais qu'il allait me demander en mariage.

Au souvenir de sa propre naïveté, elle émit un rire bref.

— Au moment où je lui demandais si son passeport était arrivé, reprit-elle, il m'a annoncé brusquement qu'il y avait une autre femme dans sa vie et qu'il voulait être avec elle.

Tendant le bras, Callum lui recouvrit la main de la sienne.

— Quel salaud !

Cette insulte inattendue arracha un rire à Felicity.

— Il m'a dit qu'il n'avait rien vu venir, qu'il n'avait jamais cherché à me tromper. Ce n'était pas son genre, en effet, et je l'ai cru.

— Nous sommes tous de pauvres types, commenta Callum. Au nom de la gent masculine tout entière, je vous présente mes plus plates excuses.

Elle rit de nouveau.

— Oh ! j'ai survécu ! Bien sûr, j'ai mis du temps à m'en remettre.

— Vous n'aviez rien soupçonné ?

— Non. Apparemment, il ne la connaissait que depuis un mois.

— Oups ! C'est ce qu'on appelle un coup de foudre.

— Il faut le croire, puisqu'ils se sont mariés un mois plus tard et qu'ils ont deux enfants.

— Et, vous, vous êtes rentrée chez vous.

— Oui. J'ai retrouvé mon ancienne chambre, la musique country de mon père à la radio et les petits plats de ma mère.

— Exactement la prescription du docteur, plaisanta Callum.

Elle hocha la tête.

Le premier mois, elle avait pris six kilos, qu'elle avait mis ensuite un an à perdre !

— Ensuite, continua-t-elle, le Dr Dawson m'a engagée. J'étais l'amie de Luci, et il ne pouvait pas me dire non, après que j'ai éclaté en sanglots devant lui, mais je lui en serai toujours reconnaissante. Il a été mon sauveur.

Le travail l'avait aidée à surmonter la souffrance quand elle avait juste envie de se rouler en boule sous sa couette. Il l'avait empêchée d'appeler Ned cent fois par jour pour lui hurler après jusqu'à ce qu'elle n'ait plus de voix.

— Vous avez eu de la chance, alors.

Le ton était neutre, mais la voix grave. Callum ne plaisantait plus. Bien sûr, il n'avait pas eu cette planche de salut quand sa vie avait volé en éclats. Son métier avait aidé Felicity à surmonter sa douleur, mais lui avait été obligé de renoncer au sien.

— C'est vrai, dit-elle.

Il secoua la tête, comme pour dissiper le nuage sombre qui les enveloppait.

— Pour ce que ça vaut, dit-il, je suis content que ce pauvre type n'ait pas été avec vous, le jour où vous êtes montée dans le train.

— Moi aussi, répliqua-t-elle en riant.

Soudain, l'atmosphère s'allégeait, comme s'ils étaient encore assis en face l'un de l'autre dans le wagon-restaurant.

— Et vous ? demanda-t-elle. Est-ce qu'une femme vous a jamais brisé le cœur ? Laissez-moi deviner… C'est vous qui enchaîniez les conquêtes féminines !

Callum posa une main sur sa poitrine.

— Sachez que Susie Watts m'a réduit en miettes quand j'avais neuf ans. Elle m'a laissée tomber pour Jimmy Jones parce qu'il avait un plus gros vélo que moi.

— Mon pauvre ! s'exclama Felicity en éclatant de rire, avant de se reprendre. Pardonnez-moi… C'est affreux !

— Vous n'avez pas vraiment l'air de me plaindre !

— C'est juste que je me disais…

— Vous vous disiez quoi ?

— Il s'appelait vraiment Jimmy Jones ? Ce nom évoque

un de ces bad boys qui attirent irrésistiblement les filles. Il n'y avait peut-être pas que son vélo qui était plus gros ?

— Oh non ! gémit Callum. C'est mal de frapper un homme à terre.

Elle rit de plus belle pendant que Callum sirotait son café, un petit sourire aux lèvres.

Dieu qu'il était sexy ! Tout en lui l'était, depuis sa coupe de cheveux jusqu'à la façon dont il la fixait, la tête légèrement penchée de côté.

— Vous n'avez pas répondu à ma question, dit-elle finalement. Est-ce qu'une femme vous a brisé le cœur, une fois adulte ?

— Pas vraiment, répondit-il en posant sa tasse sur la table.

— Vous êtes plutôt du genre don Juan, c'est ça ?

Elle l'imaginait parfaitement dans un bar de Sydney, assiégé par une meute de femmes.

— J'ai eu deux relations qui ont duré plus longtemps, expliqua-t-il, mais ce n'était pas le grand amour. Quand vous travaillez pendant de longues heures et étudiez le reste du temps, les sentiments passent au second plan. Mes liaisons étaient légères et amusantes le temps qu'elles duraient. Ensuite…

Il se tut brusquement.

Elle attendit un instant qu'il termine sa phrase puis insista.

— Et ensuite ?

— Après l'accident, reprit Callum en se redressant sur son siège, les gens ne savaient pas trop comment se comporter envers moi et, franchement, je n'étais pas facile à vivre. La plupart de mes amis médecins se sont éloignés. Je leur rappelais un peu trop que la vie peut basculer d'un instant à l'autre.

— Ils pensaient que vous étiez contagieux ?

Il haussa les épaules.

— Je crois que je représentais pour eux quelque chose comme le mauvais sort. Nous autres chirurgiens, nous ne jurons que par le succès et avons horreur de l'échec. En tout cas, nous n'aimons pas être confrontés à la malchance.

— C'était la même chose avec les femmes ?

— Non. Bizarrement, je n'ai jamais eu autant de succès… Jusqu'à ce que je m'aperçoive que 90 % d'entre elles couchaient avec moi par pitié.

— Oh ! Et les 10 % restantes ?

— Elles pensaient guérir l'homme aveugle grâce au sexe.

— Super !

— Comme vous dites. Ma libido en a pris un sacré coup. Après ça, j'ai arrêté les frais.

Elle savait qu'elle s'aventurait sur un terrain dangereux, mais l'infirmière en elle brûlait de rendre le sourire à Callum.

— Je peux vous assurer que votre appétit sexuel m'a paru tout à fait normal, plaisanta-t-elle.

Il posa les yeux sur ses lèvres.

— Oui… Parce que vous m'avez ressuscité.

Ces mots la ravirent et l'effrayèrent à la fois. Par bonheur, la serveuse vint débarrasser la table, dissipant la tension qui venait d'éclore entre eux.

Vers 16 heures, Felicity s'arrêta devant la maison de Luci.

— Prudence ! murmura Callum. Agent de sécurité en face !

Elle se mit à rire et adressa un signe de la main à Mme Smith qui arrosait son jardin.

Celle-ci avait été institutrice pendant près de trente ans. Elle n'avait pas perdu son regard furibond d'enseignante, celui qui transperçait ses élèves, leur faisant comprendre qu'elle savait exactement de quoi ils étaient coupables. Personne à Vickers Hill ne serait avisé de lui chercher querelle.

— Merci pour cette bonne journée, dit Callum en défaisant sa ceinture de sécurité. On devrait recommencer.

— C'est ce qu'on va faire. Je vous promets que, lorsque

vous repartirez pour Sydney, vous aurez vu tout ce qui vaut la peine de l'être ici.

Comme il souriait d'un air entendu, elle précisa très vite :

— Je ne suis pas incluse dans les visites !

— Dommage, fit-il en riant.

— Mme Smith est probablement en train de lire sur vos lèvres. Alors, un peu de bienséance, s'il vous plaît !

Hochant la tête, Callum prit un air grave, mais ses yeux pétillaient de malice.

— La prochaine fois, c'est moi qui ferai le chauffeur. Mais pas le week-end prochain, je suis de garde.

— Jeudi soir, je dois aller à une exposition nocturne des œuvres d'une amie à moi, une fille de la Clare Valley. Vous pourrez conduire si vous voulez.

— Heu…

— Votre enthousiasme est débordant, remarqua-t-elle avec un sourire. Bien sûr, elle n'expose pas à Adelaide ni à Sydney…

— Ce n'est pas cela. Mais je n'ai pas le droit de conduire la nuit. Dans l'obscurité, mon champ visuel est altéré à gauche.

— Pas de problème, c'est moi qui conduirai.

— Bien sûr que si, il y a un problème, grommela-t-il. J'ai l'impression d'être un adolescent soumis au couvre-feu par ses parents.

Sa frustration était presque palpable.

Elle aurait voulu l'apaiser, mais c'était sans doute la dernière chose qu'il attendait d'elle.

— J'imagine à quel point ce doit être pénible.

— Oui. A Sydney, je prenais sans cesse le taxi, mais je suppose qu'il n'y a pas de service Uber à Vickers Hill ?

— Non. Mais je peux parfaitement nous conduire jusqu'à Drayton jeudi soir.

— D'accord, mais je prendrai le volant la prochaine fois que nous sortirons dans la journée.

— C'est un rancart ?

Le mot avait jailli sans qu'elle y prenne garde. Rougissante, elle se mordit la lèvre.

— Euh... Au sens figuré, je veux dire.

— Bien entendu, répondit Callum en riant.

Entre cette gaffe et la présence de Mme Smith qui arpentait son jardin de long en large, elle avait soudain hâte que la journée soit finie.

— Je crois qu'il est temps que je vous quitte, dit-elle, sinon Mme Smith va braquer son tuyau dans notre direction.

Aussitôt, Callum posa la main sur la poignée de la portière.

— Bien sûr. Et encore merci !

A peine fut-il sorti, qu'elle se rappela le cadeau que M. Dunnich lui avait donné pour lui.

— Attendez ! lança-t-elle avant qu'il ne ferme la portière.

Il se pencha pour passer la tête dans la voiture.

— Quoi ? Mme Smith me fait le mauvais œil ?

Elle sourit et saisit une boîte de plastique contenant cinq tartes à la rhubarbe.

— C'est de la part d'Alf, dit-elle. Il m'a fait promettre de ne pas les garder pour moi... Vous n'avez pas idée à quel point ça a été dur.

— J'admire votre volonté, murmura-t-il en prenant la boîte.

A son regard, elle devina qu'il y avait bien d'autres choses qu'il appréciait en elle, et l'atmosphère entre eux se chargea brusquement d'électricité.

— Vous avez tort, répliqua-t-elle, parce qu'il y en avait six. J'en ai mangé une.

Callum émit un gloussement de joie.

— Parfois, il est bon de se laisser aller ! C'est aussi ce que j'apprécie en vous.

Faisait-il allusion à la façon dont elle s'était abandonnée cette nuit-là ? A cet instant, elle aurait juré qu'elle percevait le tangage du train...

Puis Callum se redressa, et ce fut la voiture qui fut

légèrement secouée lorsqu'il claqua doucement la portière. Il adressa un signe de la main à Mme Smith qui le foudroya du regard, puis il remonta à grands pas l'allée fleurie de Luci.

Deux semaines de passées…

Il en restait six.

10.

Les journées s'écoulaient avec une régularité que Callum commençait à apprécier.

Jusqu'alors, il s'était imaginé que, s'il ralentissait la cadence, il aurait tout le temps de s'apitoyer sur son triste sort. Cela aurait sans doute été vrai à Sydney, mais ce rythme lent, typique de la province, lui procurait une satisfaction surprenante. Il prenait conscience qu'il n'avait pas besoin d'être physiquement occupé.

Ce qu'il lui fallait, c'était un défi mental. Autrefois, il l'avait trouvé dans la chirurgie, lorsqu'il devait prendre en compte chaque détail. Maintenant qu'il avait compris que la médecine générale impliquait la connaissance d'une multitude de détails infimes concernant la vie des patients, il retrouvait le même genre de sensations.

A Sydney, tout le monde attendait qu'il « rebondisse », qu'il redevienne l'homme qu'il était avant son accident. Tout lui rappelait ce qu'il ne pouvait plus avoir, alors qu'à Vickers Hill tout lui montrait ce qu'il pouvait conquérir.

Il était venu ici pour rompre le cycle infernal de l'autoflagellation, sans croire vraiment que ce serait possible. Mais ce jeudi, alors qu'il sirotait tranquillement son café dans le jardin de Luci, il commençait à l'espérer.

Qui sait ? Felicity et lui pourraient même être amis…

Au cabinet, ils se comportaient de façon tout à fait professionnelle, en tout cas. Lorsqu'elle était l'« infirmière », il n'avait aucun mal à garder les idées claires. Tout le monde l'appelait « Flick », elle était toujours vêtue d'un pantalon et d'un polo bleu marine, ses cheveux étaient réunis en une queue-de-cheval, et les gens s'adressaient à elle avec une familiarité affectueuse. Selon un accord tacite, ils ne faisaient jamais allusion au train ou à ce qui s'était passé dans la voiture le samedi précédent.

Ce soir-là, ils devaient se rendre ensemble à l'exposition. Bill et Julia Dawson y seraient aussi, ainsi qu'une dizaine de patients du cabinet. Bien sûr, si Felicity l'avait invité à y aller avec elle, c'était sans doute par pure gentillesse envers le nouveau venu qu'il était…

Quoi qu'il en soit, la perspective de cette soirée lui plaisait infiniment.

Malheureusement, ce ne fut pas Flick qui passa le prendre, mais bel et bien Felicity.

Elle portait la petite robe du train… Ou peut-être n'était-ce pas exactement la même, mais elle lui ressemblait beaucoup. La coupe était moulante et le décolleté plongeant. Il y avait aussi un nœud sur le côté, dont il se demanda aussitôt ce qui se passerait si on tirait dessus.

D'accord, ce n'était pas la robe du train. Il se serait souvenu de ce nœud. Felicity savait-elle à quel point ce bout de ruban était troublant ? Avait-elle choisi cette tenue pour l'exciter ?

Sans doute n'avait-elle pas souvent l'occasion de s'habiller à Vickers Hill, alors pourquoi n'en aurait-elle pas profité ?

Lorsqu'il s'installa près d'elle dans la voiture, son parfum l'enveloppa, emplissant son cerveau de délicates senteurs et de très mauvaises idées.

— Vous êtes… Super ! dit-il en lui souriant.

— Merci.

Elle se pencha pour mettre sa ceinture de sécurité, mais il eut le temps de voir qu'elle s'était rembrunie.

Avait-elle espéré un autre commentaire ?

Malheureusement, « super » était le terme le plus poli qu'il avait trouvé. Ensuite, il y avait « sexy », puis d'autres mots tout à fait inconvenants.

— Je m'inquiète pour Lizzy Dunnich, dit-elle en démarrant.

Il était difficile de se concentrer sur les patients du cabinet quand Felicity ressemblait tellement à l'inconnue du train. Mais, au moins, cela pouvait l'aider à établir une distinction entre les deux femmes très différentes qui occupaient son esprit.

— Elle ne va pas bien ?

— Non. Rien de spécifique, en tout cas. C'est juste une intuition. Tout ce qu'elle dit, c'est qu'elle est épuisée. Mais Bailey, leur labrador, ne la quitte plus. Je crains qu'il ne ressente quelque chose que nous ignorons.

Callum écarquilla les yeux.

Il n'avait jamais eu de chien, et du temps où il était chirurgien, ce genre d'information ne lui serait jamais parvenue. Il avait cependant lu suffisamment d'articles sur la connexion entre les chiens et leurs maîtres pour comprendre l'inquiétude de Felicity.

— Vous pensez qu'elle peut être…

— Oui.

Il savait à quel point elle était attachée à la population de Vickers Hill.

— Elle a quatre-vingt-six ans, lui rappela-t-il gentiment. Et elle a déjà fait un infarctus.

— Oui, répondit Felicity, les yeux fixés sur la route.

Elle serrait si fort le volant que ses articulations blanchissaient.

En tant que chirurgien, il avait perdu des patients. Peu avant son accident, la dernière était une femme de cinquante-huit ans. Elle présentait une dissection de l'aorte abdominale. Ils avaient eu beau l'opérer en urgence, il n'avait pas pu stopper l'hémorragie. Le décès de cette femme avait constitué une perte sur le plan professionnel, mais pas personnel. Il ne l'avait pas connue, n'avait pas mangé ses tartelettes à la rhubarbe confectionnées selon une recette familiale. Il n'avait pas rencontré son mari. Ensuite, il avait encore trois interventions qui l'attendaient, aussi cette patiente avait-elle été rapidement placée dans la catégorie des personnes « inopérables ».

— On pourrait lui rendre visite samedi, suggéra-t-il. Je suis de garde, si bien…

— Vous seriez d'accord ? l'interrompit-elle.

— Bien sûr.

Laissant échapper un long soupir, elle lui jeta un coup d'œil de côté.

— Merci.

La vision nocturne de Callum n'était pas parfaite, mais il avait eu le temps de distinguer ses yeux noyés de larmes.

Jamais il n'avait rencontré une femme qui manifeste ses émotions aussi ouvertement. Autrefois, il aurait pris ses jambes à son cou. Ce soir… Il avait simplement envie de la serrer contre lui.

Lorsqu'ils arrivèrent sur le lieu de l'exposition, Felicity ressassait encore le terme « super » utilisé par Callum.

Elle aurait dû se réjouir qu'il lui ait proposé de passer voir Mme Dunnich. Pourtant, c'était ce « super » qui dominait ses pensées. Maintenant, elle comprenait que Callum ait été déçu quand elle avait utilisé le même mot insipide pour décrire leur nuit d'amour.

Pourquoi s'en soucier ? Après tout, ils étaient amis, et elle n'avait pas l'intention de le séduire. Certainement pas !

Elle avait choisi cette robe parce qu'elle n'avait pas souvent l'occasion de bien s'habiller, n'importe qui en aurait fait autant. Cela faisait partie des petites joies que l'on peut s'offrir, comme la lingerie de luxe et les chocolats fins. Bon sang, elle s'était apprêtée pour son propre plaisir !

Mais, ensuite, Callum avait dit qu'elle était « super », et elle avait dû admettre que, peut-être, tout au fond de son subconscient, elle avait eu envie de lui plaire.

— J'aperçois Bill et Julia, remarqua Callum en la prenant par le coude.

Elle balaya du regard la ferme transformée en galerie d'art.

Des centaines de mètres de velours chamoisé tapissaient les murs de façon à mettre les tableaux en valeur. Il y avait aussi des brocarts dorés, des fauteuils confortables et des lampes modernes recouvertes de mousseline pour créer une lumière tamisée et intime. Des femmes aux formes voluptueuses portant corset et bas résille circulaient parmi la foule avec des plateaux chargés de coupes de champagne et de petits toasts.

On aurait pu être dans n'importe quelle galerie à la mode, pourtant elle connaissait les trois quarts des invités. Les autres habitaient probablement à Adelaide. Les expositions de Veronica étaient très appréciées, on venait de loin pour les voir.

— Vous voulez du champagne ? fit la voix de Callum, toute près de son oreille.

Aussitôt, elle sentit ses cheveux se dresser sur sa nuque.

Lorsqu'il l'approchait d'aussi près, il mettait gravement en péril son équilibre. Elle sentait sa chaleur, des effluves citronnées parvenaient jusqu'à ses narines, et une haleine tiède lui caressait la tempe.

Elle battit des paupières, luttant contre l'envie urgente de se laisser aller contre lui, ce qui ne manquerait pas d'alimenter les potins.

Elle toussota pour s'éclaircir la gorge.

— Très volontiers, merci.

— Ne bougez pas, souffla-t-il.

Il y avait peu de chance qu'elle le fasse, avec des jambes aussi inutiles que deux spaghettis mouillés. Elle le regarda s'éloigner.

Vêtu d'un costume brun et d'une chemise pourpre, Callum était plus « branché », élégant et stylé que tous les autres hommes présents, même ceux qui n'étaient pas du coin et qui arboraient un genre artiste. Il incarnait l'élégance urbaine. La façon dont son pantalon suivait la courbe de ses fesses aurait dû lui valoir une amende…

Lorsqu'il revint, elle bavardait avec une vieille amie de Vickers Hill, et le terrain lui semblait moins glissant. Pendant tout le reste de la soirée, alors qu'ils passaient d'un tableau à l'autre, il y eut toujours une connaissance pour se joindre à eux et les empêcher de se retrouver seuls.

Il fallait éviter cela à tout prix ! Les gens les surveillaient de près, et elle faisait un effort surhumain pour maintenir entre eux une conversation aussi anodine qu'amicale.

Elle devait faire très attention aux indices non verbaux. Tout en parlant d'art avec lui, elle réprimait l'envie de le toucher, ce qui s'avérait très difficile. Elle devait sans cesse se retenir de poser la main sur le bras de Callum.

Elle aurait vraiment mérité une médaille pour son interprétation de la bonne copine !

Finalement, elle présenta Callum à Veronica, qu'elle n'avait pas pu approcher de toute la soirée, tant celle-ci était accaparée par ses admirateurs.

— C'est fabuleux, lui dit-elle en l'embrassant. Tu dois être ravie.

Vêtue d'un kaftan, de grandes créoles aux oreilles, l'artiste l'enveloppa d'une étreinte affectueuse.

— Je suis au septième ciel, ma chérie. J'ai vendu tous mes tableaux ! D'ici à la fin de la soirée, les pompiers de Clare Valley auront un paquet de fric dans leur caisse.

— C'est extraordinaire. Bientôt, ils te remettront les clés de la vallée, plaisanta Felicity.

— Tant qu'on m'ouvre la porte des caves, tout va bien !

Veronica éclata d'un rire plein d'autodérision avant d'accorder toute son attention à Callum.

— Bonjour ! Alors, vous êtes le mec que Flick se fait ?

Felicity faillit avaler son champagne de travers.

— Veronica !

Callum riait, la tête rejetée en arrière.

— Quoi ? demanda Veronica avec une expression faussement innocente. Ce que j'essaie de te dire, c'est que je t'approuve, ma chérie ! Si tu dois faire scandale en ville, autant que ça en vaille la peine. Salut, ajouta-t-elle en tendant la main à Callum. Je suis Veronica.

— Callum, pour vous servir.

— Callum, hein ? Je vous trouve plutôt une tête de Cal.

Callum arbora un sourire qui donna à Felicity l'envie de lui marcher sur le pied.

— Je prends cela pour un compliment, dit-il.

Veronica se tourna vers elle.

— Je parie qu'il est bon au lit.

Felicity regarda autour d'elle, espérant que personne n'avait entendu. Elle avait oublié à quel point les propos de Veronica pouvaient être scandaleux.

— Je n'en ai aucune idée, dit-elle entre ses dents. La rumeur ment, comme d'habitude.

Callum — Cal — éclata d'un rire sonore.

— Eh bien, tu devrais la confirmer, murmura Veronica en mangeant Callum des yeux. Quand on ne peut pas lutter contre les potins, autant faire en sorte qu'ils soient vrais.

Felicity commençait à regretter d'avoir présenté Callum à Veronica. La façon dont celle-ci le contemplait éveillait en elle un sentiment qui ressemblait fort à de la jalousie.

Par bonheur, un couple venait dans leur direction avec l'intention évidente de monopoliser l'artiste.

— Des acheteurs ! s'écria-t-elle. Il ne faut pas que notre présence les gêne.

Prenant le bras de Callum, elle l'entraîna plus loin, poursuivie par le rire de Veronica, que la manœuvre n'avait visiblement pas abusée.

Ils se retrouvèrent dans un coin de la salle, près d'une lampe qui diffusait une lumière douce.

Elle ne savait que dire à Callum, après que Veronica se fut montrée si directe. Devait-elle s'excuser pour son amie, expliquer qu'elle adorait scandaliser les gens ?

— Veronica est une sacrée rigolote, remarqua-t-il.

— Je suis désolée si elle vous a choqué.

— Pas le moins du monde ! Je la trouve géniale.

Sans doute Veronica était-elle davantage le type de Callum qu'elle-même. Avant son accident, il devait sortir avec des filles comme elle, extravagantes et aguicheuses, mondaines, sûres d'elles et de leur attrait sexuel.

— Elle est superbe, non ? Je veux dire… Très sexy.

— Vraiment ?

— Une femme peut apprécier la séduction d'une autre femme, répliqua-t-elle en rougissant.

— Je suis totalement d'accord, surtout si cela vient de quelqu'un tout aussi sexy.

Elle était sexy, maintenant, pas seulement super ?

— Qui ? Moi ? s'enquit-elle d'une voix suave. Je croyais que j'étais « super ».

— Ah ! Désolé, le terme n'était pas vraiment approprié. Mais, croyez-moi, c'était le plus décent que j'aie trouvé.

Cet aveu lui réchauffa le cœur, ainsi que certaines autres parties de son anatomie.

Elle aurait dû en rester là mais, en elle, le côté obscur voulait savoir ce qu'il pensait de sa robe noire.

— Ah bon ?

Callum regarda autour de lui avant de se pencher vers elle.

— Ce n'est pas le genre de choses qu'on dit en public, murmura-t-il.

Elle se rapprocha de lui, comme attirée par un fil invisible dans une bulle privée qui les coupait du reste des gens.

— Vous pourriez peut-être les chuchoter ? suggéra-t-elle.

Elle aurait juré sentir le sourire de Callum lorsqu'il

s'inclina jusqu'à lui frôler l'oreille. Lorsqu'il prononça le « très vilain mot », elle cessa de respirer.

Ce n'était pas du Shakespeare. C'était brutal, cru, primaire.

— Et, pour ce que ça vaut, ajouta-t-il en la fixant, vous êtes la plus sexy des femmes présentes ce soir.

De nouveau, les jambes de Felicity menacèrent de la trahir.

— Ah ! Vous êtes là ! dit Julia en passant un bras autour de sa taille. Cal, je vous l'emprunte un instant. Je vais payer mon tableau, et quelqu'un doit m'empêcher d'en acheter un autre. Flick a la poigne et l'autorité nécessaires pour cela.

Felicity ne put faire autrement que la suivre, mais elle jeta un coup d'œil par-dessus son épaule.

Callum la regardait, les yeux brûlants de désir.

Comment parviendraient-ils à rentrer sans se sauter mutuellement dessus ? Elle n'en avait aucune idée.

11.

Ils partirent une heure plus tard. Une heure que Felicity avait passée le plus loin possible de Callum de façon à reprendre le contrôle de ses sens.

Désormais, il était clair que leur attraction mutuelle était un obstacle majeur à l'amitié qu'elle avait espéré voir se nouer entre eux. Mais cela n'impliquait pas pour autant qu'ils doivent succomber à la tentation.

Bien sûr, une liaison n'était pas impossible, mais elle n'avait jamais été tentée par les relations sexuelles occasionnelles. Pour elle, le sexe était intimement lié à l'amour. Callum, au contraire, avait admis ne s'être jamais engagé dans quelque chose de durable. Pendant ses heures sombres, il avait accumulé les conquêtes féminines, et aujourd'hui encore il ne se projetait pas dans l'avenir avec une femme.

Il était clair que, s'ils couchaient ensemble, elle serait la plus amoureuse des deux. Elle l'aimait déjà plus qu'il ne l'aurait fallu, surtout depuis qu'il lui avait montré qu'il pouvait devenir un bon médecin. Que deviendrait-elle après son départ ?

Elle s'était toujours sentie en sécurité à Vickers Hill. C'était là qu'elle s'était réfugiée après sa rupture avec Ned, là qu'elle avait pu retomber sur ses pieds. Elle ne voulait pas être obligée de s'en aller parce qu'y rester deviendrait trop douloureux. Elle ne s'aventurerait donc pas sur ce terrain.

Lorsqu'elle raccompagnerait Callum chez lui, il faudrait trouver le moyen d'orienter la soirée dans une autre direction. Pour cela, le choix d'un bon sujet de conversation était essentiel…

— Parlez-moi de votre frère, demanda-t-elle quand la voiture sortit du parking.

Callum fronça les sourcils, visiblement pris de court.

— Vraiment, vous voulez que je vous parle de lui ?

Elle ne quitta pas la route des yeux.

— Exactement.

L'espace d'un instant, le temps sembla suspendre son vol. Il se tut durant si longtemps qu'elle se demanda ce qu'il allait faire. Poser sa main sur sa cuisse, par exemple, et faire voler en éclats toutes ses défenses ?

Finalement, Callum laissa échapper un long soupir.

— Que voulez-vous savoir ?

— Tout ! Finalement, notre Luci vit sous le même toit que lui, et je pense que quelqu'un doit se renseigner.

— Au cas où il serait un tueur en série ?

Elle ignora l'ironie.

— Absolument.

— Pas de question spécifique ? Le mot « tout » est un peu large.

— Il est votre aîné ou votre cadet ?

— Il a trois ans de moins que moi.

— Et il habite chez vous ?

— Non. Il ne vit nulle part en particulier. Mon appartement est son point de chute chaque fois qu'il passe à Sydney.

— Si je comprends bien, c'est un SDF ?

Le rire de Callum résonna dans la voiture.

— Non. Il possède un bateau sur lequel il projette de vivre.

— Il a un métier pour subvenir à ses besoins ?

— Oui. Il est médecin. Il travaille pour le ministère de la Santé dans les centres de santé communautaires, le plus souvent en zone rurale. C'est pourquoi il voyage beaucoup.

— C'est pour la même raison qu'il n'a pas son propre logement ?

— Oui. Mais c'est aussi dû au fait qu'il est allergique à toute forme d'installation depuis que sa petite amie enceinte est morte renversée par une voiture, il y a quelques années.

— Mon Dieu ! C'est affreux !

— Oui. Après cela, il a beaucoup changé. Il a vendu sa maison, acheté une moto et un bateau délabré, puis il s'est mis à travailler un peu partout.

Elle ne doutait pas qu'un tel drame puisse changer quelqu'un irrévocablement. Apparemment, les frères Hollingsworth étaient enclins à la fuite.

— Si je comprends bien, c'est le genre à aller là où le vent le pousse, constata-t-elle.

— Ça le résume assez bien, en effet.

— Vous êtes proches ?

— Pas vraiment, mais notre relation est solide et fondée sur le respect mutuel de nos espaces respectifs.

C'était plutôt vague… Et triste.

Comme elle se taisait, Callum reprit la parole.

— Eh bien ? Est-ce que Seb vous semble plus fréquentable, maintenant que vous connaissez son passé tragique ? plaisanta-t-il.

Mais elle ne trouvait pas ça drôle.

— Vous ne devriez pas en parler à la légère, répliqua-t-elle, consciente qu'elle allait lui sembler bien rigide.

— C'est bon ! dit Callum en riant. Seb m'envoie chaque année une brochure sur les chiens d'aveugles. Nous sommes potes et nous rions ensemble de nos misères.

Elle leva les yeux au ciel.

Les hommes ! Elle avait toujours regretté de ne pas avoir de frère, mais elle n'en était plus aussi sûre…

— Alors ? demanda Callum. Vous n'avez pas répondu à ma question.

Le fait d'en savoir un peu plus sur Seb était réconfortant. Elle espérait seulement que Luci n'allait pas céder à l'attrait de l'homme blessé. Celle-ci sortait d'un divorce douloureux, et Seb Hollingsworth ne semblait pas prêt à s'engager dans une relation amoureuse. Pas plus que son frère…

— Je ne vais pas téléphoner à Luci pour lui dire de quitter l'appartement le plus vite possible, si c'est ce que vous voulez savoir.

— Tant mieux. J'ai cru comprendre qu'ils s'entendent bien, de toute façon. Si ce n'était pas le cas, il vivrait sans doute sur son bateau. Et, s'il était vraiment désespéré, il irait chez nos parents.

— Ils sont en froid ?

— Disons que leurs relations sont tendues.

— Ils n'approuvent pas son mode de vie ?

— Ils n'approuvent pas son choix de carrière. Il les a déçus. Ils sont chirurgiens… En fait, tous les Hollingsworth le sont, précisa Callum sur un ton empreint d'amertume.

— En tout cas, ils doivent être fiers de vous, puisque vous avez respecté la tradition familiale.

— Ils l'étaient.

— Quoi ?

Ne l'avaient-ils pas soutenu pendant cette épreuve ?

— Ils estiment que j'ai abandonné trop facilement.

Sans réfléchir, elle posa la main sur le bras de Callum.

— Je suis désolée.

— Il n'y a pas de problème, affirma-t-il en haussant les épaules. Je suis habitué à leur indifférence. Nous le sommes tous les deux. Disons qu'ils ne sont pas du bois dont on fait les parents. Seb et moi avons grandi avec des privilèges que beaucoup de copains autour de nous n'avaient pas. Nous ne manquions de rien.

Matériellement, sans doute. Mais pas besoin d'être psychologue pour savoir que les enfants ont besoin de parents aimants et investis dans leur éducation.

— D'ailleurs, continua Callum, nous n'avons pas trop mal tourné malgré eux. Moi, en tout cas, ajouta-t-il avec un petit sourire. Pour ce qui est de Seb, on attend encore le verdict du jury.

Elle ne put s'empêcher de sourire à son tour.

Quand Callum Hollingsworth jouait les séducteurs, il était difficile de résister à son charme.

— Oui, murmura-t-elle, vous avez bien tourné.

Lui jetant un coup d'œil de côté, elle vit qu'il arborait un air triomphant.

L'espace d'un instant, son cœur battit plus vite, et elle se concentra sur la route. Les phares illuminaient les troncs blancs des gommiers, leur conférant un aspect fantomatique.

Callum se tut un instant.

— A propos de tout à l'heure…, commença-t-il.

— Non ! l'interrompit-elle. N'en parlons plus jamais, d'accord ?

Que ferait-elle s'il lui demandait de coucher avec lui, là, tout de suite ?

— On dirait qu'on fait ça tout le temps, dit-il après un silence. Eviter de parler de ce qui se passe entre nous. Je ne suis pas sûr que ce soit très sain.

— Je ne le nie pas ! Je l'ignore, c'est tout.

— Qu'est-ce que vous ne niez pas ? Cette attirance mutuelle qui nous pousse dans les bras l'un de l'autre ?

Elle retint son souffle.

— Oui, marmonna-t-elle, les mains crispées sur le volant. Mais, dans la mesure où il ne s'est rien passé tout à l'heure, je ne vois pas pourquoi on en discuterait.

Elle mentait, et elle le savait. Callum n'avait-il pas réussi à l'exciter rien qu'en lui glissant un petit mot indécent au creux de l'oreille au milieu de la salle bondée de monde ?

Il émit un rire bref.

— Là, c'est vraiment du déni !

Touchée !

Maintenant, soit elle reprenait tranquillement le cours de la conversation, soit elle se garait sur le bas-côté pour qu'il lui prouve qu'il ne parlait pas pour ne rien dire… Soit elle branchait la radio et n'ouvrait plus la bouche.

Elle choisit la dernière solution.

Le samedi matin, dans le jardin des Dunnich, Callum téléphona à Felicity.

— Salut ! fit-elle d'une voix enjouée.

Elle avait eu ce ton toute la journée, la veille. Enjoué. Abominablement joyeux… Au début, cela l'avait amusé, avant de l'agacer prodigieusement. Il n'avait jamais rencontré une femme aussi déterminée à le tenir à distance.

— Que se passe-t-il ? demanda-t-elle.

Il aurait voulu ne rien lui dire, continuer de profiter du soleil de novembre qui lui caressait la nuque, respirer l'arôme des roses et écouter le bourdonnement des abeilles.

— Callum ?

— Je suis chez Alf.

Il y eut un silence à l'autre bout du fil.

— Que s'est-il passé ?

La voix était sourde et résignée, maintenant.

Il jeta un coup d'œil par-dessus son épaule. La silhouette d'Alf se dessinait dans l'entrée, où le vieil homme était en train de téléphoner.

— C'est Lizzy… Elle a fait un infarctus massif.

— J'arrive tout de suite, répliqua Felicity avant de raccrocher.

Il glissa son téléphone dans la poche de son pantalon avant de rentrer dans la maison, où la fraîcheur et une relative pénombre contrastaient avec la matinée ensoleillée qui régnait à l'extérieur.

— Je parlais avec notre fille qui habite à Adelaide, expliqua Alf. Elle met tout le monde au courant avant de prendre la route. Vous pensez que Lizzy va… Elle tiendra jusqu'à ce que toute la famille soit réunie, Doc ?

Callum était déjà surpris que Lizzy ait tenu aussi longtemps. Sa respiration était affectée par la crise cardiaque, mais elle s'était un peu améliorée depuis qu'il lui avait mis des lunettes à oxygène. Il ne pensait pourtant pas que la patiente vivrait plus que quelques heures.

Il pressa amicalement l'épaule d'Alf. A cet instant, le vieil homme avait surtout besoin d'espoir.

— Je suis sûr que oui, Alf.

Celui-ci hocha la tête, les lèvres tremblantes.

— Vous avez prévenu Flick ?

— Oui, elle devrait arriver d'une minute à l'autre.

— Merci.

Alf se tourna vers la porte de la chambre et se redressa comme s'il allait livrer une bataille.

Comment un homme était-il censé faire ses adieux à l'épouse avec laquelle il vivait depuis plus de soixante ans ?

— Je retourne auprès d'elle.

— Bien sûr.

Callum avait du mal à rester ainsi sans rien faire, pendant qu'un patient s'en allait lentement. Il était habitué à agir, à sauver des vies.

Mais Alf avait été catégorique. Les directives anticipées de Lizzy étaient claires : en cas de nouvel infarctus, elle se refusait à tout acharnement thérapeutique destiné à prolonger sa vie.

— Elle veut être ici, entourée de toute sa famille, avait dit Alf après qu'il eut posé son diagnostic.

Callum comprenait tout cela, mais il ignorait ce que le vieil homme attendait de lui à cet instant précis. Assister à des adieux aussi intimes relevait de l'intrusion, mais il savait aussi qu'il ne pouvait pas le quitter maintenant.

C'est pour cette raison qu'il avait suggéré que Felicity vienne et reste avec lui jusqu'à l'arrivée de la famille. Alf s'était empressé d'accepter.

— Je peux vous apporter une tasse de thé ou quelque chose ?

— Non merci, Doc, répliqua Alf en se glissant dans la chambre.

Callum fut submergé par un sentiment d'impuissance familier. Il avait ressenti la même chose lorsqu'il avait commencé à évaluer les conséquences de son accident.

Il se dirigea vers la porte et remit ses lunettes teintées pour se protéger du soleil qui transperçait sa pupille dilatée à la façon d'un poignard. Il était pressé que Felicity arrive.

Elle, au moins, elle saurait quoi faire !

Des effluves floraux lui chatouillèrent les sens, et son regard se laissa captiver par la beauté du jardin.

Une tonnelle à laquelle s'agrippaient des rosiers grimpants formait un demi-cercle au-dessus du portail. Etaient-ce les roses que Lizzy aimait tant ? De couleur champagne, elles étaient ravissantes et plus petites que celles qui croissaient dans les buissons. Tout comme Lizzy, elles étaient délicates et féminines…

Une idée lui vint : peut-être pourrait-il apporter sa contribution en remplissant la chambre de Lizzy des arômes de ses roses bien-aimées ? Qui savait ce qu'elle pouvait entendre, voir et sentir ?

Un petit sourire aux lèvres, il retourna dans la maison et gagna la cuisine en quête de ciseaux.

Après avoir trouvé dans un tiroir ce qu'il cherchait, il ressortit. S'arrêtant devant le premier massif, il coupa une fleur épanouie. Il continua ensuite sa cueillette, ne sachant trop ce qu'il faisait, sauf qu'il évitait les épines et s'efforçait de varier les couleurs.

L'arrivée de Felicity lui procura un soulagement intense.

— Salut ! dit-elle en poussant le portail.

— Salut.

Avec ses sandales, son short en jean et son débardeur, elle était Flick, et c'était exactement ce dont il avait besoin.

— Je suis désolé de vous avoir appelée…

— Vous avez eu raison ! Elle est…

— Non. Elle est inconsciente, mais elle tient bon. La famille doit arriver d'Adelaide, et j'ai pensé qu'elle avait besoin d'un visage familier en attendant.

— Bien sûr. Que s'est-il passé exactement ?

— Nous bavardions dans le jardin. Alf et moi, nous avons laissé Lizzy et Bailey un instant parce qu'il voulait me montrer ses vignes. Nous étions partis depuis deux minutes, quand Bailey s'est mis à aboyer. Alf a tout de suite compris ce qui se passait. Quand nous sommes arrivés, Lizzy était affaissée dans son fauteuil roulant, inconsciente.

— Pauvre M. Dunnich, murmura Felicity.

— Il a été formidablement courageux.

— Oui, il a été élevé à la dure, comme beaucoup d'hommes de son âge dans la région. Et vous ? Ça va ?

La question prit Callum de court. Aucun confrère ne lui avait jamais demandé s'il supportait bien une situation, dans un cadre professionnel. Parfois, les choses tournaient mal, et on ne pouvait que s'incliner.

— Oui, merci. Ça va mieux, maintenant que vous êtes là.

Il ne connaissait les Dunnich que depuis peu de temps, mais il avait été très ému par la gentillesse d'Alf lorsqu'il avait étendu sa femme sur leur lit et lui avait doucement caressé les cheveux.

Felicity jeta un coup d'œil aux ciseaux et aux tiges qu'il avait déjà coupées.

— Je ne savais pas quoi faire d'autre, expliqua-t-il, un peu gêné. Tout ce que je sais à propos de Lizzy, c'est qu'elle adore les roses, alors j'ai pensé…

— C'est une merveilleuse idée, assura Felicity, les yeux humides de larmes. Je suis certaine que Lizzy apprécierait cette initiative.

La poitrine de Callum se gonfla. Pendant qu'il cueillait ces jolies fleurs, il avait plutôt eu l'impression d'être un éléphant dans un magasin de porcelaines. Le compliment de Felicity justifiait son instinct.

— Déposez-les dans la cuisine, si vous voulez. Je trouverai un vase.

— Je m'en charge.

Felicity fronça légèrement les sourcils.

— Oh ! Très bien. Merci.

Ce fut au tour de Callum de froncer les sourcils. Après tout, il ignorait tout des règles de la politesse en cours dans la région.

— Vous êtes sûre ? C'est bien ?

— Bien sûr… Simplement, je ne pensais pas que vous voudriez vous attarder. Vous n'êtes pas obligé, vous savez ?

Elle lui tendait une perche.

Trois semaines auparavant, il aurait sauté sur l'occasion de s'esquiver. Après tout, c'était aux infirmières d'assurer le confort du patient et de s'occuper des proches.

Mais, grâce à Felicity, il n'était plus la même personne.

— Je préfère rester, du moins si je ne dérange pas.

Elle lui tapota le bras.

— C'est une très bonne idée, au contraire, dit-elle avec un sourire.

Il posa les yeux sur sa main, étonné qu'elle lui procure autant de réconfort.

— Elle est dans sa chambre ? demanda Felicity.

Il hocha la tête.

— A tout à l'heure, murmura-t-elle.

S'écartant de lui, elle le contourna pour rentrer dans la maison.

Il avait l'impression que l'empreinte de sa main marquait encore sa peau… Un peu à la façon dont Felicity avait marqué sa vie.

En l'espace de quelques semaines, la femme du train lui en avait appris davantage sur lui-même qu'en plus de trente ans. Il en savait plus sur le métier de médecin et sur toutes les choses vraiment essentielles. Quoi qui se passe — ou ne se passe pas — entre eux, il était certain d'une chose : jamais il n'oublierait Felicity Mitchell.

Un quart d'heure plus tard, Callum entra dans la chambre. Il avait trouvé un vase sous l'évier et disposé les fleurs comme il le pouvait. Ce n'était pas l'arrangement floral du siècle, mais il n'était pas mécontent.

Il les plaça sur une coiffeuse ancienne avant de se tourner vers Alf, qui était assis au chevet de son épouse et lui tenait la main.

— Merci, Doc, dit le vieil homme. Lizzy adore ses roses. N'est-ce pas, ma chérie ?

Pendant les deux heures qui suivirent, Callum écouta Alf évoquer de nombreuses anecdotes qui avaient ponctué sa vie et celle de sa femme. Parfois, sa voix tremblait, et Callum devinait combien il devait lui être difficile de regarder sa bien-aimée s'en aller.

Quand les premiers membres de la famille arrivèrent, la respiration de Lizzy avait ralenti. Alf espérait qu'ils seraient tous là avant la fin, mais Callum n'était guère optimiste.

Felicity et lui se retirèrent dans la cuisine pour respecter leur intimité. Ils parlèrent peu, se contentant de préparer du thé et du café et de remplir les tasses dès qu'elles étaient vides. A midi, ils confectionnèrent des sandwichs, et plus tard, à l'heure du thé, ils avaient assez cuisiné pour nourrir tout le monde.

Vers 16 heures, la famille était réunie.

Callum s'émerveillait de la résistance de Lizzy, qui avait attendu que tous les siens soient autour d'elle pour rendre son dernier soupir.

Felicity et lui lavaient la vaisselle quand Bailey hurla à la mort.

Callum sentit ses cheveux se hérisser sur sa nuque, et Felicity se figea, comme pétrifiée.

Sachant combien elle était proche des Dunnich, il voulut la réconforter. Il hésita un instant avant de la prendre par les épaules.

Elle était si raide qu'on aurait dit qu'elle allait se briser en mille morceaux.

— Je suis désolé, murmura-t-il.

Soudain, les épaules de Felicity se courbèrent, et elle se laissa aller contre lui, la tête sur son épaule.

Il déposa un baiser sur sa chevelure blonde et resta ainsi un long moment à lui caresser gentiment le bras.

Il aurait voulu faire plus, mais en réalité ils partageaient un moment bien plus intime que s'il avait tenté de la consoler avec des mots.

12.

Quand Callum se gara devant chez elle et coupa le moteur, Felicity regarda à travers la vitre.

Il était 19 heures, et les ombres des gommiers commençaient à s'allonger. Callum et elle étaient restés suffisamment longtemps pour informer les personnes qui devaient l'être et prendre les dispositions nécessaires, concernant l'enterrement de Lizzy. Elle voulait libérer Alf et sa famille de ce fardeau pour qu'ils puissent pleurer ensemble et se soutenir mutuellement. Elle avait prêté sa propre voiture à Alf pour que sa famille dispose d'un véhicule supplémentaire les jours suivants. Du coup, Callum l'avait raccompagnée chez elle.

— Je ne sais pas comment Alf va se débrouiller sans elle, murmura-t-elle. Il va falloir que nous veillions sur lui pendant un certain temps.

— Vous ne pensez pas qu'il pourrait tenter de…

— Non, mais ce ne serait pas la première fois qu'un époux ou une épouse meure très vite après son conjoint.

— Sa fille m'a dit qu'elle comptait rester auprès de lui jusqu'aux fêtes de Noël.

Noël… Elle avait du mal à croire que ce soit dans seulement cinq semaines.

— Tant mieux, dit-elle.

Ils se turent de nouveau. Elle regarda sa maison, qui semblait si tranquille et déserte après l'animation qui avait régné toute la journée dans celle d'Alf. D'ordinaire, elle ne détestait pas la solitude, mais ce soir…

— Vous voulez entrer pour boire un verre ? proposa-t-elle en se tournant vers Callum.

Il parut totalement interloqué.

— Il y a… Pas mal de raisons pour lesquelles il vaudrait mieux que je refuse l'invitation.

— J'ai besoin d'un verre. Un grand. Et, pour l'instant, je ne veux pas rester seule.

Leurs regards se croisèrent l'espace de quelques secondes. Elle ne savait pas très bien ce que Callum cherchait dans ses yeux, mais il parut satisfait parce qu'il défit sa ceinture de sécurité.

— Je pense que ça me fera le plus grand bien à moi aussi.

Un instant plus tard, elle ouvrait sa porte, contente qu'il n'y ait pas de Mme Smith dans les parages. Dans sa rue, les gens échangeaient aussi des ragots, mais ses voisins étaient pour la plupart jeunes, et bien trop occupés pour se soucier de ce qu'elle faisait chez elle.

— Vous avez été vraiment très bien avec la famille d'Alf, aujourd'hui, lui dit Callum en la suivant dans la salle de séjour.

— Je ne manque pas de pratique, répliqua-t-elle en leur versant à tous les deux une bonne rasade de son whisky préféré.

— Sans doute, mais je pensais que vous…

— Que j'allais m'effondrer en sanglotant ?

— Quand même pas ! Je craignais seulement que vous n'ayez du mal à vous maîtriser.

— En l'occurrence, mes propres sentiments ne comptent pas. J'aurais vraiment été égoïste si je les avais obligés à me consoler alors qu'ils ne devaient se préoccuper que d'eux-mêmes.

— Si bien que vous vous êtes retenue.

— Exactement. Allons ! Buvons ce verre avant de pleurer longuement sous la douche.

Elle plongea les yeux dans le liquide ambré.

Les larmes qu'elle avait réprimées depuis que Callum lui avait téléphoné le matin menaçaient de couler. Elle battit des paupières et tourna un instant le verre entre ses mains avant de le lever.

— A Lizzy !

Callum heurta son verre contre le sien.

— A Lizzy.

Elle vida la moitié du sien. L'alcool lui brûla la gorge et lui coupa le souffle.

— Vous aussi, vous avez été vraiment bien aujourd'hui, finit-elle par dire.

— J'ai eu un bon professeur, répliqua-t-il avec un sourire.

Elle émit un rire rauque, plus triste que joyeux. Cela lui déchira la poitrine là où elle avait eu mal toute la journée.

La mort de Lizzy lui causait un énorme chagrin, comme chaque fois qu'elle perdait un patient. C'était inévitable quand on avait comme elle les émotions à fleur de peau.

Fronçant les sourcils, Callum s'approcha d'elle.

— Tout va bien ?

— Pas du tout, répondit-elle d'une voix tremblotante. Mais ça ira mieux demain.

Une larme coula le long de sa joue, puis une autre.

— Felicity…, souffla-t-il en posant son verre sur la table la plus proche. Ne pleure pas !

Elle ne le voulait pas, surtout devant lui, mais les pleurs lui venaient aussi naturellement que le rire. Elle avait pensé les retenir jusqu'à son départ, mais elle s'était trompée.

— Je suis désolée, dit-elle en s'essuyant le visage du dos de la main.

— Ne t'excuse jamais d'être ce que tu es !

Il ne l'aidait pas ! Le flot s'accentua.

— Eh ! fit-il.

Lui prenant son verre des mains, il s'en débarrassa avant de l'attirer dans ses bras.

La tête contre sa poitrine, elle perçut les battements réguliers de son cœur. Elle se laissa aller. S'agrippant au T-shirt de Callum, elle pleura tout son soûl, les yeux fermés.

— Je suis désolée, répétait-elle.

— Chhhut ! disait-il, le menton posé sur le sommet de son crâne.

Sa présence et sa sollicitude la réconfortaient.

Elle était si près de lui qu'elle aurait pu enfouir son nez dans son cou et respirer son odeur citronnée. Elle aurait pu se fondre en lui, au lieu d'entendre la voix d'Alf répétant inlassablement « ma chérie, ma chérie, ma chérie » comme si son cœur était réduit en miettes.

Elle leva les yeux vers Callum.

— Merci, murmura-t-elle en se haussant sur la pointe des pieds pour l'embrasser sur la joue.

Elle le remerciait d'être là et d'être exactement ce dont elle avait besoin à cet instant précis.

Il posa les mains sur ses hanches et l'écarta légèrement de lui pour l'observer avec attention.

— Felicity ? Je ne suis pas certain qu'on devrait faire ça.

Pour sa part, elle était sûre que c'était une erreur, mais elle le voulait quand même. Et le rythme accéléré du cœur de Callum, sous sa main, lui disait que lui aussi.

— Ce n'était pas mon intention, continua-t-il. Je… J'essayais seulement de te réconforter.

— Je le sais, et crois bien que j'apprécie. Mais, ce soir, j'ai besoin d'un autre genre de réconfort.

Il la fixa un long instant avant de lui prendre la main pour la porter à sa bouche. Lorsqu'il déposa un baiser au creux de sa paume, elle sentit ses yeux se mouiller, et les larmes jaillirent de nouveau.

Il les essuya de ses pouces avec une grande délicatesse

tandis qu'elle balbutiait son prénom. Puis il l'embrassa tendrement, comme il l'avait fait la première fois dans le train.

— Montre-moi le lit le plus proche, ordonna-t-il.

La requête, proférée d'une voix rauque, alluma un feu ardent dans les veines de Felicity. Elle prit Callum par la main et l'entraîna dans sa chambre.

— Désolée, je suis partie si vite que je n'ai pas pris le temps de faire mon lit…

Il posa sa bouche sur la sienne pour la faire taire et l'attira contre lui.

— Pour l'instant, j'ai d'autres préoccupations, chuchota-t-il en lui déposant une pluie de baisers dans le cou. Je veux juste m'enfoncer en toi.

Elle ferma les yeux.

— Moi aussi, j'en ai envie.

Sans cesser de l'embrasser, il lui ôta son débardeur. A son tour, elle le débarrassa de son T-shirt.

Lorsqu'ils furent nus et hors d'haleine, ils tombèrent sur le lit dans un entremêlement de bras et de jambes. Callum la fit rouler sur le dos, puis il entreprit de lécher et téter ses mamelons l'un après l'autre. Sa langue décrivait des cercles autour, encore et encore, les durcissant et les allongeant. Parfois, il les aspirait dans sa bouche ou les mordillait doucement.

Haletant de plaisir, elle se cambra et oublia tout.

Plus rien n'avait d'importance pour l'instant, à part faire chanter mutuellement leurs corps. Plus rien ne comptait en dehors de Callum.

Enfonçant les doigts dans ses cheveux, elle maintint sa tête contre ses seins jusqu'à ce qu'elle soit mouillée, excitée et folle d'impatience.

Maintenant, elle vouait qu'il la pénètre, qu'il leur donne à tous les deux ce qu'ils voulaient.

— Je veux te sentir en moi !

— Préservatif, marmonna Callum avant de reprendre aussitôt les choses là où elles en étaient.

Lorsque sa bouche aspira de nouveau un téton, elle faillit crier.

Dans un effort ultime, elle tendit le bras vers la table de chevet et trouva à tâtons ce qu'elle cherchait.

— Préservatif, haleta-t-elle après l'avoir ouvert.

Callum leva la tête, et elle faillit gémir de soulagement quand l'air frôla les pointes dressées de ses seins.

Il lui prit le préservatif des mains et se souleva afin de l'enfiler sur son sexe.

Elle l'attrapa alors par le cou et l'attira à elle en ouvrant les jambes. Prenant son pénis dans sa main, elle le guida là où elle était chaude et mouillée.

— Là, souffla-t-elle.

— Oui, répliqua-t-il en écho. Exactement là !

Et il se glissa en elle tandis qu'elle criait son prénom et entourait sa taille de ses jambes. A chaque poussée de Callum, elle soulevait son bassin pour aller à sa rencontre et enfonçait ses ongles dans ses fesses.

Il ne fallut pas longtemps pour que tout explose autour d'elle. Cela partit d'un frisson ondulant au niveau de son bas-ventre, une vague à peine perceptible, puis deux, puis trois, de plus en plus puissantes…

Comme les spasmes montaient en puissance au point qu'elle pouvait à peine les supporter, elle poussa un cri. Ouvrant les yeux, elle chercha ceux de Callum. Leurs regards se retinrent l'espace d'un moment chargé d'intensité.

L'instant de la délivrance.

Les biceps de Callum avaient pris la dureté du granit.

— Oui, murmura-t-il, les sourcils froncés, je peux te sentir.

Submergée de plaisir, elle cria de nouveau. Une seconde plus tard, Callum la rejoignait dans le tourbillon orgastique. Plongeant les yeux dans les siens, il fut à son tour parcouru de longs spasmes dont la violence se reflétait dans ses pupilles dilatées.

Quand ce fut terminé, ils restèrent longtemps enlacés, ruisselants de sueur, pantelants et épuisés.

La chambre était plongée dans l'obscurité, mais les chiffres rouges du réveil indiquaient qu'il était 1 heure du matin. Après toutes les émotions de la journée et l'énergie dépensée dans la nuit, Felicity aurait dû pouvoir dormir, mais ce n'était pas le cas.

Callum était dans son lit !

Demain, elle devrait en évaluer les conséquences, mais pour l'instant elle voulait juste en profiter, comme dans l'Indian Pacific.

Elle traça un cercle sur sa poitrine tandis qu'il lui caressait le dos.

— Qu'est-ce que tu vois quand tu me regardes ? demanda-t-elle.

— Tu vas à la pêche aux compliments ?

— Non. Je suis sérieuse.

— D'accord. Je vois une femme incroyable, une amante merveilleuse et une infirmière extraordinaire. Je vois…

— Non ! Je parlais de ta vision.

Il se figea.

— Oh… D'accord.

Bingo, la question parfaite pour casser l'ambiance !

— Désolée. Je n'aurais pas dû te demander ça.

Mais elle venait de prendre conscience qu'elle savait peu de chose à propos de son handicap. Etendue auprès de lui, elle pouvait facilement l'oublier, dans la mesure où les seules indications dont elle disposait étaient cette pupille dilatée et le fait qu'il ne pouvait pas conduire la nuit.

— Il n'y a pas de problème, assura-t-il. Tu m'as seulement pris par surprise. En dehors des spécialistes, personne ne m'a jamais posé cette question.

— Même pas tes conquêtes féminines ? demanda-t-elle en lui frôlant la lèvre supérieure du bout de l'index.

— Apparemment, elles voulaient seulement se faire le chirurgien aveugle, répliqua-t-il avec dérision. Mon état de santé ne les intéressait pas outre mesure.

— Eh bien, moi, ça m'intéresse.

Il lui caressa la hanche.

— Tu veux des détails ou, toi aussi, tu veux emballer le mec qui a perdu un œil ?

Elle émit un rire léger.

— C'est déjà fait, je crois. Trois fois, cette nuit.

— Je ne refuserais pas une quatrième.

— Patience. Maintenant, dis-moi ce que tu vois.

Callum laissa échapper un grand soupir, mais sa main passa des hanches de Felicity à ses fesses.

— Pour l'instant, dans le noir, pas grand-chose de l'œil gauche. Tu es une forme vague.

Comme il poursuivait son va-et-vient, elle sentit une douce chaleur la gagner à l'entrejambe.

— Et dans la journée ? insista-t-elle.

— Quand je ferme l'œil droit, ton image est plutôt brouillée. Avec les lunettes, ma vision s'améliore nettement, et mon œil droit compense le déficit du gauche. Mais, si tu te trouves sur ma gauche, je ne te verrai sans doute pas parce que mon champ visuel est réduit au minimum.

Sa voix était dénuée de toute amertume, peut-être grâce aux bienfaits procurés par trois sacrés orgasmes.

— On ne peut pas améliorer les choses grâce à une opération ?

— Les chirurgiens ont fait tout ce qu'ils pouvaient dès le départ. J'ai subi plusieurs interventions, y compris un travail au laser sur la rétine… Franchement, je ne crois pas que les spécialistes aient jamais espéré que je retrouve une vision normale. Pour eux, ce qu'ils ont pu sauver est déjà une victoire.

— Ils pensent que c'est le mieux qu'ils puissent faire ?

— Il y aura peut-être de petits progrès à la marge, mais il a fallu deux ans pour en arriver où je suis, et presque tout se joue la première année.

— Tu es toujours ami avec le type qui t'a envoyé la balle dans l'œil ?

— Bien sûr. Ce n'est pas sa faute, j'aurais dû porter un casque. J'en avais un dans ma voiture, mais…

Il était clair que Callum avait dû maintes fois se reprocher sa négligence. Cette erreur lui avait coûté cher… Elle sentit son cœur se gonfler de compassion. Quelque chose en cet homme lui faisait souhaiter que tout aille mieux pour lui.

— Récapitulons, dit-elle. Tu me dis que tu vois assez bien ce qui est juste devant toi, à condition que la lumière soit suffisante. Et c'est encore mieux si tu mets des lunettes.

— C'est ça ! dit-il en riant, sans cesser de lui caresser la hanche.

Elle se cambra en remontant ses cheveux.

— Mais, pour l'instant, ce n'est pas génial.

— Je vois suffisamment… Et puis, j'ai de l'imagination.

Lâchant ses cheveux d'une main, elle tendit la main vers l'interrupteur accroché à la tête de lit en fer forgé.

Aussitôt, une douzaine d'ampoules minuscules s'illuminèrent, les baignant de leur lueur rosée.

C'était ainsi qu'elle se sentait à l'intérieur : comme si son cœur était rayonnant de bonheur, suspendu à un fil.

— C'est mieux comme ça ? demanda-t-elle.

— Oui, murmura Callum.

— La lumière n'est pas trop forte ? plaisanta-t-elle.

— C'est parfait, dit-il en frôlant ses seins avant de les prendre au creux de ses paumes. Tu es parfaite, ajouta-t-il en taquinant les mamelons avec ses pouces. Si belle…

Elle laissa échapper un gémissement quand le sexe gonflé de Callum se fraya un chemin entre ses jambes. Elle se frotta contre lui pour l'exciter autant qu'il l'excitait.

L'effet fut immédiat.

— Bon sang ! grommela Callum en lui passant un bras autour de la taille pour l'attirer contre lui.

Elle se cambra pour offrir ses seins à la bouche gourmande de Callum. Lorsque deux lèvres humides se refermèrent sur un mamelon, elle ferma les yeux et s'abandonna au plaisir.

13.

Assise dans la cuisine, le lendemain matin, Felicity lisait le journal du dimanche qui avait été livré devant sa porte. Une tasse de café fumant était posée près de son coude, et elle tentait de se concentrer sur le dernier scandale politique au lieu de réfléchir à ce qu'elle allait dire à Callum.

Un quart d'heure avant, elle avait entendu le bruit de la douche, aussi n'allait-il plus tarder.

Deux heures auparavant, en se réveillant, elle l'avait regardé dormir dans son lit, admirant le jeu des ombres matinales sur son visage et sur son corps.

Elle l'avait trouvé tellement sexy !

Il l'était quand il dormait, et aussi quand il était réveillé… Et quand il s'enfonçait en elle, auréolé d'une lueur rosée.

Ces souvenirs resteraient à jamais gravés dans sa mémoire.

Mais cela ne devait pas durer plus d'une nuit. Il aurait été facile de passer les cinq prochaines semaines dans ses bras mais trop pénible de lui faire ses adieux. Elle ne voulait pas tomber amoureuse d'un homme qui lui briserait inéluctablement le cœur. Elle avait mis longtemps à se remettre de sa rupture avec Ned, et depuis elle avait appris à se protéger.

— Bonjour.

La voix grave derrière elle la fit frissonner.

— Bonjour, répondit-elle sans se retourner. Tu veux un café ?

— Bien sûr.

Glissant à bas de son tabouret, elle lui en servit une tasse avant de le regarder.

Il se tenait près du plan de travail, vêtu comme la veille, les pieds nus. Ses cheveux étaient humides et sentaient son shampoing à la noix de coco qu'il avait utilisé.

Elle poussa la tasse dans sa direction.

— Assieds-toi.

Se tournant vers la machine à café, elle se resservit.

Ce n'était jamais que sa troisième tasse de la matinée !

Elle reprit ensuite sa place sur le tabouret.

— J'ai l'impression que je vais avoir droit à un discours, hasarda Callum.

— Je suis aussi prévisible ?

— Dis juste ce que tu as à dire, Felicity.

Il avait raison, l'approche directe était la meilleure.

— La nuit dernière était…

Seigneur ! Dans le train, elle avait vécu des moments extraordinaires mais, cette nuit, c'était encore mieux. Pas seulement sexuellement. Elle avait ressenti entre eux une connexion due en partie à ce qu'ils avaient partagé la veille, mais aussi aux trois semaines durant lesquelles ils avaient travaillé ensemble. Et cela la terrorisait.

— C'est bon, dit Callum, on peut sauter le passage sur les compliments.

— D'accord. Ce qui s'est passé était inévitable…

— Si tu vas dire que tu le regrettes et que je devrais le regretter aussi, ou exprimer d'autres considérations tout aussi ridicules, tu peux arrêter tout de suite.

La bouche de Callum était crispée, ses yeux verts avaient pris la dureté de l'acier.

Elle ne put s'empêcher de sourire.

Il était séduisant aussi quand il était en colère !

— Non, dit-elle. Je n'ai aucun regret.

Il se détendit notablement.

— Mais ça ne peut pas devenir régulier, continua-t-elle. Je ne peux pas coucher avec toi en me disant que c'est juste une parenthèse agréable, un plaisir qu'on s'offre mutuellement. Je ne suis pas comme ça. Je ne suis pas la fille du train, je ne l'ai jamais vraiment été… Je suis juste Flick, de Vickers Hill.

Callum se tut un long moment avant de répondre.

— Est-ce que tu veux dire que tu ne veux même pas que nous soyons amis ?

— Je crois que j'attendrais sans doute de toi davantage que de l'amitié.

— Du sexe ?

— Plutôt des sentiments.

— Je vois.

Elle se demanda s'il comprenait vraiment.

— Tu sais ce que j'ai pensé quand j'ai allumé les lampes ? Que c'était moi. Que c'était mon cœur qui étincelait dans ma poitrine.

Le regard de Callum s'assombrit alors qu'il intégrait l'information.

— Est-ce que tu es en train de…

— Non ! Pas du tout !

C'était impossible ! Elle avait mis un an à prendre conscience qu'elle aimait Ned, comment serait-elle tombée amoureuse de Callum en quelques semaines ?

— Mais je ne suis pas ce type de fille ! insista-t-elle. Je t'aime beaucoup, Callum.

— Moi aussi, je t'aime beaucoup. Qu'est-ce que tu proposes ? On se voit tous les jours au cabinet, et on en reste là ?

Il cherchait à retenir son regard.

Elle ne se détourna pas. Elle ne battit même pas des paupières, même si ses mains tremblaient et si son pouls faisait un bruit de torrent dans ses oreilles.

— Oui, dit-elle. Comportons-nous en collègues, rien de plus.

— Très bien, si tu es certaine de le vouloir vraiment.

Elle hocha la tête, étonnée de pouvoir afficher un tel calme.

— Oui.

La tentation de passer chaque nuit dans ses bras faillit la submerger. A cet instant, elle aurait voulu dire : « On s'en fiche ! » et entraîner Callum vers son lit. Mais il allait repartir pour Sydney, c'était là-bas qu'il devait découvrir ce qu'il voulait vraiment faire de sa vie.

Mieux valait renoncer tout de suite à lui.

En entrant au Parson's Nose, l'un des meilleurs pubs de la ville, Callum chercha son frère du regard.

Quand Seb l'avait appelé pour le prévenir qu'il était à Vickers Hill, il n'en avait pas cru ses oreilles.

On était jeudi, son jour de congé en principe, mais l'enterrement du frère de Bill Dawson avait eu lieu ce matin, et il avait remplacé son patron au cabinet. Il avait pensé le remplacer toute la journée, mais Bill avait insisté pour reprendre ses consultations l'après-midi.

— Cal !

Il repéra Seb qui lui souriait, accoudé au bar. Il se fraya un chemin pour le rejoindre, et Seb glissa à bas de son tabouret pour le prendre dans ses bras.

Tous deux se tapotèrent mutuellement le dos, contents de se voir.

— Je t'ai manqué, mon pote ? demanda Callum lorsqu'ils s'écartèrent l'un de l'autre.

— Comme toujours, répliqua Seb en riant.

Ils s'installèrent sur deux tabourets, et Seb commanda une autre bière locale pour Callum. Lorsqu'elle fut servie, ils trinquèrent.

— Qu'est-ce qui t'amène dans cette bourgade tranquille ? demanda Callum en s'essuyant la bouche.

— Pas le surf, en tout cas !

— En effet ! Le surf me manque, ajouta Callum en soupirant.

— Puis-je te demander à mon tour ce que tu fais dans ce trou perdu ?

— J'avais besoin de… De m'éclaircir les idées.

— Et ça marche ?

— Oui et non.

— Une réponse aussi évasive exige quelques explications, grand frère.

Il ne savait pas trop par où commencer. En cinq semaines, il avait réussi à voir où il en était en ce qui concernait sa carrière. Il était arrivé en proie à des sentiments conflictuels, espérant sans trop y croire qu'un changement de lieu et de rythme lui permette de s'engager sur un nouveau chemin…

Eh bien, c'était le cas ! Il avait compris ce qu'était réellement la pratique de la médecine générale, et il était devenu un meilleur médecin. Bien meilleur qu'il ne l'avait été au cours de ses stages de formation ces deux dernières années. Grâce à Felicity.

Felicity…

De ce côté-là, les choses étaient loin d'être éclaircies. Elles étaient même plutôt vraiment embrouillées.

Ainsi qu'elle l'avait décrété deux semaines auparavant, ils se voyaient au cabinet à partir de 13 heures, quatre jours par semaine. Rarement ailleurs, même s'ils se croisaient parfois au supermarché ou à la station à essence. Mais cela n'empêchait pas son cœur de battre plus vite chaque fois qu'il l'entendait rire ou qu'elle entrait dans son bureau. Cette semaine, elle avait suspendu des guirlandes de Noël un peu partout dans le cabinet et s'était coiffée d'un bonnet de Père Noël orné d'un pompon blanc. Elle semblait n'éprouver aucune gêne avec lui, alors qu'il faisait des efforts considérables pour se maîtriser et ne pas tirer sur ce ravissant pompon.

Elle ne ressemblait pas aux autres femmes qu'il avait connues, il ne pouvait pas jouer avec ses sentiments et s'en aller sans un regard en arrière. Elle lui avait avoué qu'elle l'aimait beaucoup, ce qu'aucune autre ne lui avait jamais dit. Ses maîtresses lui confiaient leur amour, leur désir ou leurs fantasmes les plus fous, mais aucune d'entre elles n'avait admis l'« aimer beaucoup ». Il n'avait jamais non plus fait ce type de déclaration, aussi s'était-il étonné lui-même lorsqu'il lui avait rendu la pareille. Mais c'était vrai, il tenait à l'affection de Felicity, même si cela impliquait de tenir sa libido en laisse.

Parce qu'il allait rentrer à Sydney. Il le fallait. Il avait des choses à prouver.

— Oh ! oh ! s'exclama son frère avec amusement. C'est aussi grave que ça ?

— Il y a cette femme…

— Il y a toujours une femme, répéta Seb en riant.

— Oui, mais Felicity n'est pas comme les autres.

— Felicity ? Tu veux dire Flick, l'amie de Luci ?

— Oui… Tu penses que je suis fou ?

— Eh, je suis mal placé pour te répondre ! Luci m'a littéralement pris dans ses filets, et je ne sais pas quoi faire non plus.

— Luci ? Celle avec qui j'ai fait l'échange de logements ?

— Oui. Je suis venu ici à cause d'elle. Son oncle est mort.

— Je sais. J'ai remplacé son père au cabinet, ce matin. Avec Felicity.

— Luci est venue pour l'enterrement, et je sais que ce n'est pas facile pour elle de revenir ici et d'affronter les gens. Nous sommes devenus proches, au fil des jours. J'ai pensé qu'elle aurait besoin de soutien.

Callum fixa Seb avec étonnement.

Se pouvait-il qu'il s'intéresse de nouveau à une femme ?

— Tant mieux ! Après tout ce que tu as enduré, tu mérites d'être heureux.

Son frère le regarda droit dans les yeux.

— Toi aussi, Cal.

— En tout cas, je suis certain que Luci est très contente que tu sois là.

— Elle ne le sait pas encore. Je n'ai pris la décision que ce matin, et j'ai sauté dans le premier avion. Je ferais bien d'y aller, d'ailleurs, parce que la cérémonie devrait être terminée maintenant.

Seb se leva, imité par Callum. Ils se serrèrent dans les bras l'un de l'autre, puis Seb marmonna quelque chose à propos des fêtes de Noël qu'ils devraient passer ensemble, avant de sortir du pub à grandes enjambées.

La veille de Noël, Felicity se gara devant la maison de Luci, tellement tendue qu'elle craignait d'éclater en sanglots d'un instant à l'autre.

Callum partait le lendemain matin. A midi, il serait à Sydney, à mille quatre cents kilomètres de Vickers Hill. Mais quand bien même il irait au Pôle Nord, elle doutait de pouvoir l'oublier.

Elle ignorait ce qui l'avait poussée à venir…

Non ! Elle mentait ! Elle le savait très bien, au contraire. Le pot organisé en l'honneur de Callum ne suffisait pas, pas plus que les adieux polis qu'ils s'étaient faits en présence de toute l'équipe. Elle avait des choses à lui dire… Des choses personnelles qu'elle ne pouvait pas formuler en public.

Par exemple qu'elle lui souhaitait beaucoup de bonheur.

Que tout irait bien pour lui.

Qu'il ferait un généraliste exceptionnel.

Qu'elle était contente que leurs chemins se soient croisés et que jamais elle n'oublierait leur nuit dans le train…

Et puis, elle avait besoin de le voir une dernière fois !

Elle avait donc sauté dans sa voiture sans prendre la peine d'ôter son uniforme.

La gorge serrée, elle descendit de sa voiture et fit quelques pas sur le trottoir, les tempes bourdonnantes.

Le soleil lui réchauffait les épaules, et le parfum de la

lavande qui croissait dans le jardin de Luci lui emplit ses narines.

— Bonsoir, Felicity !

La voix de Mme Smith la fit sursauter. Plaquant un sourire sur son visage, elle se retourna pour lui faire face.

— Bonsoir, madame Smith.

Vêtue d'une robe informe, des bigoudis sur la tête, la vieille dame parvenait encore à incarner l'institutrice sévère qu'elle avait eue en CM1.

— Vous venez voir le Dr Hollingsworth ? Il part demain matin.

— Oui.

— Il retourne à Sydney.

— Oui.

— Vous venez trop tard, jeune fille.

— Je ne comprends pas.

— Il a été là pendant deux mois, et vous ne rajeunissez pas.

Mme Smith était-elle en train d'insinuer que, à vingt-huit ans, elle était bonne à remiser à la cave ?

— J'ai été mariée dix ans, continuait Mme Smith, et à votre âge, j'avais déjà trois enfants. Vous devriez déjà être en ménage avec un garçon du coin. Que diriez-vous d'Ed Dempsey ? Ça fait longtemps que vous lui plaisez.

Ed Dempsey ? Tout ce qui portait jupon lui plaisait !

— Il n'y a rien entre le Dr Hollingsworth et moi.

— Alors, pourquoi vous trouvez-vous devant sa porte à la dernière minute ?

Le visage ridé s'illumina, et elle eut de nouveau l'impression d'avoir neuf ans, sous le regard acéré.

— Je vois, poursuivit Mme Smith. Pourquoi achèterait-il la vache s'il a le lait gratuitement ?

La vulgarité de cet idiome coupa le souffle à Felicity.

— Madame Smith ! protesta-t-elle.

— Vous pensez que je ne sais pas comment les jeunes se comportent de nos jours ?

Laissant échapper un soupir, elle s'apprêtait à écouter un sermon sur les dangers du sexe avant le mariage quand Mme Smith trébucha, jeta un regard désespéré autour d'elle en quête de quelque chose à quoi s'accrocher et tomba lourdement sur le côté gauche avant que Felicity n'ait eu le temps de se précipiter pour la saisir au vol.

— Madame Smith ! s'écria-t-elle en s'agenouillant près d'elle. Tout va bien ?

Gémissant de douleur, la vieille dame roula sur le dos, la main sur sa hanche.

— Non !

— Où avez-vous mal ?

Mme Smith redressa la tête comme si elle avait pu voir un os sortant de son corps, puis elle se laissa retomber en arrière.

— C'est ma fichue hanche.

En y regardant de plus près, Felicity constata que la jambe gauche de l'ancienne institutrice était plus courte que l'autre et tournée vers l'extérieur.

— Rien d'autre ?

— Vous trouvez que ce n'est pas assez ? grommela Mme Smith.

— Une minute.

Elle lui prit le pouls.

Soulagée de constater qu'il était régulier, elle pressa légèrement la main de Mme Smith. Puis, sortant son téléphone de sa poche, elle forma le numéro de Callum.

— Felicity ?

— Je suis de l'autre côté de la rue avec Mme Smith. Elle est tombée, et je suis presque sûre qu'il s'agit d'une fracture du col du fémur. Tu peux venir m'aider, s'il te plaît ?

— J'arrive !

Dès qu'il eut raccroché, elle appela l'agence locale d'ambulances. Elle venait de terminer quand Callum traversa la route, vêtu d'un bermuda et d'un T-shirt et portant deux oreillers. Il chercha son regard, et elle lut dans ses yeux la question à laquelle elle avait peur de répondre.

— Tu as appelé une ambulance ? demanda-t-il en s'agenouillant près de la blessée.

— Ils seront là dans dix minutes.

Accordant toute son attention à la vieille dame qui respirait bruyamment, il lui sourit.

— Bien. Comment allez-vous, madame Smith ?

— J'ai été mieux... Je crois que je me suis cassé la hanche.

— Et je crois que vous ne vous trompez pas, répliqua-t-il en lui glissant un oreiller sous la tête.

— Sur une échelle de un à dix, pouvez-vous évaluer la douleur ? demanda Felicity.

— Cent ! fit la vieille dame.

Felicity la crut. Le front de Mme Smith était sillonné de plis profonds et sa bouche cernée de blanc.

— L'ambulance ne va pas tarder, dit Callum. On va vous donner des antidouleur, et ensuite on vous emmènera à l'hôpital. Vous pensez pouvoir tenir encore un peu ?

— Ça va aller, marmonna la vieille dame en serrant très fort la main de Felicity.

Elle avait beau être une enquiquineuse de première catégorie, c'était aussi l'une des personnes les plus solides de Vickers Hill.

— Quand ils arriveront, nous allons immobiliser votre bassin avec un matelas coquille. J'ai apporté un drap pour en confectionner un, mais je préfère attendre l'arrivée de la cavalerie, expliqua-t-il à Felicity en se détournant.

Se baissant vers sa patiente, il demanda :

— Vous ne vous êtes pas cogné la tête, madame Smith ?

Felicity se réjouit que sa sollicitude pour la vieille dame lui fasse oublier l'interrogation qu'elle avait lue dans son regard :

« Pourquoi es-tu là ? »

Parce que je t'aime. Voilà pourquoi.

14.

Quand l'ambulance démarra, la nuit était tombée.

Callum et Felicity regardèrent les feux arrière s'éloigner puis disparaître dans le lointain.

Les voisins attroupés autour d'eux un instant plus tôt avaient regagné leurs domiciles.

— Tu veux boire un verre ? demanda Callum.

Felicity secoua la tête.

Maintenant qu'elle connaissait la réponse à la question qu'il n'avait pas posée, elle avait juste envie de rentrer chez elle.

Elle l'aimait. C'était complètement absurde ! Elle ne connaissait Callum que depuis deux mois, et il s'en allait. Mais elle avait beau s'en défendre, la vérité était là, comme une lumière clignotante en elle.

— D'accord… Mais je suppose que tu avais une raison pour venir ici ?

— Je voulais juste te dire au revoir.

— Tu l'as déjà fait pendant le pot d'adieu.

— Je sais, mais…

— Mais quoi ?

Elle bénit l'obscurité qui dissimulait ses larmes.

— Je ne sais pas… Il y avait trop de monde.

— Suis-moi à l'intérieur, en ce cas.

— C'est très bien, ici.

— Nous sommes au milieu de la rue. Et je suis certain que Mme Smith a placé des micros un peu partout.

Malgré la douleur qui la rongeait de l'intérieur, elle parvint à sourire.

— Donne ton téléphone, ordonna Callum.

— Quoi ?

— Puisque tu sembles indécise, demandons son avis à Mike. C'est la version moderne du célèbre « pile ou face », tu te rappelles ?

Elle aurait dû prendre ses jambes à son cou, mais il lui était difficile de résister à Callum lorsqu'il déployait son charme. Elle était faible… Pire que cela, elle manquait totalement de volonté face à lui.

Elle fouilla dans sa poche, en sortit son téléphone et forma le code sur le clavier avant de le tendre à Callum.

La lumière de l'écran éclaira son visage, soulignant la ligne ferme de sa bouche. Plongeant ses yeux dans les siens, il approcha l'appareil de ses lèvres.

— Mike, est-ce que Felicity devrait accepter de boire un verre chez Callum ?

— Les intentions de Callum sont-elles honorables ? demanda la voix masculine à l'accent britannique distingué.

— Elles le sont, Mike, affirma Callum.

— Elle peut accepter l'invitation.

— Mike a parlé, dit Callum en lui tendant le téléphone.

— Il est peut-être temps que je ne laisse plus Mike prendre des décisions à ma place, répliqua-t-elle.

— Allez… D'ailleurs, j'ai un cadeau pour toi. Je comptais le glisser dans ta boîte aux lettres, mais autant te le donner tout de suite. Je t'en prie !

Il avait mis une telle ardeur dans les trois derniers mots qu'elle céda.

— D'accord, mais pas de verre. Tu me donnes ton cadeau, et je m'en vais.

Il lui sourit, visiblement très content de lui.

— D'accord.

Il la guida le long de l'allée à peine éclairée par des lampes solaires. Un doux parfum de lavande embaumait l'atmosphère.

Elle avait du mal à croire que Luci serait là le lendemain… Que de choses elle avait à lui raconter !

Quand la porte se referma derrière elle, elle sentit son estomac se nouer.

— Assieds-toi sur le canapé, dit Callum, je reviens tout de suite.

— Je préfère t'attendre dans l'entrée.

— Comme tu préfères.

Par bonheur, il fut de retour très vite et posa dans sa main un paquet pas plus grand qu'une carte de visite, emballé dans un joli papier fleuri.

— Quand je l'ai vu en ville, je n'ai pas pu résister, expliqua-t-il.

Le sourire de Callum aurait été contagieux si elle n'avait eu conscience qu'ils se trouvaient dans un tout petit espace. La lumière, derrière eux, semblait accentuer la largeur des épaules de Callum.

Elle fit un effort pour se concentrer, mais ses doigts malhabiles et tremblants eurent du mal à défaire l'emballage. Finalement, elle découvrit un badge en plastique sur lequel le mot « Sainte » s'étalait en lettres dorées du plus mauvais goût.

— Maintenant, c'est officiel, la taquina Callum.

Elle ne put s'empêcher de rire. Elle avait espéré que ce n'était pas un cadeau sentimental, et elle était servie !

— Tu penses que je devrais le porter au travail ?

— Bien sûr, dit-il en lui prenant le badge des mains. Voyons s'il va avec ton uniforme.

— Le doré va avec tout ! protesta-t-elle, comprenant ce qu'il allait faire.

Mais c'était trop tard. Faisant un pas en avant, Callum ouvrit le fermoir du badge et le referma sur le col de son polo.

Du coup, ils étaient très près l'un de l'autre, et elle se retrouvait coincée entre une porte solide et une large poitrine.

Elle sentit son cœur s'emballer, et elle eut la chair de

poule là où les doigts de Callum l'avaient frôlée, propulsant une vague de chaleur en direction de ses seins.

Callum recula un tout petit peu, mais pas assez pour sa santé mentale.

— Parfait ! dit-il.

— Je doute que Bill soit d'accord, marmotta-t-elle.

— Il trouvera ça amusant, et Angela sera morte de rire.

— Tu as sans doute raison.

Il y eut un long silence, finalement rompu par Callum.

— Donc, tu es venue pour me dire au revoir, c'est ça. Juste avant que Mme Smith ne se casse le col du fémur avec si peu d'à-propos ?

— Oui.

— J'ai peine à croire que deux mois se soient écoulés. Ils ont passé vraiment très vite !

— Oui.

— Apparemment, Meryl s'est trompée, murmura-t-il en enfonçant ses mains dans ses poches.

Elle haussa les épaules. Leur visite à Meryl lui semblait dater d'un siècle.

— Il faut un début à tout.

De nouveau le silence.

— Je ne te remercierai jamais assez d'avoir fait de moi un meilleur médecin, dit enfin Callum.

Elle leva les yeux vers lui, surprise. Mais la voix enrouée et la gravité du visage de Callum lui dirent qu'il était sincère.

— Il n'y a pas de quoi, répliqua-t-elle. Tu avais subi une lourde épreuve, et tu devais faire le deuil de ta carrière précédente. Je suis sûre que tu serais parvenu à ce résultat sans moi.

— Je suis certain du contraire, Felicity, dit-il en posant les yeux sur sa bouche. Alors, merci.

Seigneur ! Il allait l'embrasser !

Il lui était reconnaissant de ce qu'elle avait fait pour lui, alors que, elle, elle l'aimait.

Surtout, ne pas le regarder. Regarder ailleurs…

Elle ne parvenait pas à se détourner. Elle voulut reculer d'un pas, mais ses épaules rencontrèrent la porte, lui interdisant toute fuite.

— Tu vas me manquer, dit Callum en repoussant une mèche échappée de sa queue-de-cheval.

Posant la main sur sa joue, il se pencha.

— Et moi, je vais te manquer ? demanda-t-il.

Oui !

La rupture avec Ned avait été douloureuse, elle avait perdu un ami aussi bien qu'un amant. Mais, avec Callum, c'était bien autre chose ! Leur relation ne s'était pas construite au fil du temps, elle n'en avait pas pris lentement conscience. Son amour pour Callum tenait du raz-de-marée, et son départ allait la laisser sur le rivage, le cœur brisé, avec une faim qui allait la ronger de l'intérieur.

— Oui…

Elle ne se faisait pas suffisamment confiance pour développer et, même si elle l'avait voulu, elle en aurait été incapable car le visage de Callum se rapprochait inexorablement du sien.

— Tu as dit que tes intentions étaient honorables, protesta-t-elle faiblement.

— Elles l'étaient, murmura-t-il tout contre sa bouche. Je te jure qu'elles l'étaient.

Ensuite, ses lèvres se posèrent sur les siennes et les forcèrent à s'entrouvrir, sa langue rencontra la sienne. Il posa les mains sur sa taille et l'attira contre lui.

Le cœur battant, la respiration quasiment coupée, elle s'efforça désespérément d'aspirer un peu d'air. Quand Callum glissa sa cuisse entre ses jambes, elle sentit une douce chaleur se répandre dans son ventre et laissa échapper un gémissement.

— Bon sang ! Tu as tellement bon goût ! chuchota Callum.

Sa voix grave, si chaude et si vibrante, suscita en elle

un urgent besoin de sexe. S'ils ne s'arrêtaient pas tout de suite, ils seraient par terre d'ici quelques secondes, et elle serait la seule à faire l'amour par amour.

Puisant en elle des ressources qu'elle ignorait avoir, elle le repoussa.

— Callum ! Arrête, s'il te plaît !

— Pourquoi ?

Parce que je t'aime, idiot !

— Parce que je n'arrive pas à réfléchir quand tu fais ça... Et que tu t'en vas demain.

Il la fixa un long moment puis se passa la main sur le visage comme pour s'éclaircir les idées.

— Je pourrais peut-être rester. Qui sait ? Meera pourrait avoir envie de poursuivre un peu son congé de maternité.

Elle battit des paupières. L'espoir naquit dans son cœur, aussitôt rejeté par sa raison.

Non ! Il devait partir, et cette suggestion était d'autant plus cruelle.

— Non ! Tu ne peux pas te cacher ici, Callum. C'est déjà assez moche que tu aies dû fuir jusqu'à Vickers Hill.

Il recula d'un pas, visiblement pris au dépourvu.

— J'avais besoin de respirer...

— Cause toujours, tu m'intéresses !

— Toi aussi, tu as fui après ta rupture avec Ned, Felicity.

— C'était pour rentrer chez moi, ce qui est très différent. Ecoute, ta carrière était exceptionnelle, tu savais ce que tu voulais, et puis, cet accident a tout balayé. Moi aussi, quand Ned m'a quittée, j'ai tout perdu. Mais maintenant, tout ça est derrière moi, alors que tu es encore à mi-chemin. En arrivant, tu m'as dit que tu avais quelque chose à prouver. Alors rentre chez toi et fais-le : prouve que tu veux vraiment être généraliste !

— C'est ce que je veux, répliqua-t-il sèchement.

Se détournant d'elle, il gagna la cuisine et posa ses poings sur le plan de travail, le dos tourné.

Elle le suivit lentement.

Les épaules de Callum étaient voûtées, sa tête penchée en avant.

— C'est ce que tu veux ici, pendant que tu te caches à Vickers Hill, rectifia-t-elle doucement. C'est facile, ici Callum. Mais tu dois affronter le monde réel, les gens qui ont de l'importance pour toi. C'est la seule façon de savoir si c'est vraiment ce que tu souhaites. Vois tes parents chirurgiens, tes amis chirurgiens, va à leurs soirées durant lesquelles ils te parleront de leur matériel ultramoderne. C'est seulement en retournant vers ton ancienne vie que tu seras sûr…

Elle était en train de le pousser à partir, et ça faisait mal.

Callum resta silencieux un long moment. Finalement, il releva la tête et se tourna vers elle.

— Viens avec moi.

Elle sentit son cœur battre dans sa poitrine aussi fort qu'il saignait.

Elle aurait voulu oublier toute prudence et accepter sa proposition, comme elle l'aurait conseillé à Luci. Mais il s'agissait d'amour ! Et le sien était trop grand pour qu'elle risque de voir encore un homme sortir de sa vie. Elle voudrait ardemment être avec lui mais, pour cela, elle avait besoin de savoir qu'elle n'était pas un lot de consolation.

— Non.

— Je t'aime beaucoup, et il y a quelque chose de fort entre nous. Je crois que ça peut encore être plus fort.

— Non.

Seigneur ! Comment un aussi petit mot pouvait être si difficile à prononcer ?

— Tu n'aimerais pas vivre à Sydney ? J'ai un appartement qui donne sur le port, et tu aurais tort de t'inquiéter pour le travail. Avec ton expérience et tes qualifications, tu trouveras rapidement un poste.

— Non, répéta-t-elle plus fermement.

— Mais pourquoi ?

— Parce que tu as suffisamment de choses à régler sans que je traîne en plus dans tes pattes. Je ne veux pas te distraire de l'essentiel.

— Tu ne penses pas qu'il pourrait y avoir davantage entre nous ?

Elle s'était promis de ne pas pleurer, mais elle était à bout. Elle aurait donné n'importe quoi pour le suivre, et il ignorait combien elle souffrait de devoir refuser.

— Bien sûr que si, dit-elle.

— A moins que tu ne sois mariée à ton boulot au point de ne pas pouvoir le quitter ? suggéra-t-il.

— Je pourrais quitter Vickers Hill sans problème, mais pas pour quelqu'un qui ne sait pas encore vraiment ce qu'il va faire de sa vie. Quand tu le sauras, tu décideras peut-être que je ne corresponds pas à ce que tu cherches. Que tu ne t'es intéressé à moi que parce que tu étais profondément malheureux. Je ne veux pas être un dommage collatéral ou un lot de consolation, comme le fait de devenir généraliste.

— Tu ne le seras jamais, affirma-t-il en faisant un pas vers elle. Jamais !

Elle recula. Elle ne doutait pas de sa sincérité, mais il avait encore besoin de temps et d'espace, qu'il le sache ou non.

— Je t'en prie, dit-il, viens avec moi à Sydney et voyons comment les choses évoluent.

Voir comment les choses évoluaient ? Elle l'aimait, et il voulait faire un test ?

— Non.

— Bon sang, Felicity ! Pourquoi faut-il que tu sois aussi têtue ?

Elle n'avait plus l'énergie nécessaire pour lui cacher plus longtemps la vérité.

— Parce que je suis amoureuse de toi.

Les mots étaient tombés, et elle en fut soulagée, même si Callum la regardait à présent avec stupéfaction. Son expression horrifiée aurait été comique si elle ne lui avait pas brisé le cœur. Inutile qu'il précise à quel point il l'aimait beaucoup !

— Et je veux plus que « voir comment les choses évoluent », continua-t-elle. De mon côté, c'est ça ou rien.

— Mais… Nous nous connaissons depuis deux mois ! C'est complètement fou !

— Je suis au courant, merci. Et tu veux savoir quelque chose d'encore plus délirant ? Je crois que ça date de notre première nuit, dans le train.

Callum prit une profonde inspiration.

— Je ne sais pas quoi dire, Felicity. Je t'aime vraiment beaucoup et…

— Il n'y a pas de problème, l'interrompit-elle. Je le sais et je le comprends, mais je ne peux pas t'accompagner à Sydney dans ces conditions. Et c'est aussi la raison pour laquelle je vais m'en aller maintenant.

Callum se contenta de la fixer sans mot dire, l'air à la fois choqué et incrédule.

Elle battit furieusement des paupières pour réprimer les larmes qui menaçaient de jaillir.

— Je te remercie pour tout, dit-elle. Je me rappellerai toujours notre nuit dans le train. Je chérirai ce souvenir, et… Tu vas me manquer ! Je te souhaite d'être heureux, Callum. Tu le mérites.

Sentant qu'elle n'allait pas tarder à craquer, elle tourna les talons et se glissa hors de la maison.

Callum n'essaya pas de la retenir.

15.

Callum contemplait le port de Sydney depuis le balcon des amis qui l'avaient invité. Il avait eu besoin d'échapper un instant à cette affreuse soirée.

Le murmure ponctué d'éclats de rire des conversations flottait dans l'air nocturne. Une brise légère lui soulevait les cheveux, et les lumières du port se brouillaient à la surface de l'eau…

Un cadeau de sa vision nocturne compromise.

— Cal ?

Il se tourna vers Erica — ou était-ce Angelica ? — qui se tenait dans l'embrasure des portes-fenêtres, souriante.

— On va servir les entrées, dit-elle.

— D'accord, merci. J'arrive tout de suite.

Elle s'attarda pour l'attendre, mais refusant de se presser, il contempla de nouveau la vue. Il savait qu'il était impoli, mais il n'était pas de très bonne compagnie ce soir.

Aujourd'hui, il avait annoncé à Kim, une jeune mère de trente-deux ans, qu'elle avait un cancer du sein. Elle était restée figée sur son siège, comme anéantie, pendant que Josh, son mari, s'était mis à hurler après Callum avant d'éclater en sanglots.

Il avait beau essayer, il ne parvenait pas à chasser cette scène de sa tête, et cette soirée n'arrangeait rien. Felicity lui avait conseillé de revoir ses anciens amis mais, ce soir, il aurait seulement voulu être avec elle, au lieu de se trouver parmi des chirurgiens qui s'efforçaient tous de surpasser leurs collègues.

Cela n'avait pas été facile, au début. Leurs anecdotes avaient ranimé d'anciennes flammes, mais pas comme avant. Pendant sa formation de généraliste, il avait été dévoré de jalousie et de rancune parce qu'il ne faisait plus partie de la « confrérie ». Et puis, il était allé à Vickers Hill.

Pourquoi continuaient-ils de l'inviter ?

Parce que tu acceptes, idiot !

Peut-être devait-il refuser ces invitations et se rapprocher d'autres généralistes. Mais pas ceux qui travaillaient dans le même cabinet que lui ! Ses heures facturables avaient déjà été réduites de moitié, et l'associé principal lui avait gentiment conseillé d'accélérer le rythme.

Mais comment aurait-il pu ne passer que cinq minutes avec Kim et Josh, aujourd'hui ?

Felicity ne le lui aurait jamais pardonné.

Il ne se le serait jamais pardonné.

Dieu, qu'elle lui manquait ! Il rêvait d'elle et se réveillait plusieurs fois par nuit, hanté par son souvenir. Il avait failli l'appeler au moins dix fois. Il aurait voulu le faire aujourd'hui, pour lui parler de Kim, partager son impuissance avec elle et percevoir dans sa voix une douce empathie.

Vidant ce qu'il lui restait de whisky dans son verre, il retourna à l'intérieur et prit le siège qu'on lui indiquait, près d'une autre femme dont il avait oublié le nom.

Tout en grignotant distraitement le festin proposé par un traiteur en vogue, il se demanda ce que Kim et Josh mangeaient ce soir.

Inévitablement, les convives s'étaient mis à parler métier. Il fallait avoir de l'estomac pour dîner avec une bande de chirurgiens discutant d'entrailles et d'hémorragies.

— Et toi, Cal ? Tu as sauvé la vie de patients souffrant d'eczéma, d'allergies ou d'asthme ?

Il y eut un éclat de rire général.

Callum se tourna vers Alan, un spécialiste de la transplantation avec qui il avait fait ses études de médecine.

— Non. J'ai dit à une femme qu'elle avait une forme agressive de cancer du sein.

Le genre de phrase qui ruine une soirée.

Un silence lourd s'abattit sur l'assemblée l'espace de deux secondes.

— Tu devrais l'adresser à Charlie Maddison, suggéra Roger, un chirurgien maxillo-facial.

— Ou à Abigail, ajouta Alan.

La conversation dévia sur la chirurgie mammaire.

Personne n'avait demandé le nom de la patiente, son âge ou son pronostic vital, si elle était mariée ou mère de famille.

Les chirurgiens évoquèrent ensuite les plus grosses tumeurs qu'ils avaient enlevées. Quand le téléphone de Callum vibra, il fut reconnaissant de cette interruption. Le sortant de sa poche, il consulta l'écran sous la table et sourit en voyant que Felicity lui envoyait un SMS.

Après son départ, pendant quelque temps, ils ne s'étaient pas donné de nouvelles. Mais, depuis que Seb et Luci étaient fous amoureux et parlaient mariage, ils communiquaient régulièrement de façon amicale.

Il aurait préféré des messages plus personnels, mais il était clair que Felicity préférait s'en tenir à des échanges relativement superficiels, et c'était mieux que rien.

Mme Smith te dit bonjour.

Il y avait aussi une pièce jointe : un selfie de Felicity et de Mme Smith joue contre joue.

Le sourire de Callum s'élargit.

Felicity louchait et faisait la grimace — très typique de Flick ! — tandis que Mme Smith fixait l'objectif d'un air soupçonneux.

Il eut un petit pincement au cœur en remarquant le badge qu'il avait offert à Felicity, accroché à son col. Mme Smith en avait aussi un mais, sur le sien, il y avait inscrit en lettres dorées « Sécurité » !

Il ne put s'empêcher d'éclater de rire.

Depuis qu'il avait vu Kim et Josh, c'était la première fois qu'il se détendait, et soudain ses poumons lui semblèrent trop gonflés pour sa poitrine.

— Tu vas bien, mon pote ? demanda Alan.

Relevant la tête, Callum vit que tous les convives le fixaient comme s'il était devenu fou.

Peut-être était-ce le cas ? Bon sang, s'il ne se trompait pas, il était fou amoureux d'une fille qui lui envoyait une photo d'elle en train de faire une horrible grimace !

Cette évidence le frappa avec la violence d'une tonne de briques.

Il s'était leurré sur les sentiments que Felicity lui inspirait. Il avait voulu croire qu'elle ne faisait que lui manquer. Parce qu'il était décidé à retrouver son ancienne vie comme si rien ne s'était passé, il avait ignoré le vide qui l'habitait depuis son départ de Vickers Hill.

Comment aurait-il pu savoir que l'amour faisait aussi mal ? Que faisait-il parmi ces gens, alors qu'elle était si loin ? Pourquoi l'avait-il quittée ?

Parce qu'elle l'avait enjoint de découvrir ce qu'il voulait vraiment faire de sa vie.

Eh bien, mission accomplie !

Se levant d'un bond, il repoussa sa chaise.

— Cal, tu vas bien ? répéta Alan, les sourcils froncés.

Callum posa sa serviette sur la table.

— Désolé, Alan, mais je dois partir.

— Il y a le feu quelque part ? demanda Erica — à moins que ce ne fût Angelica.

— Oui. A Vickers Hill, répliqua-t-il avec un sourire.

Sur ces mots, il sortit de l'appartement à grandes enjambées.

Pour la première fois depuis deux mois — ou plutôt depuis trois ans —, il savait ce qu'il avait à faire : Felicity l'avait libéré par amour. Maintenant, il était temps de retourner auprès d'elle, parce qu'il l'aimait.

Il était près de 19 heures quand Callum se gara enfin devant la maison de Luci, s'attendant presque à ce que Mme Smith vienne frapper à sa vitre et l'appelle « jeune homme ».

Il avait roulé pendant deux jours, mais il se sentait en pleine forme. En arrivant chez Felicity, prêt à lui débiter le discours qu'il avait répété pendant tout le trajet, il avait appris par un voisin qu'elle était chez Luci, en train d'arroser les plantes.

Seb lui avait dit qu'elle prenait soin du jardin jusqu'à ce que la maison soit vendue, mais les acheteurs ne se précipitaient pas.

La maisonnette auréolée par le soleil couchant était aussi jolie qu'une carte postale. Felicity lui tournait le dos, les écouteurs de téléphone dans les oreilles.

Il descendit de sa voiture et s'immobilisa près du portail, heureux de la regarder.

Sa queue-de-cheval se balançait au rythme de la musique qu'elle écoutait. Un rayon de soleil illumina le jet d'eau, créant un arc-en-ciel.

Felicity lui avait dit une fois que son cœur étincelait dans sa poitrine, et il ressentait maintenant exactement la même chose ! C'était complètement saugrenu et d'un romantisme échevelé, mais il s'en moquait.

Elle se retourna, et il cessa de respirer lorsqu'elle s'immobilisa à sa vue.

— Callum ?

Ce n'était pas l'accueil extasié qu'il avait espéré, mais elle était là devant lui, et rien d'autre n'avait d'importance.

— Salut ! dit-il.

Elle le fixa un long moment avant de demander :

— Qu'est-ce que tu fais ici ?

— J'ai appelé Bill hier soir.

— Pourquoi ?

— Pour lui demander du travail.

— Tu… Quoi ?

Il hocha la tête, content d'avoir perçu une fêlure dans sa voix. Il espérait que c'était bon signe.

— Il m'a proposé de le remplacer définitivement. Finalement, il a décidé de prendre sa retraite.

— Mais il ne m'a rien dit !

— C'est moi qui le lui ai demandé. Je voulais te faire la surprise.

Felicity fit quelques pas vers lui, mais resta derrière la clôture.

— C'est réussi !

— Je voulais te le dire moi-même.

— Ah bon ?

Il sourit.

C'était la première fois que Felicity se montrait aussi avare de mots.

— Oui. Parce que je t'aime. Tu m'as laissé libre de mon choix, et tu as eu raison de le faire. J'avais besoin de rentrer à Sydney pour savoir ce que je voulais. Maintenant, je le sais, et me voici, parce que je suis à toi… Du moins, si tu veux bien de moi.

Felicity le fixait, agrippée au portail.

— Felicity ?

— Tu es sûr de toi ? s'enquit-elle avec une sorte de violence. Pour de bon ?

— Oui, dit-il en posant la main sur la sienne.

— Et ton travail ? Ton appartement ?

— J'ai démissionné aujourd'hui. Je ne pouvais plus rester depuis qu'on m'avait ordonné de n'accorder que cinq minutes à chaque patient. L'appartement deviendra notre résidence secondaire pour les vacances, ou nous le louerons. Je pense que Luci et Seb seront ravis d'y rester, puisqu'ils ne savent pas encore où ils vont s'installer. Je ne crois pas que Luci ait envie d'accoucher sur le bateau.

Felicity sourit.

— On dirait que tu as tout prévu ?

— Pas vraiment. Rien de tout ça n'a de sens sans toi, et je suis terrifié à l'idée que tu as peut-être déjà trouvé un petit ami qui mesure un mètre quatre-vingt-dix et qui fait du rugby. C'est pourquoi je te serais très reconnaissant si tu voulais bien me rassurer.

Leurs regards se trouvèrent, et il vit l'amour qui brillait dans les yeux de Felicity.

Il n'avait rien vu d'aussi beau de toute sa vie !

Elle ouvrit doucement le portail et le rejoignit sur le trottoir. Ils étaient si proches que leurs corps se frôlaient.

— Tu es le seul pour moi, murmura-t-elle.

Le soulagement le submergea. Posant une main sur sa taille, il l'attira contre lui et se pencha pour l'embrasser.

— Flick ne m'avait pas dit que vous étiez revenu, docteur Hollingsworth.

Il gémit, et Felicity se mit à rire tandis qu'il plaquait un sourire sur son visage.

— Je vois que vous êtes totalement remise, madame Smith, dit-il à la vieille dame qui les observait depuis son jardin.

— Et, moi, je vois que vous êtes en ville depuis cinq minutes et que vous prenez déjà des libertés avec les convenances.

Le regard désapprobateur fixait l'endroit précis où le corps de Callum était collé à celui de Felicity.

Il n'était pas question qu'il recule comme un lycéen coupable. Surtout pas maintenant que Felicity se trouvait exactement là où il le voulait.

— C'est vrai, dit-il gaiement. Et j'ai bien l'intention de prendre ces libertés aussi longtemps que Felicity me le permettra, madame Smith, parce que je l'aime et qu'elle m'aime. Estimez-vous prévenue.

Sur ces mots, il se pencha vers Felicity, qui riait.

— Elle va en faire une crise cardiaque !

— Par chance pour elle, nous connaissons les procédures de réanimation.

Et il prit possession de la bouche de Felicity avec une indécence délibérée, de quoi donner amplement l'occasion à Mme Smith d'alimenter les potins.

Il se moquait bien de ce qu'on pouvait dire ! Il avait tous les droits, parce que son amour Felicity durerait toujours.

Épilogue

Un an plus tard

En disant oui à Callum, Felicity rayonnait de bonheur.

La cérémonie avait lieu dans le jardin de Luci, qui n'appartenait plus à celle-ci puisque Callum avait acheté la maison dès le lendemain de son retour.

Depuis, ils vivaient dans le péché au grand désespoir de Mme Smith, tandis que, quelque part dans le ciel, Meryl, qui était morte peu après le départ de Callum pour Sydney, hochait la tête en disant qu'elle l'avait bien dit.

Felicity portait une robe rose et était coiffée d'une couronne de boutons de roses confectionnée par Alf. Sa famille assistait au mariage, ainsi que Seb, Luci et la petite Eve. Quant à Bill et Julia, ils avaient interrompu leur voyage à travers l'Australie pour se joindre à eux.

Dans quelques jours, Callum et elle partiraient pour Sydney, où ils iraient passer deux semaines de vacances dans l'appartement de Callum.

Avec un peu de chance, ils profiteraient de leur voyage de noces pour concevoir un bébé. Le premier d'une nombreuse fratrie…

BLANCHE

HARLEQUIN

Un chirurgien envoûtant, de Sue MacKay - N°1638

Sublime. Voilà le premier mot qui vient à l'esprit de Georgina pour décrire Blake. De retour en ville, le meilleur ami de son frère a bien changé en une décennie ! Pas question pour autant de se laisser distraire par le chirurgien. Georgie ne croit plus en l'amour et a tout intérêt à ignorer les battements désordonnés de son cœur en présence de Blake…

Ce tendre miracle, de Shelley Rivers

Quand la sage-femme Gila dit « oui » au Dr Leo Wright, elle s'imagine passer auprès de lui une vie remplie d'amour. Hélas, un drame les sépare alors même que Gila se découvre enceinte… Quel choc pour elle d'apprendre, quelques mois plus tard, que son nouveau collègue à l'hôpital n'est autre que son époux ! Maintenant que tous deux sont sur le point d'être parents, ont-ils une chance de sauver leur couple ?

Rencontre à Silver Pass, de Tina Beckett - N°1639

SÉRIE : DESTINS CROISÉS À SILVER PASS - 1/2

Mira a vécu toute sa vie à Silver Pass, la station de sports d'hiver tenue par son père, dans laquelle elle est médecin. Elle a tout pour être comblée – ou presque, car il manque un homme à ses côtés. Hélas, déçue par l'amour, elle a fait une croix sur ce rêve. Pourtant, sa rencontre avec le Dr Jack Perry, un médecin californien aussi beau que maladroit sur des skis, va mettre à mal sa résolution…

Un troublant regard, d'Amalie Berlin

SÉRIE : DESTINS CROISÉS À SILVER PASS - 2/2

Enfin de retour à Silver Pass ! Ellory est contente de retrouver son poste de masseuse-kinésithérapeute à l'hôtel de la station. Quand, à la suite d'un avis de tempête, on lui demande de prendre en charge l'arrivée des secouristes à l'hôtel, elle accepte immédiatement. Mais pourquoi le responsable de la mission, le Dr Anson Graves, la traite-t-il avec tant de froideur ? Agacée, Ellory s'efforce d'ignorer le trouble insensé que provoque en elle cet homme arrogant…

Leur mission : sauver des vies.
Leur destin : trouver l'amour.

HARLEQUIN
www.harlequin.fr

BLANCHE

HARLEQUIN

Cette promesse à honorer, de Janice Lynn - N°1640

Deux mois... Soixante jours très exactement d'amour et de passion intense que McKenzie vient de partager avec son irrésistible collègue, le Dr Lance Spencer. Une idylle qui la ravirait au plus haut point... si elle ne la précipitait pas vers le plus grand des dangers : l'engagement. Ne s'est-elle pas juré de vivre de simples aventures sans lendemain ? Aussi, la mort dans l'âme, se résout-elle à rompre avec Lance...

Un ennemi trop attirant, d'Annie Claydon

Lorsque Jon, son nouveau colocataire, pose les yeux sur elle, Chloe se sent fondre. Et le fait qu'il tienne sa petite nièce dans ses bras ajoute encore à son charme. Bien sûr, ce représentant de la gent masculine beau, intelligent et généreux, semble parfait en tout point – mais il n'en reste pas moins un homme. Un homme qui ne peut que la blesser, Chloe en sait quelque chose. Pour ne pas céder à la tentation, une seule solution s'impose : tenir Jon à distance.

Leur mission : sauver des vies.
Leur destin : trouver l'amour.

HARLEQUIN
www.harlequin.fr

VOTRE COLLECTION PRÉFÉRÉE DIRECTEMENT CHEZ VOUS

Vous souhaitez découvrir nos collections ? Une fois votre colis de bienvenue reçu, si vous souhaitez continuer à recevoir nos livres, cela se fera automatiquement. Vous n'avez aucune obligation d'achat et cette offre est sans engagement de durée !

Dans votre 1er colis, 2 livres au prix d'un + 1 cadeau

☛ **COCHEZ la collection choisie et renvoyez cette page au**
Service Lectrices Harlequin – CS 20008 – 59718 Lille Cedex 9 – France

Collections	Prix 1er colis	Réf.	Prix abonnement (frais de port compris)
❑ **AZUR**	4,75€	AZ1406	6 livres par mois 31,49€
❑ **BLANCHE**	7,30€	BL1603	3 livres par mois 24,85€
❑ **HISTORIQUES**	7,30€	LH1202	2 livres par mois 17,49€
❑ **PASSIONS**	7,80€	PS0903	3 livres par mois 26,49€
❑ **BLACK ROSE**	7,90€	BR0013	3 livres par mois 26,79€
❑ **HARMONY***	5,99€	HA0513	3 livres par mois 20,76€
❑ **NORA ROBERTS***	8,90€	NR2402	2 livres tous les 2 mois, prix variable**
❑ **SAGAS***	7,99€	SG2303	3 livres tous les 2 mois 29,46€
❑ **VICTORIA**	7,80€	VI2115	5 livres tous les 2 mois 42,09€
❑ **GENTLEMEN***	7,50€	GT2022	2 livres tous les 2 mois 17,95€
❑ **HORS-SÉRIE***	7,70€	HS2812	2 livres tous les 2 mois 18,45€

*livres réédités / **entre 17,95€ et 18,75€ suivant le prix des livres

F22PDFM

N° d'abonnée Harlequin (si vous en avez un) ⎵⎵⎵⎵⎵⎵⎵⎵

Mme ❒ Mlle ❒ Nom : ____________________

Prénom : ____________________ Adresse : ____________________

____

Code Postal : ⎵⎵⎵⎵⎵ Ville : ____________________

Pays : ____________________ Tél. : ⎵⎵ ⎵⎵ ⎵⎵ ⎵⎵ ⎵⎵

E-mail : ____________________

Date de naissance : ____________________

Date limite : 31 décembre 2022. Vous recevrez votre colis environ 20 jours après réception de ce bon. Offre soumise à acceptation et réservée aux personnes majeures, résidant en France métropolitaine, dans la limite des stocks disponibles. Prix susceptibles de modification en cours d'année. Vous pouvez demander à accéder à vos données personnelles, à les rectifier ou à les effacer. Il vous suffit de nous écrire en nous indiquant vos nom, prénom et adresse à : Service Lectrices Harlequin CS 20008 59718 LILLE Cedex 9. Service Lectrices disponible du lundi au vendredi de 9h à 17h : 01 45 82 47 47.